U0933952

过浓

春风遥 / 著

终结篇

北京联合出版公司
Beijing United Publishing Co.,Ltd.

过浓

目录

/ Contents

/ 第一章 /

翌日，新的一周开始，李沙沙上学，李老爷子出门会老友，只剩下李相浮这个“闲人”，继续制作给秦伽玉准备的“寻宝手工”。

他全神贯注两个小时后，整个人口干舌燥，肚子发出微鸣。

“张阿姨，有没有吃……”下楼的脚步稍缓片刻，话语也戛然而止，过去几秒后，李相浮快步走下楼梯，遥望桌上的信件袋挑眉：“有快递？”

托秦伽玉的福，这段时间他险些对快递有阴影，确定收件人是李戏春，这才松了口气。

旁边就是水壶，担心被沾湿文件，李相浮特意把信件袋往旁边挪了挪，一行字不经意间跃入眼帘……豪壮壮宠物医院。

这是当地一家特别知名的宠物医院，收费足够贵。在多数人眼中，它就是专门为有钱人准备的“智商税”。

他拍了张照片给李戏春，附言：“我能拆吗？”

那边的人回答得很干脆：“可以，应该是回执单。”

白纸黑字，最上方“宠物亲子鉴定预约”让李相浮面色微变，他再一看鉴定费用：3500 元。

预约时间是两个月后。

“……”

默默地把东西装回去，李相浮转过身，感叹了一句人类的无聊，身后门铃忽然不连贯地响了几下。

门外是快递员，递进来纸质资料，李相浮代签收后发现收件人是李老爷子，寄件人依旧为豪壮壮宠物医院。

"……"

张阿姨才从庭院里喂完猫，自后门进来，目睹李相浮发呆，叫了声他的名字。

李相浮回过神，自言自语地说："这就是大家族吗？"

连只猫的血缘他们都不容混淆。

他顺路又去庭院看了一眼，果然多出一只懒洋洋的母猫。李相浮一脸心疼："奉子成婚的路，太不容易了。"

逗了会儿猫，李相浮带着零食回房间，继续未完成的手工。

一天很快过去，傍晚众人陆续回来，被李老爷子叫去客厅说话。

等待人到齐的工夫，李老爷子抱臂闭眼靠着软垫，一副老神在在的样子。估摸着时间差不多了，他睁开眼说："都到齐了？"

说着视线一扫，李老爷子不由得怔了几秒，额头的抬头纹都挤压在一起，似在琢磨什么。

李相浮："是不是觉得人都齐了，又觉得不齐？"

李老爷子一拍手，恍然大悟："红尘不在。"

一旁的李安卿缓缓地吐出两个字："秦晋。"

"……"

不提还好，他这么一提李老爷子就气不打一处来，冷厉的视线扫向李相浮："你究竟是怎么想的？"

不等李相浮回答，李老爷子再次质问："他还要住多久？"

从那人进门的第一天起，李老爷子就没弄明白"秦晋为什么会来"这个问题。

"先抓住主要矛盾。"李相浮让话题回到它该去的方向，"您叫我们来是为了什么事？"

李老爷子瞪了他一眼，到底是暂时搁置了秦晋的事情，说："周三是沙沙的生日，我准备给他大办一场。"

"生日？"当时资料全是李沙沙自己准备的，李相浮纳闷地偏过脸问李沙沙，"是这天吗？"

李沙沙同样没印象，开口时拖延了一瞬："是……吧。"

“……”

李老爷子本想骂李相浮不着调，连孩子的生日都不记得，因为李沙沙的反问，又咽了回去。

一直低头玩手机的李戏春抬起头，眉头蹙得很紧，问李相浮：“你没给他庆过生？”

李相浮目光有些飘忽不定：“我们一年只庆祝两个日子，我为他庆祝儿童节。”

李沙沙：“我给爸爸过父亲节。”

两人对视一眼，同时缓缓地说道：“足矣。”

“……”

李戏春轻轻吸了口气，无语地继续玩手机。

放弃追究过往某人的失职，李老爷子继续说：“宾客名单我已经拟好了。”他对李怀尘交代道：“你去家政公司再找几个可靠的人，小张一个人忙不过来。”

作为当事人，李沙沙动了动唇，似乎想说话，李相浮微微摇了摇头，示意他噤声。

这场生日宴无论谁反对都没用，李老爷子的用意已经很清楚……给李沙沙正名。照目前的情况看，虽然不少人知道老爷子喜欢这个孙子，但编派的人也不少，等过了这个生日宴，他不会再给那些嚼舌根的人留余地。

另一方面，他也是间接提高李相浮的地位，暗示日后家产会有这个小儿子的一份。

跟李沙沙说话时，李老爷子没那么严厉，温声问：“在学校有没有玩得好的小伙伴？爷爷帮你写请帖。”

李沙沙实事求是地说：“我对他们好感度一般，不过同学都很喜欢我。”

李老爷子哈哈大笑：“这么自信？”

李沙沙点头：“他们都很喜欢抄我的作业。”

“……”

最终李老爷子让他象征性地选十五个人左右送邀请函。

考虑到工作日不方便，庆生宴准备放在周六，李老爷子的意思是周三先小庆一番。

李沙沙当即摇头表示拒绝，从皱起的眉可以看出他是真的不喜欢这种仪式感。

给出合理建议的是李怀尘："有没有什么心愿？可以提前帮你达成。"

"请假除外。"在李沙沙开口前，漠视这一切发生的李相浮淡淡地补充了一句。

"……"李沙沙面无表情，那还有什么好说的？

但在短暂的思忖过后，他还是勉强说道："想做正常的游戏，班里的同学每次只会玩'石头布剪刀'。"

儿童游戏无非是捉迷藏等，李怀尘没多考虑，直接应下："想玩什么？"

"行酒令。"李沙沙眼含期待地说。

"……"李怀尘瞥了李相浮一眼，"你平时都教了他些什么？"

李相浮面不改色地说瞎话："我们都是以茶代酒。"想了想他又说："晚上喝太多水不好，不如改成'雅歌投壶'？"

李沙沙果然来了兴趣。

李相浮起身取来一个高度合适的花瓶，以筷子替代箭，分给每人一把，又在地板上拉了一条白线，注明可投掷区域。

冰凉的触感唤回神志，李戏春放下手机，望着手里的筷子，久久没有言语。再看其他人，神情同样像是被冻结了，她咳嗽一声试图缓和气氛："怎么玩，直接投吗？"

李相浮解释："依次投矢就好，每人固定八根筷子。"

李戏春好奇："为什么要叫'雅歌投壶'？"

李相浮给了她一个眼神。

五分钟后，李戏春亲身体会到这个叫法的内涵，李相浮搬了把古琴坐到一边，李沙沙抬手："奏乐。"

李相浮指尖一动，开始弹奏《狸首》，其间还伴随一阵悠扬的吟唱，每一次气息过渡都很深远，交织在一起，无端给深夜烘托出鬼魅的气氛。

长者为先，李老爷子被推到最前面，一脸蒙地扔出一根筷子，没中，落地点在花瓶旁边。

李沙沙看得兴味盎然："下一个。"

李老爷子退下，换李怀尘扔。

这个堪称无聊透顶的游戏，在李沙沙不减的兴趣中，硬生生持续了半个多小时，李相浮也跟着弹唱了半个小时。

众人的神情皆有些恍惚时，突然传来咔嚓一声，随后门内把手跟着向下一动，有人推门而入。秦晋拿着一沓文件，看到客厅内的场景时挑了挑眉。

除了李相浮，只见以往不待见他的李家人，从左到右正好四个人，每一个脸上仿佛都写着一个字，组合成一句发自内心的“热烈欢迎”。

“……”

李老爷子抓准时机，冷静地站起身：“我去上个厕所，正好让他代我玩几局。”

一楼就有卫生间，他却上了二楼，听声辨位，李老爷子关的好像还是书房的门。

李沙沙抬头：“我们在玩‘雅歌投壶’。”

秦晋瞄了李相浮一眼，表示看到伴唱了。

李沙沙走过来，将李老爷子留下的筷子郑重交付。然而秦晋没接，去庭院折下几根藤条弯成套圈，放在桌子上。

李沙沙摇头：“我不玩套圈游戏。”

秦晋又写下几张欠条，当成套圈游戏的奖品。

李沙沙选择屈服。

家庭游戏变成了单人游戏，其他人解脱后各自回到房间里，李沙沙拿着仅有的三个套圈，掂量着怎么才能套住所有欠条。

同一时间，秦晋和李相浮坐在一边闲谈。

“怎么突然想起玩投壶？”

李相浮：“过两天他过生日，周六我爸准备大办。”

现在大家纯属是在哄熊孩子开心。

秦晋没多说：“正好特制服也差不多能赶出来。”

“特制服？”

“根据血液检测结果，陨石确实会对他造成伤害，特制服可以阻挡一部分陨石散发的能量。”

前不久领李沙沙去抽血，没想到这么快就有结果，李相浮自然不会拒绝，为表达感谢之意，走回古琴旁：“想听什么？”

秦晋：“随意。”

大约是觉得过于敷衍了，恰逢此刻室内氛围不错，偏头见今晚夜色同样很美，他又说：“表达美好祝愿的就行。”

祝愿年年有今日，岁岁有今朝。

李相浮略一沉思，当场为他激情演奏了一首《友谊地久天长》。

一首《友谊地久天长》，让秦晋今晚睡得不太踏实。

夜深人静，他缓缓地睁开眼，庭院里传来微弱的猫叫声。秦晋下床走到窗边，瞧见喷泉边似乎有一道身影。

从抽屉中取出手电筒，他仅披了一件薄外套便走下楼。

凌晨三四点的风太凉了，白日显得缠绵可爱的猫叫声在夜风的吹拂下，像极了呜咽。也不怕打草惊蛇，一到庭院秦晋就打开了手电筒，光源朝着喷泉边坐着的人打去。

陡然被曝光，李沙沙小身板一动，在月光下惨白着一张脸打招呼："晚上好。"

"这个点儿你应该在房间里休息。"

"我在思考。"李沙沙仰起头，望向广袤的星空。

今晚的投壶游戏让他想起了过去，那时候透过李相浮的眼睛去看世界，看久了难免生出一点儿感情。

秦晋对待李沙沙有一分宽容在，若是旁人说这种故弄玄虚的话，结局必然落不了好，现在他却配合地问："思考什么？"

"爸爸的终身大事。"

"……"

"你不会明白的。"李沙沙说。

"很多因素扼杀了他对感情的向往，"李沙沙缓缓地道，"过度敏感的抗拒，反而证明他是有心理负担。"

说完他又望了秦晋一眼："你，不懂。"

秦晋记忆里的李相浮脾气不算好，此刻他却改变看法，身边养着这么个孩子，难怪李相浮会修成佛性。

阳光的出现宣示新一天的降临，秦晋先一步让李沙沙明白了什么叫作懂得。

他告发了深夜儿童不睡觉，独自坐在庭院里的故事。

因为秦晋临走前用手机拍了张照，有图有真相，李沙沙无从辩驳，大清早被李老爷子叫去谈了好久的心，问他为什么不快乐。

李沙沙："我很快乐。"

李老爷子："不，你不快乐。"

长达半小时的对话中，李老爷子做了不少心理辅导，终于肯放人离开。李沙沙如蒙大赦，拿起书包快速下楼。

放学时，学校临时通知要大扫除。

无趣时光的蹉跎中，李沙沙练成了将抹布当二人转手绢转的本事，待到打扫完毕，窗外早已是黄昏。

他没有和人结伴，独自走在余晖下，到校门口时微微一怔，扫视一圈，没在附近看到接送专车，反而瞧见一辆有些眼熟的轿车。

车窗摇下，秦晋独特的嗓音传出："上车。"

李沙沙还是没放弃找家里的司机。

秦晋："你爸打过招呼，司机已经走了。"

闻言李沙沙以为李相浮也在，这才打开车门，结果后座上空荡荡的。

明白他的困惑，秦晋解释："知道你还要大扫除后，你爸没耐心等，就先打车回去了。"

"……"

李沙沙系好安全带，更好奇另一件事："下午你们在一起？"

秦晋点头："去了实验室一趟，给你拿特制服。"

自周二过后，秦晋基本处于分身乏术的状态。

人走了，市场还在，新的合作方已经谈妥，秦晋最近在忙着抢占市场份额。

从周三到周五，他再也没踏进李家一步。

周六是李沙沙的生日，秦晋倒是抽空来了一趟。

豪宅丧失了原本的气派，天花板上飘着很多可爱的彩色气球，李老爷子专门找人加急定做了不少立体的城堡模型，无论人走到哪里，都能感觉到一股童趣。

宅子里十分热闹自不必说，李相浮早就猜到今天会有很多社交，所以除了最开始露了面，就谎称不舒服躲在房间里。

而作为生日宴会的主人公，李沙沙就没这么好命，走到哪里都是被关注的重点。

切蛋糕的时候，李老爷子特意站在他旁边，先郑重地介绍了一番。

"因为孩子之前一直在国外，都没给他好好庆祝过，"李老爷子乐呵呵地说，"今天终于有机会，感谢大家百忙中能来参加。"

"您太客气了。"底下立马传来附和的声音。

到场的不乏名流，李沙沙总结他们看自己的眼神为待价而沽，显然，李老爷子的一番话后，这些目光中多出一分重视。

切完蛋糕，便是成年人的交际世界。很快有人来找李老爷子说话，老爷子摸了摸李沙沙的脑袋："去和朋友们玩吧。"

李沙沙却穿过一群小孩子，目标明确地朝秦晋走过去，停步后猝不及防地开始背诵：“若有作奸犯科及伪忠善者，宜付有……”

秦晋皱眉，问他在干什么。

“制造出和你交谈的假象。”

估摸着时间差不多了，李沙沙又背了几句，然后端着一小碟蛋糕离开。

这段虚假的交流果然引起了有心人的注意，虽然这段时间一直有秦晋和李家破冰的传言，但看样子现在简直已经称得上是交好，以往大家哪见过秦晋出席一个小孩子的生日会？

“沙沙，”一个同班的孩子走过来，好奇地问，“你和那个大哥哥很熟吗？”

知道对方是被家长派来打听消息的，李沙沙矜持地点头：“当然熟，他就住我们家。”

语毕，他体贴地朝另一个方向走去，给足小孩子回去通风报信的时间。

生日会顺利结束，此后的一周风平浪静。

周一放学回家，李沙沙一进门，就听见一个低沉的声音：“怎么会有这么离谱的传言？”

李沙沙走过去，发现李戏春也在。

“出什么事了？”他问道。

李相浮耸了耸肩，叹口气说：“秦晋借住在这里的消息传了出去，现在外面都说你是秦晋和我姐的孩子。”

“……”李沙沙吐出两个字，“离谱。”

“逻辑上却无懈可击。”一旁的李戏春呵呵一笑，“老板跟下属女友发生关系，女友偷偷产子，为掩盖事实，不让家族蒙羞，狠心将孩子寄养在弟弟名下。后来真相暴露，相恋多年的男友怒极分手，如今秦晋想认回孩子，而女友的父亲受利益驱使，竟默认他暂住在豪宅里，和独女培养感情。

“哦，对了，也是因为孩子，秦晋选择原谅女友的弟弟。”

这个故事里，连她和高寻分手的时间节点都卡得相当完美，恰好在李相浮带孩子归国不久。如果不是亲历者，李戏春自己都要信了。

听完后，李沙沙问：“秦晋会知道吗？”

李相浮颔首：“就连我都有所耳闻，他没理由不知道。”

察觉到李沙沙的表情有些僵硬，李相浮目露关切之意：“你怎么了？身体不舒服？”

李沙沙摇头，喉头干涩地叫了声："爸爸。"

"嗯？"

"我想连夜逃离这座城市。"

知子莫若父，几乎是在李沙沙开口的瞬间，李相浮心中便浮现一个念头，这件事和李沙沙脱不了干系。

他给了对方一个眼神，李沙沙也成功接收到，借着做功课的由头上楼，随后不久，李相浮也走上楼。他一关上房间门，神情倏地冷若冰霜，没有任何前奏地吐出四个字："老实交代。"

面对质问，李沙沙视线飘忽不定，最后坦诚地说："秦晋住这里的消息是我说出去的。"

李相浮没立刻展开计较，微凉的手掌先一步探向李沙沙的额头，李沙沙纳闷地抬头。

李相浮冷笑："你最好祈祷自己是发烧了。"

一摸额头，体温正常，父慈子孝的画面瞬间破碎，李相浮露出和善的微笑："没生病啊！"

李沙沙想了想，走到画板旁拿起笔画了一棵歪七扭八的参天大树，指着那些树杈说："正常的人生是这样。"有个朝天的主方向，中间也有不少岔路口。

他指了指树的中位线："你的是这样。"波澜不惊地笔直朝前，拒绝和轨道有任何偏差。

以物喻人，李沙沙做出总结："这和我们以往的生活本质差别不大。"

如今李相浮的社交圈没一个走心的，在综艺节目上刚有一点儿热度，他立马主动冷却，画画拿了奖但也不准备发展，前些日子的刺绣热过去，日常彻底没了社交。

李沙沙给出终极一击："我猜最近爸爸白天都是一个人宅在家里。"

"……"

他真相了，李老爷子的出门时长都比李相浮多。

李沙沙作为理论大师，给出的分析很客观："一成不变的生活方式没错，但偶尔要有新鲜感。"

李相浮挑眉："你怎么确定秦晋能带来新鲜感？"

"不行咱就换。"

"……"

放弃纠正系统的唯利主义，李相浮走到窗台边浇花，凝视着嫩绿叶片上的小水珠，缓缓地道："希望我这位传说中的'姐夫'，也能理解你的良苦用心。"

李沙沙淡定不再，满怀期待地说："爸爸，我可以步你的后尘，出国留学。"

李相浮闻言竟然同意了，大度地点头说："在那边也需要监护人，我帮你联系一下我妈。"

他转身的瞬间被李沙沙制止："还是算了。"

显然陶怀袖女士给他留下了一定的童年阴影。

咚咚，敲门声连续响了两下。

李沙沙条件反射地站直，带着些警惕地说："是不是秦晋回来兴师问罪？"

李相浮用早知今日、何必当初的眼神看了看他，走过去开门。

万幸，门外站着的是李戏春，过长的头发盘了起来，整个人显得精神许多。李相浮以为她是为了讨论澄清谣言一事过来，不承想李戏春似乎没将此事太放在心上，反而瞧着心情不错："刚收到消息，诺顿博士被打进医院了。"

李相浮愣住。

李戏春："原来他之前没少干'帮捞男捞女设局傍大款拿抽成'的事，被现任女友发现，曝出了聊天截图。"

她语气中透露出强烈的幸灾乐祸之意："被设计的人中可不乏有权有势的，诺顿博士身败名裂不说，后半辈子估计得藏起来过日子。"

前几天李老爷子才撂下狠话要让诺顿博士付出代价，如今这么凑巧被曝出聊天截图，未免太过巧合。

李戏春心情颇好地道："这种纸上谈兵的理论家，下场通常不会太好。"

"……"李沙沙默默地站在李相浮身边，看似平静，实则小身板不经意间微微一颤。

李戏春自带一双很有风情的媚眼，这会儿里面承载着解气，显得眼睛更亮。

"人渣进医院，晚上我请你们吃大餐。"话音落下，她先望向李沙沙，温柔地问："沙沙想吃什么？"

前车之鉴已经有了，现实派的理论大师李沙沙摇了摇头，转头痴痴地望着空白的墙壁。

李戏春朝李相浮投去纳闷的眼神。

“他在面壁思过，”李相浮淡淡地道，“随他去吧。”

李戏春只当是因为学业上的问题，临走前比了个“OK”的手势，说：“要是改变主意想出去吃了，可以随时来找我。”

面壁了足足十分钟，李沙沙稍稍转过脑袋：“爸爸，你说当秦晋听到流言后，会怎么应对？”

李相浮拿出手机：“我帮你问问。”

“……”魔鬼。

实际秦晋听到谣言的时间要比他们都早。早上没来得及吃东西，中午他提前去食堂，出电梯没多久，便听到关于高寻“绿强惨”的说法。

这个点儿食堂几乎没什么人，正在说话的是几个新招来的实习生。

秘书跟在秦晋身边，心想现在有的年轻人够莽撞，背后议论人好歹小声点儿。

“咯咯。”他以手抵着唇，清了清嗓子。

动静惊扰到那边，正在讨论八卦的员工连忙站起来，看到老板就站在电梯口，顿时如遭雷劈。

秦晋不动声色地走过去，单从面色很难判断出他此刻的心思。

“从哪里听来的流言？”不是兴师问罪的语气，秦晋的语调更像是纯粹表达疑问。

一名实习生扭扭捏捏地道：“路上听……听人说的。”

秦晋没说话，目光给人一种难言的压力，实习生哭丧着脸，放弃扯谎道：“是听亲戚说的。”

他的亲戚很有钱，又是个喜欢散布小道消息的人，实习生才进公司，想用这点儿谈资和人打交道，现在悔到肠子都青了。

秦晋终于收回目光，问秘书：“这次一共进来多少名实习生？”

“十五个。”

秦晋：“他们几个，最终考核能进前三名，这件事既往不咎；三名开外，结完工资直接请离。”

说完他看都不再看几人一眼，走去窗口打饭。

秘书摇了摇头，转身跟上去的时候，意外瞥见实习生眼中又是尴尬悔恨又是燃起的斗志，暗叹上司对人心的把握还真是准确。

重新坐上电梯时，秦晋交代：“去留意一下，公司最近还有没有煽风点火的人，抓几个性质特别严重的开除。”

办公室空调一直开着，温度不高，盒饭很快放凉，秦晋简单地吃了两口，埋头继续工作。

秘书一怔：“需要处理的文件不多，您不用这么赶。”

秦晋逐字逐句重新审了遍合约条款，确定没有问题后签下名字，淡淡地道：“提前结束，才好留时间秋后算账。”

秘书闻言眼珠子一转，不清楚具体发生了什么，只对秦晋要算账的对象报以同情。

这厢李沙沙还抱着不切实际的幻想，祈祷秦晋今晚继续保持加班的良好状态。

李相浮下楼拿了点儿茶叶，上来时粉碎他的幻想：“秦晋正在外面停车。”

李沙沙正趴在桌上一遍遍修改道歉的稿件，不断加工润色，闻言拿着稿子朝门外走去。

没过多久，李沙沙去而复返。

“怎么了？”

“秦晋听了我的道歉，笑了一下。”

李相浮抿了口茶：“然后呢？”

“没有然后。”李沙沙敢肯定那不是原谅的微笑。

李相浮蹙了下眉，无端被扣上一顶抢下属女友还多出一个孩子的帽子，这章想要翻过去恐怕不容易。他细长的手指轻轻在桌面上敲击着，似乎在帮李沙沙想着解决之道。

李沙沙这会儿却平静得一反常态，缓缓地道：“爸爸。”

“……”

“只要我的心不再为外物所扰，一切就有如梦幻泡影。”

李相浮留李沙沙一人在房间里：“我出去看看。”

李沙沙：“注意安全。”

李相浮好笑，说得好像秦晋是牛鬼蛇神一样。

他一出门，身后便传来清脆的反锁房门声。

李相浮无奈地摇头，正要迈步下楼，地板轻微的震动预示着有人正在上楼梯。

嫌弃领带的束缚感，秦晋单手松着领结，一抬头视线正好和李相浮的撞上，见对方没有移开视线的迹象，便问：“有事？”

李相浮点头：“想和你聊聊。”

秦晋没拒绝。

两人先后进入秦晋暂住的客房，秦晋随手将松开的领带扔到一边：“如果是因为李沙沙，我没准备计较。”

李相浮摇头：“聊你和我。”

秦晋拉开椅子，却推到他面前：“坐。”

李相浮缓缓地坐下，同时开口说：“我是好奇你对我的态度……刻意接近又故意疏远，感觉有些分裂。”

说着他抬头，用关切的目光望着秦晋，里面盛满担忧：“朋友，你精神没问题吧？”

“……”

秦晋没沉默多久，给出答案：“接近你是有意，远离你也是有意。”

模棱两可的话砸过来，李相浮正色道：“你确定要和我讲哲学？好，首先让我们来谈宇宙中的动与静……”

秦晋皱了皱眉，打断了他的话。

观察到对方的表情，李相浮忍不住笑出声来，谁能想到这个外人眼中强大阴郁的人，竟然怕这些？

李相浮并不知道的是，其实绝大多数人受不了他讲哲学，不怕的那部分人已经被同化。

秦晋凝视着李相浮低头微笑的画面，一声复杂的轻叹被强行压抑在心底。坦白地讲，他对李相浮的心态很复杂，少年时期对方就像是一棵救命稻草，除此之外，则为愧疚。

秦晋隐隐有预感，如果不是看出他快被那声音折磨到崩溃，李相浮应该会做更充足的准备后再去雪山。

“接近你是私人心理作祟，毕竟我们很早之前就相识，”短暂的缄默后，秦晋简洁地说道，“至于疏远，是避免我利用你的心理。”

“利用？”

秦晋颔首：“用你来打击秦伽玉，会很有效。”

这是李相浮没有想到的答案：“你指的打击是……”

“精神层面。”秦晋淡淡地道，“我那个弟弟彻底被戏耍压制一番后，利用你能有效打击他。”

没有人比他更了解秦伽玉，哪怕在过去，秦伽玉把李相浮当成新鲜玩伴的时候，喜怒哀乐都会不自觉地受到影响。

“明白了。”李相浮站起身，说道，“不涉及个人安全的情况下，随便利用。”

秦晋仔细看过去，确定他不是开玩笑，神情复杂地道：“是我小瞧你了。”

李相浮则轻轻拍了拍他的肩膀：“是你路走窄了。”

“……”

李沙沙担心的事情没有发生，秦晋最开始也只是准备给他施加一下心理压力，和李相浮说完话后，甚至略过了这茬事。

近期秦晋忙得不可开交，今天一过，又有两天连续住在公司。

李相浮难得生出些好奇，晚饭时问了一句：“秦晋最近在忙什么？”

李怀尘：“之前的局，被他反利用逼走合作商，独自开拓那部分市场。”

“能让秦晋这么忙，应该是笔大生意。”

李相浮只是随口一说，李怀尘目中却闪过些异样的情绪：“摊子铺得过大。”

“嗯？”

“这次他投入不少，如果成功，利益会翻好几番，但要是失败，手头现有的生意也会受到影响。”

李相浮顿悟：“风险投资？”

李怀尘点头：“很符合他的个人作风，但有点儿刻意为之的成分。”

具体是什么他说不上来，只能归结为一种职业敏感性。

树大招风，平日秦晋的一点儿动作都能引来外界瞩目，更何况这次投资的新动向，有看好也有看衰的人，大多数是前者，其中甚至包括秦伽玉。

“一旦成功，意味着他的事业找到新的突破点，”秦伽玉指关节无意识地蹭着下唇，“对我们会很麻烦。”

在绝对金钱的力量面前，他做再多事，结局也只能是枉然。

苏桃：“我倒是有一个消息，跟秦晋合作的是 MQ 公司，但秦晋私下同其他公司联系过。”

秦伽玉闻言，来了兴趣。

MQ 主打高奢品，多次拒绝和秦晋开发平价产品，之后秦晋坐飞机去总部拜访，而且诚意十足，表示MQ是他唯一想合作的对象，甚至不介意等三四年，直到对方改变主意的那一天。

这件事还被不少媒体渲染成商业美谈。

“如果是真的，被MQ知道秦晋考虑过其他合作伙伴，肯定会觉得被戏耍了。”秦伽玉眼神闪烁地道，“消息来源可靠吗？”

“不能确定。”苏桃很谨慎地道，“是我安插在秦晋公司的眼线说的，不过他说秦晋的重要工作都是通过一台私人笔记本交流，如果我们有办法入侵，应该能找到蛛丝马迹。”

秦伽玉沉默了。

想要强行入侵秦晋的电脑，只有系统有这本事。

可系统本来就残缺，远程控制一台电脑，必然会增加耗损。

晚上十点，室内只有幽暗的光芒。

李沙沙抱着笔记本，查看着任务管理器，说：“有人正在入侵。”

秦晋：“不用管。”

“管不了，”李沙沙说，“我只会理论上的知识。”

“……”

一切还要追溯到那天李沙沙去道歉，表示对待秦伽玉体内的东西，最好的办法就是让对方亲自出手，好一点儿一点儿榨干能量。

何况那玩意现在不完整，判断力容易出错。

恰逢秦晋在谈生意，于是就设了个局。

整个入侵过程足足持续了十来分钟，李沙沙回过头：“它退下了。”

秦晋点头。

与此同时，秦伽玉打开被窃取的资料，浏览大半后发现全是些无用的信息，只剩下一个据系统介绍拷贝来的隐藏文件夹。带着最后的希望，他点了下鼠标，不料里面都是图片，上百张合照，主人公是秦晋和高中时的李相浮。

秦伽玉咬紧牙关……原来一开始这两个人就在暗暗筹谋。

他将照片拉到底，视线定在其中一张上：“杀马特”造型的李相浮搭着秦晋的肩膀，两人同时捏着杯垫一角……

“浑蛋！”秦伽玉再也控制不住，拿起桌上的杯子砸碎了电脑屏幕。

此刻的李相浮斜靠在沙发上，用一言难尽的目光注视着眼前的人，说：

“有用？”

秦晋不答反问：“如何才能最快地激怒一个人？”

李相浮想了想，回答说：“试着做一团棉花，不给任何阴谋诡计眼神？”

这样一来，对方就容易产生无力感。

秦晋摇头，缓缓地说出四个字：“骂他脏话。”

“……”

无法想象这是秦晋会说出来的答案，李相浮一时无言，联系对方的举动，说：“同理可证秦伽玉？所以你光明正大地进行挑衅？”

秦晋关掉电脑，点头：“不过这种手段最多有效一次。”

秦伽玉为人过于敏感高傲，哪怕潜意识里知道秦晋和李相浮早有“勾结”，自尊上也不愿意承认。骤然白白花费精力入侵系统后又发现挑衅照片，接连被戏耍，情绪失控很正常。

说罢秦晋望向李沙沙：“这次入侵，会损耗多少能量？”

李沙沙想了想，给出比喻：“效果大概类似人类的重伤风。”

秦晋没多说，点了点头，表示关心：“早点儿睡，你明天还要上学。”

李沙沙被戳中心窝子，前脚踏出客房门，便迫不及待地对李相浮说：“显而易见，他在报复我乱扣帽子的事情。”

“可以理解，毕竟是险些成为我‘姐夫’的男人。”轻描淡写地掀过这页，李相浮并未主持公道，反而琢磨着说，“秦伽玉的系统，好像也就那样。”

李沙沙不以为然地说：“碎过一次又缺了一部分，还带着对你的恨意，心急如焚之下降智也是正常的。”

李相浮只关心重点，语气轻飘飘地说：“最好能趁它病要它命。”

李沙沙：“我需要时间思考。”

“思考好了，学校那边给你请一个月的病假。”

李沙沙早已沉寂的心突然有了波动，眼中重新浮现世俗的欲望：“当真？”

李相浮点头。

李沙沙似乎真的对这件事上了心，翌日连琴都没有听，出门上学时还保持着低头寻思的状态，倘若不是李相浮及时伸手帮他挡了一下，他的脑袋都要在门上撞出一个包。

日子安稳顺遂地过去两天，又一日目送李沙沙上车，李相浮满意地回到房间里，寻思上午时光是用来刺绣还是到庭院里画猫写生。

稍一权衡，他最终选择刺绣，如此既能在脑海中创造憨态可掬的宠物拟态，又可以体会到刺绣的快乐。

利落地将长发扎成马尾，李相浮凝神开始创造。

首先是眼睛，圆滚滚的猫瞳一定要具有……，其次爪子要……就在一幅活灵活现的老猫打盹图即将成形时，门外突然传来张阿姨的声音。

李相浮打开门。

张阿姨看到他手上的长针，心里咯噔一下，勉强把话说完："你爸让你下去一趟。"

李相浮闻言，好奇地扒着栏杆一看，发现底下来客人了。

他皱了皱眉，寻思着莫不是老爷子心血来潮，又要给自己介绍相亲对象？最近这样的事频频发生，加上诺顿博士那茬儿，使得李相浮并未礼貌地掩饰住目光中的不悦，下楼后语调十分冷淡："爸，您找我？"

喊完他才发现冤枉了人，先前视野有死角没看清。访客是个男生，长着张娃娃脸，很显年龄小。

"不是我找你，"李老爷子面色不变，只有在说话时脸上的皱纹才随着嘴角牵扯一下，"他说是筱筱的朋友，要找筱筱。"

李相浮刚想张口，李老爷子没给这个机会，继续说："知不知道你妹妹今天去了哪里？"

短暂地沉默了一下，李相浮眨了眨眼，望着男生说："你来得不巧，筱筱今天和朋友去逛街了。"

李老爷子忽然站起身："你们聊，我去上个厕所。"

李相浮坐在他的位子上，十指交叉，胳膊搭在沙发扶手上。

"你好，我叫陈韩。"男生的声音有些微弱，很不自信的样子。

姓陈？李相浮瞬间想到群里唯一姓陈的男成员，个性极为腼腆，话里话外三句不离他爸妈。不过这个陈韩在某些事上可谓十分固执，他似乎是声控，对筱筱的声音极为迷恋。

每次李相浮在群里说早安晚安，他都是第一个回应。

"等筱筱回来，我让她给你打电话。"

陈韩却格外坚持："没事，我可以等。"

李相浮从这种坚持中嗅出一丝不同寻常的意味，眼神微微一寒："稍后我和我爸都要出去，家里没人。"

陈韩："我可以在门外等。"

见他这么固执，李相浮不知想到什么，突然改为抱臂坐着，神态隐隐透露出几分不善之意。

"实话告诉你，是我不想让你见筱筱。"

陈韩错愕，当即问："为什么？"

"因为我看不上你，"李相浮轻蔑地说，"所以你没资格见我妹。"

活到现在陈韩就没听过这么过分的话，羞愤下猛地站起身："你不喜欢不代表筱筱不喜欢！"

"她吃我们家的，喝我们家的，婚事当然是要由我做主。"李相浮态度依旧傲慢。

陈韩性格黏人，但家教还算不错，脸憋得通红，痛斥："你混账！"

李相浮十分无赖地摊手，半闭着眼不再搭理他。

"我……我……"一连重复好几遍，陈韩狠狠一砸桌子，少年人的血气涌了上来，说："那我们就耗着，我日日守在你们家门口，就不信见不到人。"

撂下狠话，他转身就要大步离开。

"等等。"李相浮头痛，无奈地叫住他。

陈韩脚步倏地一停，却没有回头。

有感不给出个结果，陈韩真有可能在门口蹲点，李相浮试图一次解决这个"狗皮膏药"："也别说我不给你机会，见筱筱可是要排号的，琴棋书画诗酒花，礼乐射御书数……"陆续报出了不少项目后，李相浮慢悠悠地道："你可以任意挑战一项，只要能赢我，就给你一次取号见面的机会。"

依李相浮的观察，这人会不自量力地选拼酒。

"你说真的？"陈韩狐疑地问。

李相浮点头："你输了的话，就不许再纠缠。"

"好！"陈韩没有当场做决定，这时候十分谨慎地说："我回去想想，再来挑战你。"

客厅内重新恢复安静。

没多久，卫生间响起冲水的声音，李老爷子走出来，冷笑着问："谈完了？"

两处离得不远，一门之隔，两人说了什么李老爷子肯定听了个大概，李相浮抿了抿嘴："您怎么看陈韩突然来拜访的事？"

李老爷子坐下，斜眼看他：“你心里不是有数？”

莫名其妙突击去别人家拜访，从性质上说有些失礼，陈韩更像是为了确定什么。

沉默片刻，李老爷子语气不善地道：“下午还有一位经久不联系的老朋友给我发消息，说要来拜访，指不定也是同一件事。”

李相浮目光一沉：“看来有人已经怀疑筱筱的真实性。”

陈韩个性比较单纯，又容易冲动，多半是受了别人的教唆。

“如果真有人在背后煽风点火，那就不好收场了，”李老爷子皱眉，“你有没有想过？假如有人跟我说，我儿子喜欢的女人可能不存在，是有人在背后耍他，我也肯定要确定一番。”

一旦查明真相，他绝对是要心生隔阂的。

李相浮靠着垫子沉思不语，重新坐直身体时，碎发因为静电翘起来几根。

到底是自己的儿子，李老爷子还是心软了，问：“这件事你瞒了多少人？”

李相浮谦虚地道：“不多，就两位数。”

“……”

李老爷子狠狠地瞪了他一眼：“恐怕都是些家里有背景的人。”

李相浮没有否认：“当时我还有其他原因。”

现在不是细究的时候，李老爷子说了句：“实在不行，你去暗示一下这个虚拟人物有孩子的事情。”

李相浮无奈地说：“我试着暗示过几个，结果他们反而更激动了。”

“……”

“爸爸，”学着李沙沙平日的语调喊了一声，李相浮轻叹道，“时代变了。”

谁能料到，少妇人设会比清纯少女更受欢迎？

“……”

囿于一室限制了思维发展，僵硬的气氛中，李相浮独自走去庭院。红尘趴在喷泉边，任凭水珠溅在身上，犹如泰山般纹丝不动。

任何时候他对上那张淡然的猫脸，浮躁的心瞬间能得到平静。

“有得必有失吗？”他喃喃了一句。

在群里打听消息要容易很多，可以预判秦伽玉的行为，提前一步做出部署，否则李相浮也不会轻易发现残片的存在。

现在李相浮还不知道梨棠棠身上有什么吸引秦伽玉的点，这样退群有些可惜。

“也不知是谁在背后捣鬼，”李相浮给红尘顺毛，自言自语地说，“万一再有到访的，每次都见不到人，时间久了肯定会引起怀疑。”

老猫打了一个哈欠，用屁股对着他，开始享受正午的阳光。

李相浮眯了眯眼，想起了李安卿的常用手段：先发制人。

打定主意后，他去了趟书房，折腾了一会儿打印机，再下楼时，手中拿着一沓类似名片的小卡片，递给李老爷子。

只见卡片标有序列，背面印着密密麻麻的挑战项目，正面是金灿灿的字体，“比武招亲”四个字加了引号，印在中间最醒目的位置。

最新鲜的是底下还备注了保质期：自拿号起三天内不来挑战者，号码作废。

“……”李老爷子眼皮一跳，“什么玩意儿？”

“即日起，不论是谁提出要见筱筱，您都把这张卡片塞给对方……”

李老爷子气极反笑：“你这不是‘此地无银三百两’？”

正常人谁会大费周章地搞这么一出？这不是侧面印证了筱筱不存在，是有人心虚？

“您放心，”李相浮说道，“最后他们只会惊叹于我为何如此多才多艺。”

“……”

经他一提，李老爷子这才反应过来被忽略的事情，重新看向卡片，嘴皮子抖了两下说：“这还骑马射箭？遇到有心人找个专业队员来比试，你哭都没眼泪。”

李相浮不但不担心，反而很惊讶：“难不成真有人来自取其辱？”

李老爷子胸口剧烈地起伏两下，从前他怎么没发现这个儿子如此自信？

李相浮镇定地坐在一边，对未来做出预判，淡淡地道：“起初他们只会嘲讽地等我丢人现眼，屡战屡败后，他们爱上了挑战，故事结尾这些人将沉溺于被我征服的快感中。”

“……”

说到这里，李相浮忽然想起什么，盯着卡片郑重地交代：“对了，您注意顺序，号别发错了。”

将名片放到一边，李老爷子眼神锐利：“你确定要胡闹下去？”

李相浮：“用荒唐来掩饰荒唐，最为有效。”

这种转移注意力的方式，跟做新闻是一个道理：想要降低一个热点的讨论度，就得放出更吸引人眼球的戏剧事件。

见他如此坚持，李老爷子不再劝诫，只说：“最后如果酿成苦果，记得一个人给我扛住。”

李相浮承诺得毫不费力：“我心里有数。”

李老爷子进了书房，李相浮安静地坐了会儿，琢磨着应该不会有人太无聊，隔三岔五便来挑战，又想是不是应该收点儿门票费，杜绝类似恶劣事件。

杂念很快被新的想法压下去，有关筱筱的暴露，李相浮猜测和梨棠棠有关。早在一个月前，对方便怀疑筱筱的存在。只是先前养女的身份让这件事尘埃落定，如今不知为何又被提起。

稍一思索，李相浮打电话给赵永初：“之前让你把修改的手术记录……”

“全都按照你说的，我找人修好图，给苏桃传了过去。”

李相浮顿了下，问：“后来你们有没有再联系过？”

被质问的语气砸过来，赵永初明显有几分不爽，但还是回答说：“她咨询过按摩的事，问起我雇你的缘由。”

“哦？你怎么回答的？”

“实话实说呗，朋友介绍的。”

李相浮心中疑惑渐散，怕是苏桃顺藤摸瓜知晓了养女为兄长的按摩店拉客的离奇故事。好在他会伪音一事知情人寥寥，那两人应该也不能完全确定筱筱的真假，才会侧面怂恿梨棠棠出面试探。

这注定是不同寻常的一天。

下午李老爷子还真的把卡片发出去一张，打发走了来拜访的朋友，对外说辞为“家里孩子的胡闹”，便懒得继续管这事。

李沙沙放学回来，上楼去找李相浮，发现桌上的小卡片，怔了怔：“这是什么？”

“备用的，防止哪天发完了，可以及时补货。”李相浮毫不在意地摆了摆手。

看完上面的字，李沙沙很快猜出大概：“爸爸，是不是大众情人的人设翻车了？”

这些卡片几乎相当于线下粉丝见面会的门票。

李相浮淡淡地道："做一只死鸭子，就翻不了。"

他嘴硬点儿，死活不承认，别人也没辙。

李沙沙放下书包，索性在他的房间里写作业。李相浮见桌子太高，过来加了个坐垫。

一心二用，李沙沙匆匆扫了一眼题目，不过脑子便能轻易写出正确答案，顺便说："我已经有了初步的想法，这两天就可以完善。"

反应了几秒钟，李相浮神色中多出几分认真："你是说如何对付秦伽玉的系统？"

李沙沙已经做完功课，合上作业本，点了点头。

李相浮蹙眉："如果我没记错，你才思考了不到三天。"

李沙沙没否认，坐姿笔挺，矜持地颔首"嗯"了一声。

李相浮面色微变："而秦伽玉已经在我们面前蹦跶了好几个月。"

李沙沙下巴微抬，又轻轻"嗯"了一声。

李相浮："请问前几个月，你在想什么？"

李沙沙正色道："有一说一，爸爸，当时你并没有拿出激励措施，承诺为我请一个月病假。"

任何事物的潜力都是被逼出来的。

李相浮轻呵一声："如果当时我的奖励是休学一年……"

李沙沙毫不犹豫地说："什么都给你干倒！"

"……"

作为理论大师，李沙沙力求完美，在计划彻底完善前，拒绝透露细节。他直接在脑内建模，提前构造各种可能出现的意外情况，好提高事情的成功率。

早知道有人免费干苦力，李相浮一开始估计连眼神都不会施舍给秦伽玉。他半躺在摇椅上，享受着外面吹来的凉风，眯了眯眼，回到最初的话题："猜猜，第一个来挑战的人会选择什么项目？"

李沙沙瞄了眼名片，说："拼酒或者唱歌。"说着他不忘叮嘱，"拼酒对你不利，如果是在酒吧，务必注意安全。"

李相浮曾有好酒的岁月，然而酒量十分一般。

"那反倒好了。"李相浮的双目中透露出无欲无求的神色。

晚霞明艳，风也很舒服，正是小憩的好时候，李相浮呼吸逐渐均匀。微风顺着衣领的缝隙钻入，冰凉的触感像是在被一双手抚摸，他条件反射地一抖，紧接着猛地坐直身体，险些从躺椅上栽倒。

轻微的咯吱声消失，李沙沙低头望着恢复原状的魔方说：“也许你该尝试着去找个心理医生。”

李相浮摆手。

医患间首先要建立信任关系，和人畅谈往事不切实际，没有突破口，再好的良医也无法下药。

“不要忽视辅助作用，聊胜于无，”李沙沙转过头说，“不亲自体验怎么能确定没效果？”

然而李相浮做事向来有自己的规划。

似乎知道他在想什么，李沙沙取出尺子，走到他面前。

极度严谨地测量完后，李沙沙微微一笑：“较刚回来时，袖口挽高了足足一厘米……恭喜爸爸！照这个节奏，最迟十年，你就可以穿上中袖了。”

“……”

令人尴尬的沉默足足持续了十分钟。

李相浮缓过神，轻咳一声说：“我决定考虑你的提议。”

“你不如咨询秦晋，他或许有合适的医生推荐，”李沙沙道，“我看他忽冷忽热，精神状态也不正常的样子。”

李相浮还真打电话给秦晋了，却不是因为李沙沙的说辞，而是认为秦晋可靠。

诺顿博士就是前车之鉴，若是自己找一个心理医生，最后发现是秦伽玉安排的，那岂不是给自己添堵？

在等待音中，李沙沙重新打乱魔方，说：“我保证，他绝对了解这方面的行情。”

“喂。”低沉的声音打断李沙沙笃定的话语。

李相浮开门见山地说出了自己的目的。

秦晋也很干脆：“我认识两个心理医生，业务素质和人品都不错。”

李沙沙已经站在李相浮旁边，仰面不带感情地道：“我说什么？”

秦晋绝对有这方面的经验。

李相浮单手提溜着熊孩子扔到椅子上，对着他做了个噤声的动作。

秦晋那边似乎捕捉到了李沙沙的声音，没计较，继续道：“如果有需要，我让他们联系你。”

他们？

李相浮怔了怔，说：“一个就行了。”

电话那头的人沉默了一瞬，罕见地劝慰说：“多点儿人，稳妥。”

“……”

世上总有出乎意料之事。

在秦晋的牵线搭桥下，李相浮同时拥有了两名心理医生。

他骄傲了吗?

他没有。

还有便是，陈韩那日突击拜访后，选择的挑战项目和拼酒无关，而是赛马。

经过打听，李相浮才知道陈家开了一个马场，陈韩为人瞧着腼腆，马术却不错。

赛马可不是闹着玩的，若谁莽撞地硬上，摔伤骨头都是小事。陈韩原意是想给李相浮一个下马威，好确定筱筱的真假，不承想对方答应得很爽快。

周六，李相浮准时到达马场，环视周围发现有好几个熟人，一些是过去的狐朋狗友，他的对头袁博远也在内。这些人显然是陈韩故意拉来看好戏的。

“你做事还真是挺让人出乎意料。”李相浮收回视线说。

“你也一样，”瞥了他身后跟着的两人一眼，陈韩冷笑，“马场没人来闹事，不用带保镖。”

李相浮：“他们是医生。”

话音未落，袁博远过于浮夸的笑声由远及近地传来：“你这是已经在为摔下马做准备了？”

李相浮补充：“心理医生。”

因为他的症状比较古怪，两名心理医生主动随行，想通过日常生活展开进一步分析，每天至少要跟五个小时。

可惜这话听到别人耳中，成为类似强行挽尊的借口，瞬间引来一阵哄笑。

当噪声为耳旁风，李相浮问：“马在哪里？”

陈韩打了个电话，很快就有人牵着数匹精神抖擞的马过来。

“你先挑。”

李相浮粗略地扫了一眼，都是差不多的品种，至少证明陈韩没私下搞小动作。他指了下其中最漂亮的白马说：“就它。”

白马耐性一般，一看他就是不懂行的，陈韩忍住嘲讽的欲望，跨上一匹枣红色的马。

马场有专门的赛道，为安全起见，撤去了包括栏杆在内的障碍物。

“周长一千八百米，”陈韩系好头盔，略带挑衅地问，“没问题吧？”

“你没问题我就没有。”李相浮今天专门穿了身适合赛马的行头，长腿一跨，利落地翻身上马，从腿长方面已经赢了。

清脆的哨响后，两匹马同时如离弦之箭奔出。

喜欢赛马的人多数不缺钱，这场比赛吸引了圈内不少年轻人。

没过多久，此起彼伏的欢呼声如潮水般袭来，陈韩倍感惊讶，一时间竟然忘记比赛的目的，格外飘飘然。然而很快，他就发现欢呼声中的不和谐之处……

“长发哥哥太帅了！”

“是我的，爱了！”

“我们去后排，好拍照。”

陈韩实在忍不住偏过头，这一看，脏话差点儿脱口而出。

李相浮哪里是在赛马，分明是在展示花样骑术，用了一系列高难度的技巧，甚至路过一处时俯身从地面摘了朵盛开的野花。

尖叫声中，他用充满柔情的眼神扫过每一张面孔。没错，是每一张。

欢呼声更加热烈。

台上的心理医生翻看着秦晋提供的信息：不合群，不喜社交，偶尔像是一片忧郁的大海，过于保守，无法与人产生身体接触。

心理医生皱着眉打电话给秦晋：“秦先生，您确定提供的信息没错？”

就在这时，场上的尖叫声突然变成惊呼。

因为一时失神，陈韩夹住马腹的腿过于用力，马受疼用力一晃，陈韩重心不稳，眼瞧着就要摔下去。千钧一发之际，李相浮来到他身边：“把手给我！”

陈韩不假思索地伸出胳膊，李相浮把花叼在嘴里，同时用力一捞，竟把对方带到自己的马上，再用力一扯缰绳，白马发出一声嘶鸣，停了下来。

陈韩已经吓到失魂，眼眶都是红的。

李相浮却爽朗一笑，把嘴里的花插到他的鬓角：“小白兔，送你了。”

场上顿时响起雷鸣般的起哄声。

心理医生还保持着通话状态。

“当然不会有错，他在防备着这个世界，用过分保守的态度汲取安全感。”秦晋语调转寒，“别说跟了这么多天，连这点儿东西你们都没看出来？”

“秦先生，恕我直言，”心理医生面无表情地陈述事实，“我的眼睛告诉我，他已经浪得快要飞起来。”

汗水浸湿衬衫，勾勒出腰上的人鱼线，李相浮仰头露出喉结喘息着，活像一个现世的妖精。

此刻他身边围着不少女生，她们在递毛巾、递水、要电话……

/ 第二章 /

高消费赛马场，配备有专门聘请的医生。

在确定陈韩身上没有明显的伤口后，医生安抚着他激烈的情绪："平静下来，呼吸，你已经安全了。"

陈韩脸憋得通红。

医生无奈，赶忙帮他拍背顺气。

台上的心理医生结束通话，突然瞳孔一缩，问旁边的同行："注意到没有？"

另一名心理医生点头，为了看得更清楚，特意站了起来："他的肢体动作有闪躲。"

哪怕被一群人围着，李相浮也在刻意避免和其他人有身体上的接触。想要进一步观察，两人走下台来到近处。

"都是我该做的。"

"手机号就不留了，这么多人都加，我没及时回复信息会很失礼。"

只见李相浮眼睛里似乎藏着整个春天，目如春水般晃动，吐出的每一个字都透露出欲拒还迎之意，身体却无比抗拒。

心理医生承认在这一刻看呆了。

李相浮："麻烦让一下。"

围观群众礼貌地侧开身子让出道，李相浮走到陈韩身边，唇畔浮现出笑容："你这样可是见不了我妹妹的。"

"我……"陈韩低下头，只觉又尴尬又有被人救的羞愧，竟转身跑走了。

赛马就此画下句点。

时间一久人群散开，李相浮的笑容逐渐消失，他轻轻活动了一下有些被拉伤的胳膊，考虑稍后要不要去买一贴膏药。

"李相浮，"陈韩突然又跑了回来，气喘吁吁地说，"那个……你再给我一张卡片，等我练好了再来挑战你。"

李相浮闻言，眉头轻皱了一下，态度比刚刚冷淡几分："想拿号去找我爸要。"

陈韩好像还真听进去了，小声说了句谢谢，离开前支支吾吾地道了声歉，才朝医务室的方向走去。

目睹李相浮前后对待陈韩的态度变化，其中夹杂着一丝显而易见的不耐烦，心理医生又准确地记录下一项：过于绅士，情绪热度消散快。

明星的八卦靠媒体，圈子里的笑谈则靠口口相传。

每个人都有自己的小圈子，也可能是别人的共同好友，见面少不得要拣最新鲜的事情当谈资。才几天的时间，有关赛马场的种种场面便被绘声绘色地传扬。

有人录了赛马视频，镜头精准地捕捉到李相浮救人的一幕，但更多人注意的是在救人前，李相浮花样秀马技时的片段。

对于自己被拿来当谈资的事情，李相浮能预见到，但没放在心上。

"人的热情总是会很快过去……"他问跟在身边的两名医生，"你们觉得呢？"

心理医生只是微笑着轻轻点头，不发表见解。

商人不会错过任何一次扩展人脉的机会，李相浮救了陈韩，陈韩的父亲专门打电话给李老爷子，道谢后表示这是大恩情，想要带礼物来当面感谢李相浮。

陈家的发展远不如李家，不过李老爷子对度假疗养很有兴趣，陈家正好主要在这方面投资，李老爷子便顺水推舟地应了下来。

巧的是当天刘宇也打电话过来约李相浮出去玩。才欠了对方人情，直接拒绝显得太生硬，李相浮索性一并邀请他来家里做客。

刘宇："那我带个朋友。"

"可以。"李相浮答应得很爽快。

为了不显得敷衍了事，当天他亲自下厨，做了一桌好菜，十分有诚意。

原本发现有其他人，刘宇确实生出几分不悦之意，当看到系着围裙的李相浮时，立时惊呆了："你还会做饭？"

嗅着空气中的饭香，刘宇带来的朋友咽了下口水："可惜了。"

李沙沙周五下午没课，与他们坐在一桌吃饭。因为李沙沙正好处在陈韩对面，每次夹菜时都不免看到一直沉默的陈韩，终究忍不住放下筷子，看向陈韩说："这位哥哥。"

陈韩一愣，抬头看向他。

李沙沙："你是要默默地惊艳所有人吗？"

"……"

陈韩还没来得及紧张，就见李老爷子不以为意地道："这孩子平时喜欢看乱七八糟的书，别介意。"

陈韩的父亲开始夸奖李沙沙："这么厉害！告诉爷爷，你识多少字？"

李沙沙："……"

难得李相浮亲自下厨，自己却没办法好好地享用美食，这该死的人情社会！

"都识。"他不得已回答。

陈韩的父亲十分惊讶，大赞他是天才。源于李老爷子那一句"喜欢看乱七八糟的书"，陈韩的父亲继续问："最近在读什么书？"

《祝英台》。"李沙沙毫无波澜地背了一句，"英台不是女儿身，因何耳上有环痕？"

陈韩和刘宇带来的朋友，包括刘宇本人，听到这句话都下意识地看了一眼李相浮的耳垂。

他们很快又想到另一件事，虽然不确定李筱筱的真假，但李戏春是真实存在的啊！

想到这里，他们忍不住又看向李沙沙，传言李戏春才是李沙沙的生母，一个能将秦晋和高寻同时迷得神魂颠倒的女人，秦晋甚至因此和李家破冰，李戏春的魅力自不必说。

窈窕淑女，君子好逑。

刘宇的朋友瞬间对李戏春生出强烈的好奇心。李戏春的工作他听说过，目光触及墙上的画作，他状似不经意地说："这些画很好看。"

一旁的陈父跟着瞥了一眼："确实不错。"

李老爷子乐呵呵地道："我女儿托人买来的，她在画廊工作。"边说边看了下钟表，"算算时间，她也该下班了。"

同一时间，李戏春已经到小区门口，接到李老爷子的电话，听到家里来客人，懒得打招呼，准备倒车先去别的地方兜风。

"你弟弟做了一大桌子菜……"

李戏春转动方向盘的手一顿，随即她改口说："三分钟，我已经在家门口了。"

门一开，饭香味扑鼻，李戏春迫不及待地进门，一一打过招呼后坐下吃饭。

李老爷子晚上吃太多容易胃不舒服，便离开饭桌和陈父坐在沙发上谈事，李相浮则机智地借用给李沙沙检查作业的借口撤退上楼。

李戏春巴不得多走几个人，自己就能安静地吃饭。

偏偏有人不识趣，客套地聊了几句后，陈韩鼓足勇气邀请她去赛马。

"赛马？"李戏春摇头，"我害怕马。"

陈韩愣住，努力打起精神说："那边附近风景不错，还可以野餐烧烤。"

李戏春没有兴趣："我不喜欢料理肉食，太腥了。"

陈韩闻言沉默下来，另一边刘宇的朋友忍不住说："所以你不会做饭，也不会马术？"

李戏春本就是很精明的性格，品出不对味后，放下手里的鸡翅，不悦地眯了眯眼。

刘宇赶紧打圆场："他们是看李相浮会，就以为……"

"就以为我也会？"

刘宇闻言干笑了一声。

"刺绣、料理、舞蹈、画画、家务活……还有你们见识到的这些，我弟弟确实都会，而且擅长，"李戏春微微一笑，"可惜了。"

几人下意识地接道："可惜什么？"

"可惜这些技能在我们家，传男不传女。"

"……"

盘子里还剩下最后一个鸡翅。

李相浮特意在外面刷过一层淡淡的蜂蜜，色泽诱人，光看都能想象到入口时的香脆。

李戏春毫不谦让地准确夹中，保持高贵冷艳的姿态剔除骨头，压根儿不在乎周围的人面色各异。

"传男……不传女？"陈韩喃喃着重复了一遍，忽然问，"那筱筱呢？"

李戏春目光不动，继续安静地剔鸡翅骨。不久前李相浮被赶出家门好一段时间，她多少也听说了点儿缘由。

享用完肉质细嫩的美味，李戏春这才边擦着指尖的油，边慢悠悠地道："一个养女，有什么资格被纳入我们家的成员范围？"

陈韩下意识地梗着脖子辩驳："你怎么能这么说筱筱？"

李戏春扔掉纸巾，抱臂说："她和我们都不在一个户口本上，有什么不能说的？"

陈韩笨嘴拙舌，一时心中五味杂陈，又是同情筱筱的身世，脑海中又不断上演李相浮救自己的画面。

刘宇忙打圆场："时间不早了，回吧。"

友人点头。

见他们起身拿外衣，李戏春喊了张阿姨："麻烦叫一下相浮，让他下来送送。"

客厅里还坐着李老爷子，基本的礼节不得不保持周全，之后李戏春和他们交谈了两句，一直到李相浮下楼，才"功成身退"。

陈韩父子也没有多待，刘宇带着友人离去后，陈父也和李老爷子告别，笑着说："有空来度假村，我们新推出的水疗项目反馈还不错。"

李老爷子含笑应下。

人一走，客厅内瞬间变得冷清。张阿姨来收拾桌子，感慨道："留学生活锻炼人，这做饭的水平比我厉害多了。"

一晚上说了太多话，李老爷子略显疲惫地靠在沙发上，暗示性地咳嗽了一声。

李相浮会意，在他旁边坐下。

李老爷子眼睛睁开一条缝，斜眼瞄过去说："陈韩两次来前后态度不一，你就没什么想说的？"

和发号见面一样，李相浮最近擅用荒唐掩盖荒唐的法子。

"没，我想说的是另外一件事，"他尽量简短地说，"我找了两个心理医生，从明天起您可能经常会在房子里看见他们。"

李老爷子皱眉。

李相浮进一步解释："我最近心理状态不大好，专门请人来做针对性分析治疗。"

之前他每日会刻意出去，保持在外停留五个小时的状态，但因为几乎没朋友，日常多是参加一些聚会活动打发时间，没有在家里自在。

听完，李老爷子闭了闭眼："尽量让人白天来，身份一定要调查清楚。"

他多少也感觉到李相浮状态不对劲儿，否则不会请诺顿博士，谁能想到差点儿引狼入室。

翌日一早，李老爷子就联系了陈韩的父亲，跑去疗养度假，准备惬意地享受一个周末。

李戏春听说家里要来两个心理医生，觉得烦躁，索性和李怀尘一起跟了过去。李安卿独自待在房间里，不知在做什么。

想着家里没什么人，李相浮给张阿姨安排了一天假。

心理医生来得很早，甚至赶上了李相浮早间弹琴的环节，同时目睹了大人孩子交流数分钟哲学的诡异场景。

李相浮抱琴回屋的时候，两名心理医生坐在庭院里交流："会不会是基因问题？"

这和调侃无关，有些基因天生就对行为有影响，譬如反社会人格，很多就是先天基因所带，且存在遗传可能。

一个六岁的孩子，有这种谈吐，绝对不是靠模仿便能达到的。

"不好确定，只能继续观察。"

上午是刺绣时间，李相浮不习惯别人进自己的房间，于是把东西搬出来坐在庭院里绣。

"爸爸，今天你没水群。"李沙沙提醒。

李相浮点了点头，看向心理医生："我记得这种职业有严格的保密性要求。"

"除非特殊情况，泄密属于违法行为。"

得到确切的回复，李相浮平静地登录小号，站在石头上切换温柔女声，一开口就是字正腔圆、豪情壮志的内容，待到朗诵完一大段，收尾时嗓音更加清亮：

"让暴风雨来得更猛烈些吧！"

大约空了三十秒，他又软绵绵地补充一段语音："希望这首词能振奋大家的精神。"

语调似乎都能把骨头化掉，心理医生血液有些沸腾，面色却不变，询问李相浮这么做的缘由。

李沙沙抢答："对比才好凸显最后一句腔调的'销魂'。"

"人家问的不是这个，"李相浮无奈地揉揉他的脑袋，说，"用小号，是因为我需要从群成员身上套些信息。"

心理医生只关心重点："这种方式……"

"他撺掇的。"李相浮看了李沙沙一眼，实话实说。

面对意想不到的原因，心理医生尽可能调用专业知识私下进一步展开分析。

午间李相浮做饭时，李沙沙走去厨房，关上门后问："万一他们泄密怎么办？"

李相浮头也不抬地切着菜："那也得拿出证据，他们真那么做，秦晋也不会放过他们。"

排号事件后，外界对筱筱的存在本就是将信将疑，多一人发表见解也不影响什么。饭刚上桌，李老爷子打来电话，说在度假村遇到两个来拿号的愣头青，让李相浮做好心理准备。

李相浮沉思片刻，打电话给陈韩。

那边的人听到他的声音，有些受宠若惊。

李相浮故意表现出强势，问："那天你突然上门，是不是听梨棠棠说了什么？"

从紧张的"呃""嗯"这样来回重复的词汇中，李相浮已经能确定答案："算了，我不为难你，别放在心上。"

说罢，他挂断了电话。

李沙沙站在一旁："爸爸，你不是一个人在战斗，还有，筱筱赢一个梨棠棠，简直轻而易举。"

"秦伽玉才是祸源。"李相浮顿了一下，问："你不是有了初步构想，还要多久能完善？"

李沙沙："为了一个月假期，我会尽快。"

"……"

李相浮送了一份饭上楼给李安卿，随后才去叫庭院里正在讨论的心理医生进来吃午餐。

下午他选择在书房看书，心理医生简单记录了一下李相浮平时爱看的书籍，便安静地退了出去。

"我们或许可以和那个孩子对话。"

“行，一般父子的思维逻辑具有相似性。”

晚上似乎要下雨，才四五点，天便灰蒙蒙的，厚重的铅云彻底湮灭了最后一丝阳光，空气又闷又压抑。

庭院里，一道很小的身影正坐在喷泉下，不断回忆在苏桃的订婚宴上触摸秦伽玉身体的瞬间，所得到的反馈信息。

在理论方面，没有人能胜过李沙沙，哪怕是李相浮。

又过了片刻，他开始回忆晶体上的代码排列，试图逆推出对方系统的工作原理。

脑海中有亿万种数字在交错闪烁，李沙沙捕捉到某个点，倏地睁开眼睛。才踏进庭院的两名医生猝不及防地对上一双发绿的眼睛，只见其中全是密密麻麻的小点。

两人瞬间腿软了。

心理医生挪不开脚步，用力吞咽了一下口水，找回声音后问：“你看到了吗？”

“好像……”另一人恍惚地说，“有绿光。”顿了顿他又道：“其实那是阳光的折射，对不对？”

双方同时抬头，天空乌云密布，根本看不到太阳。

猜到精力过于集中产生了一点儿疏忽，李沙沙面色不变地站起身。

“两位叔叔，”他幽幽地开口，“你们是来散步的吗？”

医生心理素质过硬，尽量平静地点头：“工作结束了，你爸爸在书房里看书，记得跟他说我们先走了。”

“好。”李沙沙的声音没有任何感情起伏。

不敢显得太过焦灼，二人勉强抬腿保持匀速前行，平稳地走出别墅门，之后几乎是落荒而逃。

李相浮在赛马场上的一幕火出了圈。

哪怕秦晋忙得几乎是住在公司的状态，也看过这段视频。

两名心理医生站在秦晋的办公桌对面。

“抱歉，我们无法胜任这份工作。”

“理由。”秦晋终于暂停工作，稍一沉吟问，“是因为李相浮？”

秘书进来送咖啡，分明是宽敞的办公室，空气却像是停止流通般，凝固得令人窒息。

“不，是个人原因，”心理医生心累之下破罐子破摔，“因为唯物主义。”

一时间，气氛僵硬无比。

啪。

秦晋的指尖碰到了钢笔，笔头轻微打转的声音让人忍不住打了一个激灵。

他靠坐在转椅上，敛下睫毛像是睥睨着两人。

心理医生感受到莫名的心理压力，重新组织着语言："事实上，我们突然感觉对世界的认知还不够全面，才来请辞。"

有感这话太过笼统，他还想说些什么，秦晋忽然开口："余款周末前会结清。"

"不用，这属于违约了，我们全额……"

秦晋摆手，打断对方的话："跟了几天，分析出什么？"

涉及专业领域，心理医生眉头一紧，说道："他的情况很特殊。"

详尽的细节没谈，他表示说："因为这属于客户隐私，事后我们只能把个人见解和提议发到李先生的邮箱。"

秦晋点了下头，看了秘书一眼，后者会意地领人离开。

心理医生落荒而逃后，李沙沙上楼去找李相浮。

"那两人跑了。"他说。

李相浮放下书，第一反应是问："你做了什么？"

李沙沙："大约展示了 0.001 秒我的电子眼。"

李相浮听后淡淡地哦了一声，重新阅读看到一半的文章："网上发的见鬼帖每天没有一千也有八百，不用在意。"

李沙沙盘腿坐在他面前，汇报进展："刚刚我逆推了一下秦伽玉的系统的代码。"

李相浮又一次抬头，不过这次视线死死锁定对方："代价是什么？"

系统不是拖延症，有逆推的能力不会拖到今天才进行。

"耗损一部分能量，我现在大约只剩五十五年寿命。"

李相浮皱着眉还未开口，李沙沙先声夺人："等它虚弱到一定境界，我吸收了剩余能源，可以双倍补回来。"

"吞噬？"

"系统不是虫，"李沙沙摇头，瞄到一边的手机，说，"假设系统是手机，我需要的是里面的电量。"

事已至此，李相浮想了想，还是没有说出苛责的话："事无绝对，这种需要损耗自身的事下不为例。”

李沙沙举手做发誓状，随后说：“任何人绑定系统都要有所付出。”

李沙沙：“假设判断无误，摆在秦伽玉面前的是选择题，要是他选择了‘否’会怎样？”

话音落下，室内陷入沉默。

明白对方不会无故询问，李相浮没急着给出答案，时间一分一秒地过去，也不知他想到什么，瞳孔微微一缩，突然站起来说：“解绑？”

李沙沙点头。

李相浮靠在窗边，眼中多出一丝明悟之色：“难怪……”

秦伽玉狠毒，但当时完全可以拒绝系统的要求，等待下一次命运契机的来临。

“拒绝会失去系统，所以他才选择一条路走到黑。”

李沙沙：“如果能让他拒绝一次，我再趁机绑定，就是一箭双雕的事情。”

他既能在解绑瞬间吸收虚脱系统的能量，还能把秦伽玉送走，简直妙哉。

李相浮：“容我想想。”

这一切要建立在秦伽玉拒绝所谓命运契机的基础上。

联想到秦晋那边在等着秦伽玉和苏桃正式登记结婚，有一个破产债务大锅等着送出去，李相浮寻思着能不能从中操作一番。

走廊内传来开门的声音，李相浮转过身，猜测李安卿终于舍得出那扇门了。

“二哥，”他走出去，“吃晚饭不？”

李安卿不常用晚餐，万一李相浮准备多了，明早还得吃剩饭。

李安卿闻言摇了摇头，擦身而过的瞬间突然停下脚步，问：“你请了心理医生？”

李相浮点头。

“确定不是跑步健将？”

李相浮带着疑惑地“嗯”了一声。

“我站在窗边浇花时，目睹他们出门后一口气冲刺了几百米。”

李相浮淡定地扯瞎话：“估计是突然体会到体育的乐趣，以后不会再来了。”

李安卿没追问，说起另一件事：“爸刚才打了电话来。”

他放了录音，李老爷子碎碎念了不少话，大致在说度假村是真的不错，问他们要不要过去疗养。

李相浮拒绝的话快要到嘴边时，李安卿说道："你可以叫上秦晋一起去。"

李相浮怔了怔，用手机翻了下皇历，琢磨着今天是什么日子。不久前对方分明才警告过秦晋，别让他们两兄弟的事情影响到自己。

这时李安卿补充了一句："苏桃和秦伽玉也在那里。"

秦伽玉现在化名秦珏，但李安卿一般是直呼其原名。

重新考虑了一番，李相浮改变了主意："偶尔出去放松一下也好。"

不知道秦伽玉是去做什么，但不妨碍他顺便过去凑个热闹。

"秦晋那边不一定有时间。"李相浮又说。

李安卿不以为意，下楼梯时开口："我去取车，你们收拾好就下来，红尘有张阿姨照顾。"

天气预报给出夜间会有暴雨的提醒，降雨预测节点持续到明天正午，他们只有现在出发比较合适。

进屋后，李沙沙只取了一件衣服，不忘往左右口袋各放一个魔方，望着外面的天色，好奇地道："下雨天去了能做什么？"

李相浮用手机搜索了一下："度假村内部有温泉，还有桑拿、泳池、私人影院等。"

李沙沙客观地表示："那是比在家有意思。"

路上堵，车子走得不是很顺畅。

李沙沙单日过度损耗能量，转了会儿魔方就有些头晕，找了个垫子塞在脑袋后准备眯一会儿。

李相浮给他盖上小毯子，语气不重，却给人凉飕飕的感觉："如果再被我发现你'胡作非为'，以后的晨间曲目统一成大悲咒。"

李沙沙的眼睛顿时瞪得跟猫眼一样滚圆。

没有留下商量的余地，李相浮发信息给秦晋，邀请他来疗养，之后抱臂靠着座椅，开始闭目养神。

李安卿开车很少放广播，一路无话，跟着导航，车子顺利地开到了目的地。

几人一下车，面前一左一右立着双胞胎似的广告牌。

面对独特的度假村设计，一想到里面还有秦伽玉，李相浮顿时感觉兴

致落了一半。

清楚地听到一声叹息，李安卿瞥了他一眼。

“有些人……”李相浮边说边扇了扇风，赶走在耳边嗡嗡不停的蚊子，“伤害不大，但能带来焦灼感。”

秦伽玉就像是这只蚊子，迄今为止连个小红包都没咬成功，却影响人的心情。

这个度假村主要针对高端消费群体，住处基本是清一色的高级套间，条件允许还可以包下小别墅。

李老爷子喜欢夜间垂钓，两人没去打扰，李安卿租下两套小别墅。

“我住套间就行。”

李安卿：“别墅拥有独立温泉池。”

一句话顿时打消李相浮的节约理念，他完全无法想象和别人共浴的场景。

李安卿一走，偌大的别墅就剩下两个人，李沙沙拒绝泡温泉，瞧着不是很喜欢这项活动，宁愿坐在床上看电影。

李相浮抱着浴袍独自走进庭院。夜凉如水，他靠在白玉般的池壁上，享受着被清流包裹的惬意。周围氤氲的雾气缓缓升起，仿佛要构造出一个万籁俱寂的世界，手机铃声却在这时不合时宜地响起。

那边秦晋才结束工作，同样对温泉疗养无感，略过李相浮的邀请信息，谈起另一件事：“下午陈韩来找过我，想要确定筱筱的存在。”

筱筱这个名字一本正经地从秦晋口中说出，着实有几分喜感，李相浮翘起嘴角：“毕竟筱筱很受欢迎。”

大约是工作结束，秦晋的状态要稍微放松一些，他罕见地开起玩笑：“如果我要见她，是不是也要排号？”

李相浮身子下滑了一下，更全面地感受着水温：“规矩不能破。”

秦晋失笑：“现在有多少人预约？”

“你要排的话，是三号。”

白天老爷子打电话还提起过有两个人找他拿号的事情。

原本只是随口一问，没想到竟不止一个人有这种意愿，秦晋问道：“都有谁？”

“稍等，我问问看。”

李相浮发了条消息给李老爷子，那边很快回过来，他看后转述内容：

“一号是陈韩，二号……”

顿了几秒钟，李相浮确定没看错，抿了下唇，念出那三个字：“秦伽玉。”

“……”

那边秦晋再次开口，不知道是不是李相浮的错觉，似乎在声音中听出了一丝笑意。

“这个游戏准备持续到什么时候？”

李相浮：“等我本人的商业价值超过筱筱。”

路漫漫其修远兮，自己还有很长一段路要走。

“……”

“温泉不错，建议你抽空来试试。”说完个人感受，李相浮这边率先挂断电话，泡在池子中沉思。

夜深人静，客房里传来电锯的声音。

李相浮泡完温泉，一推开门就瞧见李沙沙看恐怖片的画面。李沙沙姿势很端正，就像是在听课，可脸上表情变化都没有。

这时他抬起头，看李相浮没穿浴袍，而是穿的便装，问：“要出门？”

李相浮取了件薄外套，往外走时说：“出去走动一下，顺便带点儿吃的回来。”

他们出来得急，跳过了晚餐。

度假村种植着不少绿植，一开门，绿叶和泥土的气息便扑面而来。

“伞。”李沙沙跟过来，走路很轻，要是换个人，多半要被突然出现的声音吓一跳。

“谢谢。”李相浮接过伞，跨过门槛朝外走去。

别墅和普通套间分别聚集在东、西两个区域，他们的住处周边均是别墅，李相浮心想在附近转悠时说不准能碰见熟人，不管是李怀尘还是李戏春，都有偶尔夜跑的习惯。

然而直到顺着指示牌快要走到食堂，他也没瞧见一张熟悉的面孔。

就在这时，不远处有一道倩影正端着打好的粥下楼梯。

她似乎视力不是很好，偶尔还要伸出脚尖试探一下，像是前方有刀山火海。

“苏小姐。”

苏桃才泡完温泉出来，没戴隐形眼镜。她和李相浮实际没见过几次，但是几乎在对方第一个音发出时，就辨别出了来人的身份。

她紧了紧手指，神情却未变，露出微笑：“你好。”

李沙沙的诱拐未遂事件，显然消除了李相浮为数不多的悲悯之心，略去虚伪的客套，他问话非常直接：“苏小姐才貌双全，为什么非要在一棵树上吊死？”

还是秦伽玉这棵歪脖子树。

面对质问，苏桃没有过多犹豫，笑了下后竟当面剖析起个人心理来。

“你应该知道我的家庭状况。”

她没李戏春那么好命，苏桃在重男轻女的家庭里长大，最后差点儿被私生子害死，可笑的是长辈明明都知道这事，却视而不见。

说着，苏桃摩挲着手上的订婚戒指：“他对我很重要，是我生命的全部意义。”

好歹和心理医生相处了一周，李相浮耳濡目染中掌握了些知识，说：“这更像慕强和被驯化后的依附状态。”

温柔的神情顷刻间消失，苏桃像是一只被踩到尾巴的猫：“你……”

尖锐的声音让李相浮觉得对方随时可能挠自己一爪子。

“冷静。”他提醒说。

苏桃突然嗞了一声，原来是因为情绪激动热粥晃出，一滴正好落在她的手背上。

李相浮还在喋喋不休地说：“你已经快迷失自我了，为什么不……”

“关你屁事！”苏桃圆睁着一双美目，柳眉倒竖，竟骂出了脏话。

面对突然飙出来的脏话，李相浮心平气和地问：“为什么不彻底迷失呢？”

“……”

他继续恼人的问话：“秦伽玉屡落下风，关于这场较量，你觉得结尾会怎么收场？”

苏桃冷笑：“不管什么结局，哪怕……”

“哪怕是死你也要和他在一起？”李相浮拍手，“我很支持，还要用行动支持。”

“……”

李相浮一脸认真地道：“秦伽玉对我怀有强烈的情感，比起报复，更想再度和我产生交集。”

收尾时，李相浮用了一个十分不屑的“啧”字。

在残酷的现实面前，苏桃反而平静下来，讥笑道：“拙劣的挑拨手段。”

这番交谈有如云里雾里，她着实没周旋的心情，冷着脸离开。

“将欲取之，必先予之。”

苏桃这辈子就没听过这么离谱的话。

她只恨语言贫乏，实在想不出什么能形容对方的刻薄词语，最后只能骂出一句：“你是不是脑子有病？”

“是，但秦伽玉……”李相浮摊手，“我的手机号你应该有，支持网络授课，每次五万元……”

稍停片刻后他又道：“不要错失唯一打开他心门的机会。”

“疯子。”苏桃低低地咒骂一句，迈开脚步。

李相浮耳力极佳：“不离经叛道，哪来的独辟蹊径？”

他做按摩，可以赚得盆满钵满，男扮女装，能让人为爱痴狂，至于秦伽玉那些自以为周密的算计，每次连他的衣角都没沾到。

眼看孱弱的身影越走越远，李相浮扬高声音说道：“网上有话说，所有人觉得你疯了的时候，说明你离成功不远了……苏小姐，我等你。”

只见大树旁边站着一道修长的身影，似乎已经在那里站了一段时间。

李相浮眯了眯眼，确定没看错，纳闷地开口：“大哥？”

李怀尘终于有了动静，朝这里走来。

“观察松鼠。”不等他问，李怀尘主动解释了出现在那里的原因。

像是响应他的话一般，一只巴掌大的松鼠快速钻入树洞。

李相浮试探地问：“你都听见了？”

“我不是聋子。”

有关秦家兄弟的事情，李安卿接手后他就没管过，不承想其中还有这么一出。

“早知道你这么有经商头脑，当初就该把你培养成接班人。”

“……”

说话间，两人已经站在餐厅里。晚上可供选择的食物依旧很多，全部是以自助餐的形式放在两边，供客户随意自取。

李相浮找到一次性饭盒，夹菜时问：“哥，你有没有苏桃的电话？”

大公司联系人的电话，于李怀尘而言，应该不难打听到。

李怀尘：“你又想做什么？”

“女孩子脸皮薄，我怕苏桃不好意思，想主动安排一节试听课。”

李怀尘闻言深深地看了他一眼，过了会儿才说：“回头发到你的手机上。”

李怀尘办事一向很有效率，两人分开后，差不多李相浮刚走回别墅的时间，便收到了电话号码。

几个月前，李相浮频繁遭到陌生电话和信件骚扰，三十年河东，如今终于迎来了他的三十年河西。

时过境迁，李相浮现在更喜欢雨天弹琴，但放在以前，他雨天习惯哼小曲儿。

酝酿好措辞，李相浮开始编辑短信："苏小姐，是我，以下为免费课程。

"雨下得最猛烈的时候，请站在窗边，头靠墙（记住不能全靠，用后脑勺的一侧）。

"你要任由雨水溅落在身上，其间断断续续地唱歌（高潮部分不要唱词，用"嗯"来轻哼。）"确定没错别字，李相浮将消息发送出去。

他是站在门边发的短信，李沙沙注意到他肩膀上还有水渍，还没及时换衣服，问："和秦晋聊天？"

"苏桃。"

苏桃自回来后，那段对话便不断在脑海中闪现，越想越觉得荒唐。然而在咒骂过程中，她的身体不由自主地靠在窗边，婉转的歌声从唇间逸出。

那个人会看我吗？

苏桃的肩膀微微颤抖着，她不知道是因为窗外料峭的风，还是一颗因为揣测过分跳动的心脏。

秦伽玉洗完澡出来，余光扫到这一幕，擦头发的动作一滞。

雨珠、清唱、落寞的身影……时光倏地被拉回到几年前。

苏桃能感觉到对方停下了脚步，觉得悲伤又兴奋……原来被注视着，是这种感觉。

失神片刻后，秦伽玉收回视线，走去另一个房间。

苏桃垂着眼，心中百感交集。

苦涩的笑容还未来得及绽放，手机突如其来的振动让她的身子不由得跟着一颤。

李相浮："请问是否亲测有效？"

李相浮："温馨小提示，哪怕秦伽玉主动接近，你也不能给他好脸色。"

欲拒还迎？欲扬先抑？苏桃想了很多种原因，等回过神来，发现已经打过去一个代表为什么的“？”。

很快她收到回复。

别墅家具齐全，因为周遭环境潮湿，沙发全部是用防潮的木头所制。一大一小两道身影坐在上面，腰板挺得一个比一个直，远看就像两根竿子。

李沙沙通过理智分析认为这个“计划”已经被苏桃接受，否则这时候她应该尽数将事情告知秦伽玉，以此为借口，后者少不得要打电话或者发消息来。

“收费有些低了。”发现有利可图，李沙沙展现出剥削者资本家的一面，“爸爸，这可是你的看家本领，得让她加钱。”

“价格是次要的，”李相浮抬起头，“关键要建立和苏桃间的联系。”

世上永远不缺乏为爱情要死要活的人，李沙沙敢肯定苏桃就是其中之一。他偏过头，直视那双过于清澈的眼睛说：“苏桃永远不会背叛秦伽玉。”

李相浮伸出一根指头晃了晃，表示并非在打这个盘算。

窗外的雨越下越大，几乎盖住说话的声音，良久他缓缓站起身：“苏桃是秦伽玉目前最亲密的人。”说白了秦伽玉在吃软饭，可惜苏桃是依附性人格，非但没有掌握主动权，反而听之任之。

由此可见，秦伽玉的搭档系统并非一无是处，而是对个体的判断极为精准，迄今为止只发生过一次误判。

李沙沙稍作思考后说：“你想以苏桃为契机，让秦伽玉和搭档解绑？”他说到最后，语气逐渐变弱，带有一丝迟疑，觉得实践起来难度不小。秦伽玉骨子里就透露着一股自私阴狠劲儿，别说是一个苏桃，就算真在天平一端放上几个李相浮，秦伽玉也不会放弃自己的搭档。

李相浮动了一下脑袋，似乎是在颔首。

根据李沙沙的经验，这代表他有了初步想法，但还要详细计较一番。

这时李相浮忽然转过头，话锋一转问：“秦晋给的特制服你有没有穿着？”

“一直穿着。”

材料还算轻薄透气，加上天气转凉，日常他都是将特制服当秋衣秋裤穿。

“那就行，有秦伽玉在的地方你还是穿上比较保险。”李相浮说到这里，

脸色一沉，“算计是相互的。”

李沙沙试图在解绑瞬间吸收对方的能量，秦伽玉的搭档指不定也在计划如何反咬一口。

“它炸过一次。”李沙沙发出灵魂拷问，“一个破碎的它，如何能战胜一个完整的我？”

“……”

炫耀一番后，李沙沙继续开口：“所以才有订婚宴在地板下埋石头那一出，它破碎了，就想着让我变得紊乱。”

无聊时李沙沙习惯转魔方打发时间，现在也一样，从口袋中掏出魔方轻车熟路地转着，语气染上几分嫌弃：“何况不久前入侵电脑的事，给对方本不富裕的能量雪上加霜。”

“……”李相浮面无表情地听完，觉得有必要控制一下李沙沙上网的时间。

似乎窥见这个想法，李沙沙镇定地论述现实：“身边的小学生喜欢用网络用语。”

“开学就给你跳级。”

度假村有夜间私人影院、室内泳池等项目，无论昼夜都很热闹。

今夜因为一场雨的浇灌，度假村安静得一反常态。

深夜，大部分游客已经陷入睡眠中，李相浮回忆着自己的为人处世，继续攻略：

“开课不？莫非你连五万都没有？”很是拙劣的激将法，却给了苏桃一个台阶下。

李相浮发出这条信息没多久，入账提示在消息框上方弹出。幽暗的手机光芒下，李相浮抿唇一笑，开始授课：

> 情景剧：
>
> 明早去餐厅，故意挑情侣附近的座位坐下；
>
> 快速看一眼情侣，垂眸；
>
> 张一下嘴，做出想说什么又咽下叹息的样子。
>
> 如果被秦伽玉询问“怎么了”，微笑摇头即可。
>
> 本次情景剧意在以你对普通恩爱情侣的向往为因，模仿出某人低

落时会有的情绪变化。

确定信息成功发送后，李相浮双手交叉放在腹部，聆听着雨声安然入眠。

阴雨天适合久睡，这一晚他睡得很沉，翌日闹铃响都没听见，还是李沙沙进来找到手机结束了恼人的闹铃。

这时床上的“睡美人”终于舍得睁开眼，按了按眉心：“枕头返潮。”

他的头有点儿疼。

交易提醒还是未读状态，平日李相浮完全不讲手机隐私，忙不过来时还会让李沙沙帮忙水群，应付从梨棠棠那里刨来的鱼苗。

看到有未读短信，李沙沙直接点开，随后又看了一遍李相浮发给苏桃的课程，慢声细语地数着：“一、二……”

李相浮偏过脸问：“数什么呢？”

“看五万块平均到每个字上有多少。”

李相浮叹了口气，坐起身，松散系着的长发带着一种慵懒的美感。

“知识创造财富。”他走到洗手间挤好牙膏，刷牙的时候因为说话嘴里还吐出一个泡泡，“时代在进步。”

李沙沙走过来，倚着门框若有所思地道：“按摩的时代过去了。”

而整个过程还不到一个月。

李相浮拧开水龙头，含混不清地嗯了一声。

“报税怎么报？”李沙沙又问。

“算在按摩项目里。”

出门前他又给苏桃发过去一条消息，告诉对方看到不喜欢吃的食物时要学会挑食。

李沙沙全程旁观：“为什么要专门标注‘第二课’？”

先前那条短信就没有标注。

李相浮：“提醒她这是新的五万。”

“……”

全家在度假村聚齐，这对李家人来说是一种新鲜的体验。

昨天太晚，李相浮来只是发了一条消息知会大家，今早坐在一张大餐桌上，一家人才真正见了面。

他们的位置离门不远，苏桃和秦伽玉进来时，李相浮第一时间注意到了。

苏桃挽着秦伽玉的胳膊，隔着布料传来的温度驱散了雨后清晨的凉意。她抓紧这份温暖，嘴角的弧度逐渐明显。

一道凌厉的目光倏地刺过来，隔着一段距离，李相浮动了动唇瓣，发出无声的警告：别笑。

苏桃硬生生憋回了笑容。

秦伽玉似乎感觉到什么，转过头，正好对上李相浮的视线，只当他是在看自己，扬了扬眉梢。

两个人四目相对，李相浮唇边泛起淡淡的笑容，神情却没有因此柔和下来。

秦伽玉这次来不知在打什么主意，很沉得住气，收敛目光继续往前走。

到了自助区域，苏桃正观察哪里有情侣，突然收到短信。

李相浮："学着点儿，看看我是怎么笑的。"

苏桃下意识地抬头，就看见对方凛然一笑。掩下目中的愤怒和烦躁，她选择转身回避。

李相浮动作再小，饭桌就这么大，很容易被留意到，李戏春表情一言难尽地咳嗽了一声。

李老爷子又不是老眼昏花，刚才那一幕在他眼皮子底下发生，想无视都难，几乎是咬着牙在说话："你给我收敛点儿，人家是有夫之妇。"

李相浮愣住："您觉得我能这么胡闹？"

被义正词严地一问，李老爷子抿紧了嘴，也觉得话说得武断了。自家孩子再不知天高地厚，也不至于和苏桃搅和在一起。

"婚外情不外乎就那么几种表现形式……"李戏春突然开口，眨了眨眼揶揄地问："昨天晚上有没有背着苏桃的未婚夫偷偷给她发短信或者打电话？"

李相浮同样眨了眨眼。

李戏春调侃道："你们之间所有的交往，是不是背着男方进行的？"

李相浮放下筷子，准备到最爱的自证清白环节。

可惜有人先他一步——

李怀尘："他们之间就是金钱交易，没那么复杂。"

"……"

李老爷按住跳动的眉心，狠狠瞪了一眼还跟没事人一样吃饭的李安卿："你弟弟成这个样子，你就没什么话说的？"

李安卿擦了擦嘴角："古训说，是非之地，不可久留。"

"什么意思？"

“把那个‘地’换成弟弟的‘弟’，道理一样。”

身侧的李戏春首先表示错愕：“你想要把相浮外嫁了？”

话题转换得太过突然，李相浮正在喝粥，一不留神当场呛住，险些把肺都咳出来。

剧烈的咳嗽声中，李沙沙递来纸巾。

李相浮摊开纸巾掩面，躬下身继续咳嗽。李怀尘给他拍了一下背顺气：“二十多岁的人，吃饭注意点儿。”

嗓子咳得干疼，李相浮喝了口水润喉，心想着这是个因果关系，大家说话注意些，他也不会呛着。

闹了这一出，之后用餐众人不约而同地遵循食不言的原则，再没有开口谈论“是非之地”的话题。

李老爷子首先吃完饭，擦嘴的工夫，李戏春说：“爸，一会儿我跟你一起去垂钓。”

李老爷子看向其他人，两个儿子同时选择拒绝，李相浮倒是考虑了一下，然后说：“我可以养鱼、做鱼。”但他对钓鱼实在提不起兴趣。

“那就不钓了。”李老爷子缓缓道，“好不容易人都在，做些大家都喜欢的集体活动。”

李相浮记得初中前，每年都会有一次家庭旅游，不过初中毕业后就再没进行过任何家庭活动。

细想了一圈，李相浮开口：“还是垂钓比较好。”

李老爷子摆手：“不用迁就我。”

他脾气很倔，言出必行，直接把这个选项排除在外。

凡是在度假村租别墅的人，都配备了一位“管家”。管家只是个噱头，实际就是咨询人员，如果有问题管家可以随叫随到。

见没人拿主意，李怀尘打了通电话，很快就有人过来。

他开门见山地询问管家这里都有什么家庭娱乐项目。

“桌球、泳池，精力充沛的话可以体验草莓采摘活动。”

李怀尘看向其他人。

李老爷子：“桌球没意思，剩下的活动量太大了。”

李相浮：“泳池我拒绝。”

面对一群穿泳装的人，他指不定当场得被救护车拉走。

李戏春：“才下过雨地里都是泥，采摘就算了。”

咨询人员：“……”职业素养让他皮笑肉不笑，绞尽脑汁地去想适合他们的活动，思索半晌无果，苦笑道："那就只剩下 SPA 和亲子活动。"

后一项他主要是想通过卖弄幽默感，让气氛缓和一点儿。

不料李怀尘问："亲子活动包括什么？"

"专人带队，免费观影和做陶艺。"

李戏春闻言若有所思地道："无须剧烈运动，中途大家也不用怎么交流……"

后一条明显说到各人的心坎上，众人先后微微颔首，表示这活动很好。李怀尘立刻敲定："活动几点开始？"

咨询人员：真是好有爱的一家人。

亲子活动是午后才开始，吃完早饭，李相浮在林荫小道上散步消食，李沙沙跟在他身边，呼吸新鲜空气。

前方是苍翠欲滴的树木，连在一起，看久了能让人舒缓身心。

可惜雨后地上有不少蚯蚓冒出头，大部分时间李相浮要小心脚下，避免踩到蚯蚓。

"爸爸，有东西乱入了。"

李相浮抬起头，看到比躲蚯蚓还麻烦的一幕……不远处秦伽玉正朝这边走来。

李沙沙说："希望他懂事，问完早安就和我们擦身而过。"

两个人说话间，秦伽玉已经走到面前，拿出一张小卡片："听说要见到你那位妹妹，还要先比试。"

李相浮话都懒得说，李沙沙代替他敷衍地点了下头。

秦伽玉在卡片上的"射"字上轻轻一点，然后用手比画成枪的造型。

见状李相浮终于开口，提醒了一句："这个'射'指的是射箭。"

秦伽玉："我知道，只是时代变了，你可以考虑一下，我知道一家不错的射击俱乐部。"

等他走远，李沙沙才开口："时代变了，但挣钱的法子还能延续，他根本不知道你在用'计划'赚钱。"

李相浮："不碍事，会有机会让他重新领略什么叫真正的时代变化。"

说着他回过头，忍不住皱了下眉。秦伽玉并未拖泥带水地纠缠，反而令人不适。

李沙沙都不免问了一句："这人究竟是来做什么的？"

他单纯取个号，再约个射击俱乐部？

李相浮轻轻拉了一下卷上去的袖口，低垂着眼没回答，末了洒脱一笑，道："阻止阴谋的办法是什么？"

李沙沙："绝对的力量。"

李相浮："先一步发动阴谋。"

"……"

李相浮："等我回头和秦晋探讨一下，争取一次性解决。"

他才迈开脚步，衣角上突然传来阻力。他回过头，就见一张仰起的小脸。

李沙沙正拽着他的衬衫道："爸爸，你从前都是和我探讨。"

李相浮点了点头，没否认，然后正色地指出关键所在："所有的计划实施起来都需要财力支持。"

李沙沙毫不迟疑地松开手，平静地转移话题："衣服皱了。"

说罢他帮李相浮捋平衬衫上的褶皱。

李相浮望着这一幕，淡淡地道："是现实的风吹皱了你冰冷内心的水。"

李沙沙："爸爸，谈钱多伤感情。"

路上李相浮随手拍死了两只不甘寂寞地乱飞的蚊子，边用湿巾擦手边问："所以你先前想了那么久，到底在想什么？"

他原以为能单独秒了秦伽玉。

"如何损耗对方的能量，并在最后关头防止它逃跑。"李沙沙说道，"如果解绑失败，我也不是没其他办法，就是要冒点儿风险。"

话音落下前，他先一步接收到李相浮的警告："垃圾不值得你冒险。"

"哦……"

午后，久违的阳光出现。

树下站着来参加活动的人，最前面有专门的工作人员带队指挥，兼顾活跃气氛。

人群中不时有儿童的嬉笑声和大人斥责的声音传出，李沙沙缓缓地道："你们该感谢我。"

谁都没有反驳，如果没带着一个孩子，他们在这群人当中简直是格格不入。

观影厅旁边就是陶艺室，可爱的工艺品吸引了不少人驻足，但其中不包括李相浮等人。他们径直走入了影院内部，选了中间两排位子坐下。

李沙沙走到哪儿都受宠，坐在李老爷子和李安卿中间。李相浮因为不想坐在太侧面，单独往后走了一排才独自坐下。

距离电影开场还有五六分钟，观影厅里人渐渐多了起来，随着灯光一暗，喧哗的声音逐渐降低，最后消失。

伴随悠扬的音乐，屏幕上跳出“父母给我一片天”几个大字，让原本以为会是喜剧片的李相浮怔了一下。

他本人并非煽情电影的受众，但电影已经开场，直接离开的话，李老爷子十有八九会觉得自己遭到了针对。

无奈，李相浮只能勉强自己往下看。

影片每隔十来分钟，就会出现悲苦的剧情，坐在他侧面的女士不时吸一下鼻子，快哭成个泪人。李相浮正准备递张纸给对方，肩膀突然被人轻轻拍了一下。

李相浮扭过头，旁边的空座上不知何时多出一个人，银幕转镜头时的光芒一亮，现出一张过分俊美的脸。

李相浮惊讶地张口：“秦……”

秦晋做了个噤声的动作。

李相浮侧过身子，将声音压得极低：“你怎么来了？”

昨天通话时，对方还是一副对温泉疗养不感兴趣的态度。

秦晋只说是工作提早结束。

李相浮用手指了指地面，意思他来就罢了，如何想到来观影厅？

在李相浮奇异的目光中，秦晋突然伸手过来解开他的袖口的纽扣，衬衫袖子的长度刚好遮掩住大半个手掌。隔着一层布料，秦晋在他的手上写字：稍微一想就能知道你们家人的选择，交流能免则免。

论观察力细致入微，恐怕没有人比秦晋做得更好，知道自己对肢体接触很严格，他就格外注意。

秦晋还准备写些什么时，李相浮卷起袖子，失笑地摇头，表示自己还没老学究到这个份儿上。

秦晋也笑了，这次没有隔着布料，在他的掌心落下一行字：你昨天打电话给我，是不是还有别的话要说？

李相浮点头：事关秦伽玉。

最后一点结束，他没有立刻收手，指尖还挨着对方的掌心，观察秦晋的神情。

此刻秦晋的面色中有一种古怪的安静，一双眼睛冷漠无比，李相浮细看能在他的瞳仁中瞧出些别的色泽。

在一些方面，双方有着心照不宣的默契，李相浮写下的五个字已经代表他要快刀斩乱麻的决心。只是秦伽玉和秦晋到底是亲人，坊间传言并非无中生有，哪怕秦晋提到的事不多，李相浮也能感觉到他的父母出事前，双方的关系确实不错。

有时候李相浮甚至在想，秦晋潜意识里在刻意拖延对付秦伽玉的脚步，否则以他的作风，该是更加咄咄逼人。

就在这时，秦晋忽然轻轻点了点头，然后收拢手指。

李相浮明白他的意思：不留余地。

之后的一段时间，秦晋依旧是笔直静坐的状态，影厅内的啜泣声越来越多，闭目养神的李相浮睁眼看向银幕……已经是片尾，主人公的父母终于和孩子化解矛盾，却在给孩子庆生的路上遭遇交通肇事逃逸。

李相浮的目光动了动，他突感秦晋那一瞬间的情感波动不是因为秦伽玉，而是电影。这部电影不足以打动李相浮，但足够让秦晋在某个刹那间想起悲惨死去的双亲。

参演人员名单随着片尾曲滚动时，李相浮伸手拍了拍秦晋的胳膊，在他耳边说道：“难受的话，可以趁机发泄一下。”

秦晋反而被逗笑：“我是成年人。”

李相浮认真地说：“看演出时流泪纾解伤心事，再合适不过。”

他以前便常借着看戏的名义红眼眶，既能宣泄心中的苦闷情绪，顺便可以巩固一下惹人怜爱的形象。

大约是想到以前的岁月，李相浮失神片刻，笑容苦涩地说：“相信我，真的有用。”

隐隐察觉到对方的低落情绪，秦晋沉默了许久，轻轻拍了拍李相浮的肩膀，带去无声的安慰。

电影结束，灯光特意延缓亮起，负责组织亲子活动的人走到最前面，拿着麦克风说：“可怜天下父母心，如果此刻父母也在场，我们不妨给他们一个拥抱。”

前后都有人在拥抱递纸，一排的李家人一动不动地坐着，和那些抹眼泪的人形成鲜明的对比，工作人员都忍不住往这里多看了两眼。

李老爷子看到旁边不自在的子女，也觉得有些尴尬，直到下一刻转过头看到李相浮时，脸色突然僵硬起来。

昏暗的光下，李相浮斜着身子，胳膊搭在秦晋的肩头，两个人低着脑袋不知在窃窃私语什么，乍一看倒像是在抱头哭泣。

李老爷子用粗糙的手掌拍了一下李相浮的后背。

李相浮平复好心情，回过头来，冷不丁对上死亡凝视。

扫了一圈周围和父母拥抱的孩子，李老爷子直勾勾地望着同秦晋保持“拥抱哭泣”姿势的李相浮，冷冷地开口：“你是认错爹了吗？”

“……”

/ 第 三 章 /

人类的思考时间可以很短暂。

不到三秒的时间，李相浮的脑海中浮现三种方案：装作看电影时睡着，目前是梦游状态；当场表示没认错，秦晋是自己的干爹；转移焦点，对李沙沙张开双臂，说“到爸爸怀里来”。

他无论选哪一种，都显得自己像个智障。

于是，他开口说出一个蹩脚但合理的理由：“我在帮他打蚊子。”

“然后红了你自己的眼眶？”

“……”

李老爷子：“莫非是溅到的蚊子血？”

李相浮无言以对。

电影彻底结束，四周的灯光突然变得无比明亮，光源刺激得眼睛微微一眯，李相浮不由得别过脸，错开斜侧的灯。

李沙沙轻声鼓励：“爸爸，不要逃避。”

从前什么大风大浪他们没经历过？

幽深的目光探过去，李相浮嘴角浮现一丝诡异的微笑，可惜观影厅信号不好，他唯有出去后才能订一箩筐“五三”回来，弥补义务教育没有做到位的地方。

观影厅是另类的"灯火通明"，清楚地照出了秦晋的脸。

"认了这么一个年轻的爹，"李老爷子的笑意不达眼底，"看来在你心里，我还年轻得很。"

都到了这个时候，李相浮哪里感觉不到李老爷子适才的言辞是在消遣自己？

开口为他解围的是李戏春，巧妙地将话题转回秦晋本身："秦先生，真是令人意想不到，在这里也能遇到。"

李戏春环视周围一圈，眼神一变："只是亲子活动并不适合你。"

座位上不乏哭成泪人的观众，人类的情感就是如此奇怪，无论一时的感动有多久，也不影响出了电影院在门口争吵干架。

秦晋瞥了眼不远处众人拥抱的画面，冷静地道："活动很有意思。"

正前方的工作人员高声提醒大家带好东西，到门口集合，好进行下一个项目。

亲子活动没有任何硬性规定，凡是来度假村的客人都能参加，也能随时离开，秦晋自然也能。

推开厚重的门，有种重见天日之感，之前在里面哭得稀里哗啦的观众，一出来只剩下相顾无言的尴尬。

李家人本身就与众人有些格格不入，他们背后是放置陶艺展品的橱窗，现在又多了一个自带阴郁气场的秦晋，笑容格外灿烂的陶艺娃娃和一群面无表情的人相互映衬，于两种极端中融合出阴间的氛围。

负责领队的工作人员竭尽全力地无视这一幕，拍了拍手，保持平和的口吻说："接下来是陶艺制作环节，请大家分成二到三人一组。"

陶艺室的空间很充足，一共两名老师，大致说明拉坯需要注意的事项后，便让他们自由体验。

李相浮和秦晋先后坐下，保持面对面的状态，李沙沙准备搬着椅子加入时，却被李老爷子叫过去："沙沙，想做什么？爷爷陪你。"

显然他是不想让李沙沙和秦晋过多接触。

制作陶艺的过程远比不上看电影安静，至少在动手前，大部分家庭的人免不了讨论要做什么。

泥料提前被搁置在坯车上，李相浮迟疑了一下，挽高袖子，防止不小心沾染上泥渍。经年穿长袖使得他皮肤白皙，青色的血管在日光下显得十分纤细脆弱。

随着他挪动座椅，细长的手指微微屈起，似乎在调整合适的姿势。

他无论是皮肤还是手，本身胜过绝佳的工艺品。

李相浮微微低下头，看似在构思要制作的陶器的构图，真正开口时，音调在周围那些欢笑的交流声中，被压得相当低沉。

“那个折磨你的声音，你了解多少？”

秦晋淡淡地道：“星空垃圾。”

简单的四个字已经说明他全部了解，李相浮惊讶地看过去一眼，这个词汇就连他也是在不久前才接触到。

“因为第二天记忆会被全部清除，夜间那个声音毫无顾忌地告诉了我真相，”秦晋望着面前这些黄泥，语气平缓地道，“就像阴谋家打造一件工艺品，恨不得让别人知道每一处值得推敲的细节。”

李相浮意识到另一件被忽略的事，秦伽玉的搭档有清除记忆功能，当初他失忆可能和最后嵌入头部被取出的晶体有关。

不过随着晶体被丢进马桶冲走，他也没了继续探究下去的必要。

“星空垃圾是学术名。”

约莫是因他这种形容，秦晋嘴角小幅度地勾了一下。

李相浮说出重点：“如果秦伽玉拒绝搭档提供的契机，他们会一拍两散。”

秦晋似乎神色微微一动，但他的情绪向来很难被捕捉到，说话时语气也听不出太多波动：“你想要设计对方的搭档误判，秦伽玉不得不拒绝的局面？”

李相浮点头。

秦晋看问题的角度永远很犀利：“实现这个方法需要一个前提，它提供的选项无法收回或更改。”

李相浮：“关于这点儿，我已经和沙沙确认过。”

系统真正做出指令，相当于发布任务，不能撤回，也无法被修改，更别提那是一个破碎过的系统。

李相浮还准备说些什么，口袋里的手机突然振个不停，迫使他咽下了后面的话。他洗净手一看，竟然是李老爷子打来的未接来电，随后还有一条短信：“把他带走。”

李相浮怔了怔，抬头看过去，不明白发生了什么。

此刻，李老爷子正在李沙沙的眼皮底下大汗淋漓地捣鼓着陶土。

“眼睛和手要统一。

“三分拉七分旋，拔高过程循序渐进地来……哎，我说什么来着？眼快于手，难免失败。”

李老爷子不断提醒自己双方有血缘关系，奈何从一开始，萦绕在耳边的碎碎念便没有停止过，甚至有愈演愈烈的趋势。他深吸一口气，僵硬着笑容说：“要不你来试试？爷爷在旁边搭把手。”

李沙沙理直气壮地说：“我只会理论知识。”

“……”

重新把土往里堆了堆，李沙沙说：“继续吧，我帮您看着。”

这话听到李老爷子耳中，自动转化为：赶紧的，我要教你做事。

李相浮出国前个性急躁，回来后却一反常态很有耐心，前段时间李老爷子一直想不通，留学生活为何会带给人这么大的变化？现在看到李沙沙，他想通了，甚至悟了。

见人许久没动静，李沙沙摇头：“宝剑锋从磨砺出，梅花香自苦寒来，一时失败算不了什么，爷爷，你要对自己有信心。”

李老爷子终于受不了了，站起身走到李相浮面前：“那孩子喜欢说教的毛病，是不是得纠正一下？”

“说教？”李相浮不以为然，“还好吧。”

李沙沙虽然是理论大师，不过真正说教的时间不多。

眼见为实，李老爷子招呼李沙沙过来，然后让李相浮做陶艺，欲让对方亲自体验。

李相浮没有拒绝，只说：“麻烦您稍微挪动一下，有点儿挡光。”

李老爷子配合着往侧面移了一小步。

这时李相浮已经计划好具体线条的走向，一双手很稳，随着机器运作，泥团初具雏形。

一旁的李沙沙点评：“手法精准，坯体厚度均匀，可以顺利过渡到修坯环节。”

李老爷子：刚刚这孩子对自己可不是这么念叨的。

随后，李相浮开始用车刀精雕细琢。

李沙沙眼睛一眨不眨地盯着，满意地颔首：“内外光滑，连缝隙都罕见。”说到最后他不由得击掌赞叹：“诗有云：光色便与寻常殊。爸爸，你有大师风范。”

修坯过程顺利完成后，李相浮直起身子放下车刀，抬头对李老爷子说：“凡事尽善尽美，便不会被挑刺。爸，是你对自己要求低了。”

“……”

李相浮做的是个花瓶，稍微晾干后，他开始在瓶底刻字。

刚看到第一个字符，李老爷子不禁皱眉："汉字多好看，非要整个洋文。"

李相浮反驳："这是梵语。"

李沙沙安慰道："活到老学到老，爷爷，切勿自卑。"

"……"

基本的步骤已经完成，李相浮让秦晋来上釉，自己去换了盆清水洗手。随后陶艺老师过来帮忙把东西拿去烧制，忍不住赞美了一句："上面的雕刻工艺太有水平了。"

他完全能预料到烧制后这会是一件杰作。

李沙沙盯着花瓶看了许久，偏头道："不能半途而废，爷爷，我们继续。"

李老爷子深吸一口气，勉强维持住笑容望了眼李戏春那边："别光顾着爷爷，适当给其他人一些指导。"

李沙沙闻言摇头："没人会待见碎碎念。"

一般只有长辈对小辈的容忍度比较高。

"……"

这一刹那，李老爷子深感和开口闭口教人做事的李沙沙比，以往靠实力闯祸的李相浮足以称得上是小天使。

在不间断的催促声中，他不得已重新坐回原位，另一边因为明天才能来取成品，李相浮擦拭完手上的水珠说："我先走了。"

李老爷子拼命给他使眼色，示意他把李沙沙带走。

然而李相浮视若无睹，临走前摸了摸李沙沙的脑袋："乖乖听爷爷的话。"

让李沙沙在这里尽情发表长篇大论，李相浮预计之后很长一段时间自己也能图个耳根清净。

李沙沙乖巧地点头。

走到门口，李相浮停步，认真地对带队的工作人员说："亲子活动体验满分，你们的流程安排得很棒。"

游客多是鸡蛋里挑骨头，陡然受到褒奖，工作人员反倒有些摸不着头脑。

远离了陶土的味道，一出门，李相浮感觉空气格外清新，五脏六腑仿佛瞬间被净化了一遍。

白天出来活动的人不少，他下楼梯前观望了一圈，挑了一条较为僻静的小道散步。

秦晋走在他右边，余光一偏，可以轻易看清对方的全部表情。

李相浮的第六感很强，不转头他都知道有目光在注视自己，嘴角的弧度稍纵即逝，问："我脸上有花？"

被正面提问，秦晋丝毫不尴尬，询问起另外一件事："花瓶底下的梵语是什么意思？"

"一时兴起起的名字，叫金刚，"李相浮解释，"希望它有金刚不坏之身。"

李相浮总有些特别的行为逻辑，秦晋并不觉得惊讶。

"等成品出来，送你好了，"李相浮眉梢一扬，"寓意健康长寿。"

秦晋平静地道谢："我会珍藏。"

两个人正说着话，李相浮忽然停步，让秦晋抬一下胳膊，视线定格在一处："有泥。"

秦晋也注意到了，随意卷了几道边挽起袖子，有泥渍的地方被顺利地遮掩住。

"还是回去换一件比较好。"李相浮建议。

秦晋摇头："出来得急，没带换洗衣物。"

李相浮有轻微的强迫症，认为袖子这样卷着不太雅观，想了想道："不嫌弃的话，我有一件多余的衬衫。"

秦晋并未拒绝。

两个人意见达成一致，李相浮改变路线朝租住的小别墅走去。路上大脑遇事后条件反射地开始分析，他很快发现不合理的地方，制作陶艺的全过程基本是他在动手，依照秦晋的谨慎程度，不该在简单的上釉环节蹭到袖子。

试着勾勒出几种可能有的姿势，最后李相浮确定除非被人撞到，一般污渍不该出现在那个位置。

回到别墅，李相浮递给秦晋一件白色衬衣，转身到客厅等着。利用这段时间，李相浮给李沙沙发了一条短信，提醒对方别光顾着说话，多喝水，免得第二天嗓子疼。

身后传来脚步声，李相浮头也不抬地问："合身吗？"

"还行。"

秦晋冷不丁提起一个名字……秦伽玉，继续双方在陶艺室未完成的话题："准备从哪里找突破口？"

李相浮将"计划"娓娓道来。

每当他的计划中包含赚钱这个目的时，秦晋就知道事情不会简单，这次果然一样。

说罢李相浮谈起更实际的问题："我在考虑用苏桃去将秦伽玉一军。"

全部听完，秦晋难得没有颔首，反而轻笑了一声，过了片刻才说："你可以算计秦伽玉，也可以算计苏桃，但不要同时算计他们两个。"

李相浮陷入沉思之中。

秦晋："被爱情冲昏头脑的女人是不可控的。再者说霄烁传媒在苏家父子接连出事后还能屹立至今，苏桃多少有些手腕。"

嗡嗡振动声不合时宜地插入了交谈之中。

李相浮拿出手机一看，嚯了一声："是苏桃。"

对方竟然主动打来电话。

电话那头苏桃开门见山，询问他为什么突然没了动静，强调自己早上可是一次性转了十万块钱。

"抱歉，我才参加完亲子活动。"

"……"

通话时间不足一分钟，李相浮盯着屏幕意味不明地抿了抿唇："就这么点儿事，没必要专门来电。"

反常的行为通常不是什么好征兆。

冥想无法帮助人闭门造车，最终他选择先去餐厅吃饭，补充身体所需要的能量。

一天的时间快如流水，到了傍晚，李老爷子送李沙沙回来，老人灵魂和身体仿佛都不在一个频道上。久久注视着门内的儿子，他沉声道："你受苦了。"

语毕，他连门槛都没有迈进，直接转身离开。

李相浮低头凝视只到自己腰部的小孩，叮嘱道："下次少说两句。"

老爷子明显有了很深的心理阴影。

关上门后，李相浮又问："下午你们都做了什么？"

李沙沙："陶艺。"

李相浮微微一怔："一直做到现在？"

李沙沙点头："因为拉坯一直不到位，我得不停灌输理论知识。"

"……"

今晚的夜空看不到月亮，李相浮猜测就如同李老爷子此刻黑暗的内心。

翌日是阴天，不知道是不是因为前一日睡了返潮的枕头，李相浮的头疼症状一直延续到第二天。他用清水洗了把脸后才缓解一些，下一刻刺耳的门铃声传来。

李沙沙踮着脚扒在猫眼上，确定外面是熟悉的脸孔才打开门。

李怀尘："你爸呢？"

李相浮从洗手间出来，脸上的水还没擦干净，一个消息便猝不及防地砸来——

"苏桃失踪了。"

确定没听错，李相浮放下毛巾，皱眉问："什么时候的事？"

"凌晨报的失踪，警察已经来了，"李怀尘长话短说，"听说在树林里发现了苏桃的手机。"

手机？

李相浮第一时间想到昨天的电话，首先排除苏桃是遭遇危险向他求救的可能，真要到危急时刻，对方肯定会去找秦伽玉。

李怀尘在沙发上坐下，周遭气压有些低："你们之间存在金钱交易，你少不得会被问话。"

李相浮："栽赃陷害？"

说完自己先摇头，附近有摄像头，虽然稀疏但他对面刚好有一个，回来时又是和秦晋一起的，足以证明不具备作案时间。

李怀尘的看法和他一致："不大可能是栽赃，经不起推敲。"

李相浮兑了点儿温水喝，还拆了袋桌上的一次性蜂蜜，动作慢条斯理的。

见状李怀尘挑眉："心态挺好。"

李相浮坐在他对面，端着杯子说："现在心态崩了的该是秦伽玉。"

李怀尘背靠着沙发，半眯着眼养神："这么笃定？"

李相浮喝了口水："想想看，身边的人出了事，秦伽玉必然是首要怀疑对象。然而在和警方的对话过程中，他会逐渐得知苏桃失踪前联系过我，而且自从来到度假村，她还一直在给我打钱。"

李相浮倒是不担心课程信息会暴露，依照苏桃的谨慎性格，阅后即删才是正常操作。退一万步讲，就算她没删也无所谓，正常交易罢了。

一旁的李沙沙补充道："每次打钱我们也让那位苏小姐备注按摩，方便报税。"

李怀尘："……"

一室静默。

李怀尘再开口时已经睁开双眼："需要我给你找个正经财务吗？"

李相浮放下杯子，耸了耸肩。

不去过问离谱的生意经，李怀尘言归正传："苏桃那样的女人，可以短暂利用，一味算计容易横生枝节。"

不久前秦晋也传达过类似的意思，李相浮向来听得进去别人的意见。

"公司还有一堆事等着处理，我今天就要回去，你可以陪爸多待几天。"

李相浮原以为他还要跟自己交代几句，不料李怀尘径直往门外走去。斜眼扫见李相浮目中不加掩饰的困惑之色，李怀尘解释了一句："你和秦家那两兄弟结识多年，秦伽玉这会儿在接受警方问询，秦晋来找你的可能性很大。"

眼不见为净，在不待见秦晋这方面，李怀尘和李老爷子保持了高度统一。

李怀尘拉开门的瞬间，余音尚未消散在空气中，先一步流动到了屋外。

一成年男子的身躯轻而易举地遮蔽了投射而入的阳光，两个人四目相对，一个阴寒，一个凌厉。

身后的李沙沙理智分析后得出结论："就算早出去五分钟，你们还是会在路上遇到。"

李怀尘早就想到这点，眉头都没有皱一下的痕迹。

他迈开长腿从秦晋身边走过，李相浮感觉室内的气温都低了几分。

这时李沙沙主动走到秦晋面前，当然不是为了迎接，而是为了接过对方专门带来的早餐。

李沙沙将早餐一一打开摆好，安静地坐在桌边等着李相浮一起来用餐。

豆浆油条，外加一小盘点心，很美好的一个清晨，适合品茶浅谈哲学，可惜因为一桩离奇失踪事件，苏桃不可避免地代替风花雪月成为饭桌上的话题。

"会是谁策划的？"李相浮略带迟疑地说出秦伽玉的名字，都没念完，低头咬了口点心，自我否定了这个答案。

秦晋反应不大，仿佛这只是一件不起眼的小事，还没李相浮细嚼慢咽的吃相有吸引力。

"不重要。"他说道。

李相浮觉着话中有话，忽然略带审视地抬眼望去，问："这事跟你没关

系吧？”

话一出口，桌子另一边的李沙沙鼓着腮帮子，先后看了二人一眼，不动声色地继续低头吃饭。

搁其他关系近一点儿的人，骤然被这么一问，难免心中不悦。但秦晋没有半分不悦之感，甚至很有耐心地回答了一句：“我不会去策划一桩愚蠢的绑架案。”

感觉嘴角沾了酱汁，李相浮慢悠悠地用纸巾擦着，平心静气地道：“你今天话有点儿多。”

被怼了一句，秦晋却不知为何笑出声，这种开怀的笑容能出现在他的脸上，算得上是一种奇景。

饭后李相浮简单收拾了一下桌子，将餐盒扔去厨房的垃圾桶里防止串味。李沙沙跟了过来，问：“他刚才神神道道地在笑什么？”

“如果真的没关系，秦晋会直接摇头，”李相浮淡淡地道，“而不是用这种看似否定实则规避的话语回答。”

闻言李沙沙站在原地若有所思，回想不久前秦晋特意强调的话，渐渐品出不对味，猜想对方即便不是策划绑架案的人，多少应该知晓一些内情。

警察来问话的速度比李相浮预想的快很多，一共来了两个人，从问话便知经验丰富。他们没有直接在转账记录上做文章，而是先拿出一张苏桃的照片放在桌子上，询问他是否认识。

李相浮点头，为了省去更多麻烦的试探，直言道：“她是我的客户。”

“什么客户？”

“情感顾问。”李相浮简短地说，“我给她提供建议，帮助苏小姐俘获未婚夫的心。”

权衡一番后，他把手机放在桌上，展示了其中两条授课信息。

“……”警察大致扫了两眼，眼皮一跳，好在这年代最不缺奇葩事，当即指着其中一句话问：“为什么要让她模仿你？”

李相浮认真地回答：“因为我就是完美的模板。”

他边说边扫了一眼自警察来后，便坐到餐桌区域的秦晋。

网络飞速发展的今天，秦晋这样身家的人瞒不住，为人再低调，也抵不上营销号一个个转发的夸张文案，大多数人只要见到他都能认出来。

“如你们所见。我身边的追求者实在太多，”李相浮微微一笑，“类似出书教人提高情商的作家，我也在给他们这些客户传授个人经验。”

避免被带偏，警察选择直奔主题，询问他昨日的行踪以及苏桃失踪前两个人的谈话内容，对话快要接近尾声时，一阵砰砰的敲门声突然传来。

有门铃却没有按，可见来人心急如焚。

李相浮起身去开门，别墅外陈韩冒失地差点儿一头栽进来。

看清是谁后，李相浮抱臂斜靠着门问："有事？"

陈韩被问住，好不容易整理出言辞："我……我听说警察来找你问话，所以……"

断断续续的话听得人着急，李相浮替他说完："所以特地来表示一下关心？"

陈韩搓了搓手，迟缓地点头。

一名警员走过来，打量着陈韩，抓住关键点："你是从哪里听到的风声？"

看到警察制服，陈韩很是坦白地道："这个度假村是我家开的。"

警方向工作人员打听李相浮的住处，涉及客户隐私，工作人员后续自然是要向领导汇报的。

"实不相瞒，这次我和家人来度假就是受他邀请，"李相浮向后撩了一下被风吹乱的头发，"毕竟我实是在太受欢迎了。"

"……"

陈韩小声说："没错，是我请他们来的。"

他还准备多说两句，被一声有些嘲讽的笑声打断。

陈韩循声望去，秦晋不知何时出现在距离李相浮不远的地方，看他的目光着实有几分戏谑。

陈韩呆愣住，压根没想到对方会出现在李相浮的住处。

"叔叔，喝水。"

一直没多少存在感的孩子突然走过来，帮他们一人倒了一杯水。

严厉的表情柔和下来，警察接过杯子很认真地说了声谢谢。

李沙沙摇头表示不客气，随后瞥了眼李相浮，正色道："从小我就知道，美貌是一种罪过，而我将遗传这种罪过……"他顿了顿，猝不及防地开始抒情，"啊，这无情的命运。"

一个"啊"字说出口时，李沙沙眼珠都不曾转动，像是一个没有感情的机器人。

"……"

一句话，一杯水，李沙沙成功送走了来问话的警员。

陈韩走之前对李相浮说："工作人员也在找苏女士，有什么消息会及时通知你。"

等他走远后，秦晋接了一通电话，看了李相浮一眼："我还有事要处理。"

李相浮点头。

有关苏桃失踪的事，他没准备去凑这个热闹，李老爷子那边大约是同样的意思，都没打电话来过问一句，看样子是要采取冷处理的措施。

李相浮准备留在度假村等结果，给李沙沙请了两天假。李沙沙或成这次失踪事件的唯一受益人，自言自语地说了一句："原来苏桃失踪就可以请假……"言语间像是遗憾为什么这件事没有早点儿发生。

李相浮看得好笑……亲身体会到小学生黑化时的状态。

正午，他准备去取昨天制作的陶艺品，不料李安卿在这个时候登门，先一步帮忙送过来。

李相浮在陶艺品上面敲了一下，摇头："烧制的时间有些长了。"

遗憾的情绪倒是不多，他本身也没寄希望于陶艺教室的流程能特别标准。

李安卿来这里当然不只是为了送东西，中间不带任何过渡，直接谈起正事："绑架案是苏桃自导自演，你不用蹚浑水。"

"嗯？"

李安卿："苏桃失踪，公司内部动荡，秦伽玉很快会认识到仅仅是未婚夫，他什么好处都捞不着，只有合法伴侣才能继承另一半的财产。"

李相浮沉默了片刻，忽然笑道："是我小瞧她了。"

这个办法确实聪明，雇个绑匪事后顶罪，苏桃则有名正言顺的理由平安归来，然后劝说秦伽玉和她登记结婚，以备不时之需。

"这件事和秦晋有没有关系？"李相浮问。

秦晋一直等着苏桃正式和秦伽玉登记，这边苏桃就突然开窍一样想到如此极端又有效的法子，实在太过巧合。

"秦伽玉前段时间和梨棠棠私下见过面，秦晋找人拍了几张照片寄给苏桃。"

"就这么简单？"

李安卿笑了："中间穿插着很多细节，譬如有一张照片是双方站在婚纱店门口的画面，然而事实是当天那家婚纱店突然搞活动，布偶人拦住了梨棠棠，至于为什么搞活动，秦晋买下了那个区域所有的婚纱店，有预谋地安排了这一出戏。”

“……”

“又比方说不久前的一次活动上，秦晋出言刺激过苏桃几句，说梨棠棠更适合秦伽玉，她不过是用来牟利的工具，连名义上的妻子都不算。再通过收买苏桃的助理无意间说上几句话……”

这明面上是挑拨离间，实则是心理暗示。

李相浮回忆起前天在餐厅门口碰面的场景，苏桃不时低头抚摸手上的订婚戒指，似乎很看重婚姻本身。

秦晋还有很多布置，但显然李安卿没耐心一一说完。

李相浮回过神，问：“二哥，这些你是怎么知道的？”

“只了解一小部分而已，然后找他当面求证了一番。”话锋一转，李安卿眯着眼道，“我专门告诉你，是想让你提高警惕。”

李相浮听进这话了，但没太上心。细究原因，一来他和秦晋关系不错，拥有共同敌人无形中加深了双方间的纽带；再者，他的思想其实还未完全扭转过来，对异性的警惕远远大于同性。

简短告诫了一句，李安卿准备离开。

他出门前，李相浮抱着一丝侥幸心理问：“二哥，其实你也在啃老对不对？”

对方瞧着工作自由度相当高，李怀尘一大早就赶去公司处理事情，相反，从天西古村回来后，李安卿一直是闲在家的状态。

拉开门的动作一滞，李安卿微侧过脸，陈述一个无比残酷的事实：“我的个人资产比大哥多。”

全家最穷的李相浮顿时觉得空气的味道十分苦涩。

“爸爸，你还有我。”关门声响起后，李沙沙说。

李相浮嗯了一声。

不提他都差点儿忘了，自己身边还养着个喜欢玩机器人的小吞金兽。

没有察觉到他的痛苦，李沙沙转而对着陶瓷花瓶评头论足。

李相浮走到落地窗前，正好看见一名调完监控的警员从前方的小道上离开，摇头道：“这场闹剧不知道会怎么收场。”

苏桃做事太过极端，本可以采取更稳妥的法子，比如爬山迷路，或者设计一场事故受个轻伤。偏偏她要大动干戈，闹得尽人皆知。

李沙沙遗憾完陶瓷花瓶因为烧制时长出现瑕疵，听到这一句喃喃，给出最合理的分析：“负责人失踪，公司内部动荡，秦伽玉想插手公司事务也无能为力，有心人这会儿应该已经在想怎么瓜分苏桃手上的股份了。”

只有在这种时候，秦伽玉才能有焦灼感。他可以不在乎未婚妻的死活，但眼睁睁看着别人密谋图财的进程一点点加快，那种憋屈感大概会终身难忘。

叹息声还未出口，便消失在李相浮的唇间：“大哥和秦晋说得没错，算计一个为爱疯狂的女人时，还是掂量着些好。”

他用缜密的思维去分析一个感性随时压过理性的人，具有很大的不确定性。恐怕就连秦伽玉也想不到，苏桃对成为他名义上的妻子是何等看重。

李相浮还在想苏桃设计的局怎么收场时，陈韩那边便传递来一些消息。作为度假村的负责人，陈韩亲自领警员去保安室调监控录像，视频中苏桃在度假村门口被人强拉上了一辆车。

“明摆着是绑架。”陈韩带着个人色彩地评价了一句。

李相浮说了声谢谢主动挂断电话，随后对李沙沙说：“老套的桥段，再过一段时间，绑匪多半会主动投案自首，以坐几年牢的代价换取一笔丰厚的报酬。”

“假设绑匪弄假成真，或出狱后以此要挟……”

李相浮摇头打断他的话：“苏桃不至于傻到自爆身份，聪明点儿的话会提前交代好绑匪需要做的事情，并且留下后手。”

两个人说话的工夫，李沙沙的智能手表突然嘀了一声，是李老爷子发来的一条信息，让他们去果园。

“为什么发给我？”李沙沙问。

李相浮想了想，他和陈韩通话时好像有电话接入，大约是李老爷子给自己打电话没打通，便打给了李沙沙。

天气转凉，果园不是很热，大片梨树栽种在内，远看金黄一片。

工作人员从仓房走来，拿出几个筐子分别递给他们：“十斤以下可以免费带走，超出的斤数按统一价收费。”

果园主要是为了供客户娱乐，不是以营利为目的。

李相浮看向李老爷子：“我姐……”

“和你大哥一起走了，她还有个画廊要管。”

两相一对比，李相浮一介闲人的身份更加凸显出来。

李老爷子叫他来，不单单是为了体验采摘的乐趣，而是暗示李相浮，度假时该做什么就做什么，别掺和失踪案。

能少操心是好事，李相浮专心采摘梨子，准备一个上午就在这里打发时间。

李老爷子转身便沉浸在采摘的乐趣里，李相浮则在原地打转，慢悠悠地摘着梨子，又一次仰起头的瞬间，突然看见一道格外熟悉的身影。

这绝非巧合能够形容，李相浮好笑道："你也来摘果子？"

秦晋："受人之邀。"

反应了一秒，李相浮望向在一旁发呆的李沙沙，挑了挑眉："你现在能耐了。"

"事出有因，"李沙沙正色解释，"我最近做功课，各科耗时较往常平均多了两秒钟。"

李相浮不动声色地放下箩筐，知道他不会无缘无故地说这些。

"从半个月前开始，我偶尔会头晕，"李沙沙皱眉，"不久前甚至在心理医生面前暴露过一次。"

总体来讲他的反应能力慢了半拍。

听完全部描述，李相浮找了棵树靠着，似乎陷入深度思考状态，偶尔会撑起眼皮看李沙沙一眼，不知过去多久，面色多出几分严肃："迄今为止，能让你感觉不自在的只有那些石头。"

李沙沙点头。

在别墅时他没多想，毕竟秦伽玉本事再大，也不至于神不知鬼不觉地把石头埋在李家别墅下面。

李沙沙："来度假村后症状没有缓解，证明和学校环境无关。"说到这里他停顿了几秒，然后继续道，"其实我也不确定是不是身体出了问题。"

讲明白了前因后果，李沙沙这才说出叫秦晋来的原因，表示如果李相浮也没能发现异常情况，准备带着所有东西让秦晋依次做检查。

李相浮找工作人员借了把剪刀，剪开了李沙沙的外套袖子的一小部分，没发现夹层。

"吃梨吗？"李沙沙问，"糖分可以帮助大脑思考。"

李相浮却将目光落在他的手上，抿了下嘴问："你的魔方呢？"

"这里。"李沙沙从口袋里掏出魔方。

"之前不是粽子魔方？"

"玩腻了，新买了一个，"李沙沙说，"学校对面的小卖部关门前在搞清仓处理。"

他的话一出口，空气安静了下来。

四目相对，李相浮沉着脸不说话，李沙沙生出一股不祥的预感，眼睛一眨不眨。

最终是由李相浮来打破沉默，他的口吻罕见地严厉起来："你见过哪个小卖部会进五阶魔方卖给小学生？

"你就没怀疑过制作材料有问题？

"白雪公主和毒苹果的故事听过没？"

李沙沙私下朝秦晋投去求救的目光。

秦晋到底没见死不救："事情已经发生了，以后没收他的零花钱就是了。"

"……"

加上苏桃订婚宴上的那事，这已经是李沙沙第二次遭受陨石迫害，为了转移话题，他发扬了告家长的精神："爸爸，帮我弄死秦伽玉，就是现在。"

"我不是活神仙。"他不能弹指间灭了一个敌人。

李沙沙开始进行理论指导："换位思考是对付敌人最有效的方式。"

"换位不了，"李相浮态度冷淡地说，"我甚至不知道他兜这么大圈子的意义。坦白讲秦伽玉不外乎是想达成两个目的，拿捏住我的家人，和让你陷入紊乱状态。"

秦伽玉雇人接近李戏春，买通诺顿博士安排一出奉子成婚的戏码，还有在订婚宴的地板下藏石头和这次弄魔方等，全都是为了达成这两个目的而设计。

说到这里，李相浮皱眉："我刚回国时他曾莫名其妙地写信，想来也是在试探我失忆的真假……搞这些花里花哨的手段，连打蛇打七寸都学不会。"

"哦？"一旁默不作声的秦晋似乎来了兴趣，轻声问，"你有更好的法子？"

李相浮几乎不做思考，瞄了眼李沙沙就说："彼时他再装得乖一些，轻松打入我家庭内部，到时候别说我二姐，我爸肯定要把孙子宠上天去。

"我又不能把他弄走，一个孩子猛然间失踪，家里非闹个天翻地覆，所以我得防着他伤害我的家人，又不能干掉他。

"至于那些石头，他入住后也能悄悄带入，神不知鬼不觉，就跟魔方一样采用慢性投毒的方式。

"对了，他上门后，还可以陷害沙沙，譬如'哥哥推我下楼梯'这种戏码，从此李家鸡犬不宁家宅难安。”

…………

李相浮逻辑清楚地说了很多，每一条都令人细思恐极。

他好不容易说完了，感觉唇有些干燥，伸出舌头舔了一下，一回头发现秦晋和李沙沙距离自己的位置似乎比刚刚远。

一阵风刮来，周围的梨树跟着簌簌作响，一大一小两道身影倚在梨树下，有些晃动。

李相浮皱着眉走过去：“天又不冷，你们抖什么？”

“……”

也许两个人都有倒退的痕迹，但李沙沙后退了两步，秦晋只后移了一小步，于是对比下他似乎处于站在原地不动的状态。

李沙沙不动声色地又往前移了一步。

李相浮反思一秒，确定自己没看错，先前这二人分明是离那棵歪脖子树更近。

“没抖，”这时李沙沙抬起头，迎着树枝摆动的方向说，“是今天的风太耐不住寂寞，吹得人心冷。”

冷冰冰的腔调搭配自以为伤感的抒情话语，听得人打从心底里腻得慌。

李相浮拿出随身携带的水果刀，绕着圈利落地削掉梨皮，其间望了他们一眼，李沙沙率先摇头。李相浮随后将梨切成两半，递给秦晋，谁知秦晋居然也摇头：“分梨吃不吉利。”

一口咬下去，香甜的汁水在口腔中炸开，整个人都神清气爽不少，李相浮喉头一动，咽下梨肉说：“迷信。”

纯天然的东西，可惜他们太不懂得享受。

垃圾箱离这里大约还有五十米的距离，正好附近还种着几棵桃树，三个人很有默契地同时朝那边走去。这会儿风确实不小，几片叶子吹落在李相浮的肩膀上，他丝毫不在意地边走边说：“苏桃这件事闹不了多久，她一回来，和秦伽玉的婚事很快会被敲定。”

一旦秦伽玉名正言顺地插手公司内部事宜，李怀尘便会和秦晋联手，届时霄烁一旦破产，秦伽玉也得背负共同债务。

李沙沙：“万一他预测了我们的预测……”

李相浮摇头：“秦伽玉现在的重点不是钱。”

让搭档恢复和报复自己才是目前对方最关心的事情，至于金钱，对秦伽玉来说，只要能顺利让搭档恢复，随时能找到契机赚钱。

“磨刀不误砍柴工……”精准地将梨核丢进垃圾箱里，李相浮揶揄说，“他那个搭档受损伤程度必然很严重，否则他也不用三番五次地对付你。”

“唯一需要注意的是梨棠棠。”

哪怕真破产了，秦伽玉还有一条后路。

“不知道梨棠棠到底有什么特别，”李相浮不愉快地眯了一下眼睛，“让秦伽玉这么重视。”

想来应该不只是因为她那可笑的爱情观。

他口中念叨着梨棠棠，眼神却是朝着秦晋看去。费了大功夫让苏桃上演另类“逼婚”戏码，秦晋恐怕不仅仅是为了让苏桃和秦伽玉登记。

不用对视也看出了他的疑惑，秦晋没打哑谜：“这件事还能再运作，霄烁旗下很快会出现爆火的艺人，连带公司股价水涨船高，而苏桃身边也会出现一个为她量身打造的追求者。”

李相浮不由得微皱了一下眉头。

“以其人之道还治其人之身罢了，”秦晋的眼神没有一丝变化，“同样的手段他们没少用。”

李相浮就事论事：“依照苏桃痴心一片的情况来看，完美追求者最多让她迟疑一下，她不会移情别恋。”

秦晋小幅度地勾了一下嘴角，没有言语。

李相浮突然明白过来：“这个迟疑是让苏桃缓一缓逼婚进度。”

只要霄烁不断坐大，秦伽玉的搭档必然会鼓动他去求婚，而在登记前，再让秦伽玉察觉公司会破产的端倪。

原本观赏风景的李沙沙若有所思，插话说：“要么明知是陷阱还得踏入，要么拒绝登记，这样一来他就得承受解绑的代价。”

只是这其中需要运作的地方太多，每一个细节都得对上。比方说秦晋口中提到的会爆火的艺人，估计爆火后将在恰当时机被爆出丑闻。

任何一个成功的商人都具有资本家和阴谋家的天分，想到此处李沙沙忍不住偏头去看秦晋，正巧风吹来一朵白色的小花落在对方的锁骨上，如此唯美的一幅画面，也没能给秦晋增添一丝柔和气息。

两相对比下，李沙沙欣慰地点了点头。

将他的神态变化看在眼里，李相浮好笑地问：“想什么呢？”

从感慨到自豪，刚刚李沙沙的脸色就像是走马观花般转了一圈。

“爸爸，你的优秀非常人所能及，世上恐怕很难找出和你匹配的人。”

李相浮愣了一下，大约没料到他会突然一本正经地吹“彩虹屁”。

李沙沙认真考虑后说："走不了质，咱们可以走量。"

"……"李相浮轻轻吸了口气，不明白怎么就跳跃到风马牛不相及的话题上去。

"父亲优秀，孩子不能落后，"身侧的秦晋缓缓说道，"多报几个艺术班，你能一样出众。"

李相浮听完居然认真地考虑了一下。李沙沙有鉴赏能力，但终归是纸上谈兵，或许培养一个兴趣爱好能有所改善。

他转念一想上小学对李沙沙来说已然很痛苦，还是算了。

似乎早就洞悉了李相浮会有的心路历程，秦晋没有继续怂恿他让李沙沙学艺术，微笑着说道："散打或者跆拳道总得学一样，关键时候能救命。"

李沙沙："……"

埋下一颗种子，秦晋点到即止，又把话题引了回去："秦伽玉看中的大概率是梨棠棠身边的人的价值。"

李相浮沉吟片刻道："我差不多把她的一半追求者捞到了身边，也没发现太多有用的信息。"

"……"

"看来我得再想个办法接近梨棠棠。"

身边的人不只包括备胎，还有亲戚故旧。

"扮演她的追求者？"李沙沙仰起头，"可人家看不上你。"

明眼人都能感觉到，梨棠棠对如今的李相浮有一种天然的恶感。

顶级宅斗王者风轻云淡地笑了笑："她父母看得上就行。"

"有道理，"李沙沙略一思忖，竟然击掌附和，"毕竟长辈不喜欢，婚事迟早要黄。"

"……"

李相浮玩起手段来，不比秦晋差。

他先问秦晋要了几张梨棠棠和秦伽玉在一起逛街的照片，匿名发给了梨棠棠的父母，言辞营造出站在苏桃的朋友的立场，质问苏桃的失踪是不是和梨棠棠有关。

和一桩失踪案搅和在一起可不是好事，尤其是女儿和别人的未婚夫纠缠不清，被曝出去妥妥是一桩丑闻，梨棠棠的父母虽然宠她，得知消息后一面调查发照片的人，一面毫不犹豫地限制了女儿的自由。

在此期间李相浮则用筱筱的身份进一步营造女神形象，给对方添堵。

李沙沙："不是说要拉近关系？"

他这番操作下来，不得结死仇？

"只要理由足够合情合理。"

见他游刃有余，李沙沙试图跟上思维，瞬间想了很多借口，奈何实在找不到一个可以串联的点。

李相浮笑了笑，当着他的面打电话给梨棠棠，很"白莲花"地主动为筱筱道歉："我妹妹如果有什么得罪你的地方，希望你能海涵。"

梨棠棠被关在家里本就郁结于心，当场爆发："装什么？明明就是一个人！你是不是觉得把大家当傻子耍很有趣？！"

说着她准备录音揭穿对方的真实面目。

然而就在这时，李相浮的声音突然较平时多出几分阴沉感："不，我只想让你看着我一个人……"

刻意压低的声音夹带一点点伪音，彻底没了平日里的温和，甚至令人毛骨悚然："我不想再等了。"

说完他直接挂断了电话。

李沙沙在旁边目睹全程，眨眼的速度慢了半拍。

好不容易回过神，他后知后觉地问道："营造一个病态爱慕者的身份，让她误以为你做这一切都是因为疯狂地爱慕她，甚至不惜男扮女装地勾引其他追求者？"

李相浮没有说话，算是默认。

李沙沙："但梨棠棠现在的心思全在秦伽玉身上。"

李相浮："我只需要一个名正言顺地上门拜访的理由。"

搁在以往，自己这样的人梨棠棠的父母必然是看不上的，但在梨棠棠一味和别人的未婚夫纠缠不清的基础上，情况就不一定了。

他垂眼的瞬间敛去淡淡的笑意："度假村也待够了，我们今晚就回去。"

李沙沙就是一块砖，哪里需要往哪里搬，李相浮去找李老爷子时，信誓旦旦地说怕请假太久耽误了功课。

李老爷子点了点头。他还要继续在度假村留两天，打电话让专人开车送他们回去。

出门数日，两个人回来时别墅里显得有些冷清。

红尘这只猫老当益壮，窝在沙发上，尾巴垂在一边来回晃悠，像是摇动的钟摆。

李相浮拍了拍手："红尘。"

老猫很喜欢李相浮身上的气息。

红尘步履沉稳地走过来，不带一丝猫的高傲。李相浮俯身抱它起来，轻轻顺着毛，老猫惬意地眯起眼。

李沙沙不动声色地远离，担心不知不觉被同化了。

好在李相浮没有无差别攻击，将猫放在一边，去庭院剪下好几根藤条。他哼着小曲，纤巧的手指灵活地缠绕着藤条，很快一个漂亮的竹篮成形。

李相浮又起身从冰箱里拿了一些水果塞在竹篮里，顺手取了客厅里的几朵假花插在缝隙间，一个十分优美的果篮就此诞生。

李沙沙："你不会要提着它去梨棠棠家拜访吧？"

李相浮颔首："空手去不太礼貌。"

李沙沙一动不动地盯着他。

咋不抠死你算了？

李相浮提起果篮，微微一笑："节俭是美德。"

这座城市整体面积有限，富人大多集中在一片区域内，真要说起来，梨棠棠家和李家只隔着半个街区。

为了显得体面些，李相浮特意开了李老爷子的车过去，经历了烦琐的登记流程，终于进入别墅区。

他是问李怀尘要的地址，有点儿路痴，转悠了好几圈才找到目的地。

整理了一下衣服，他按下门铃，没多久里面传来一个声音："找谁？"

听着似乎是一位有点年纪的长辈，李相浮很有礼貌地道："您好，我是棠棠的朋友。"

给他开门的是一位中年美妇，额头很高，显出几分严厉气势。

李相浮从前在家长会上见过这人，于是又一次问好："白阿姨，好久不见，我是李相浮。"

学生时代，李相浮是很多家长用来教育孩子的反面教材，白箬对他自然也有印象。不得不说人有时候是视觉动物，李相浮如今的相貌、气质，让她原先的偏见消散不少。

"快进来坐。"她客套地说了两句，又对家里的用人说："叫棠棠下来，有老同学来看她。"

不一会儿，梨棠棠带着好奇心出现，一看是李相浮，楼都没下，不悦地道："谁让你来的？"

白箬蹙了下眉："瞧你说的什么话？"

然而梨棠棠最近正在和家里人怄气，话都没听完，直接跑回房间。

砰！关门声格外大，震得地板仿佛都有轻微颤动。

白箬脸色不太好看，作势要起身上楼教训梨棠棠两句，李相浮却在这时苦笑一声："没事，估计她是心情不好。"

白箬面色尴尬，叹了口气："这孩子被我宠坏了。"

李相浮犹豫了一下，然后说："是不是发生了什么事？从上个月开始，棠棠的情绪就有些反复无常，她好像在刻意疏远曾经的一些朋友。"

倘若李沙沙在场，必定要赞美他一句"茶艺大师"。

这话说得好像他和梨棠棠有多亲近突然又被甩了似的。

他的话引导性太强，白箬下意识地就想起梨棠棠挽着别人的未婚夫逛街的照片。

正当白箬想着该怎么回答时，李相浮站起身："还是等棠棠情绪好一点儿再说，我明天再来。"

他很有礼貌地和白箬告别，走得十分干脆，出门直接开车离开。

"不以物喜不以己悲……"

李相浮一回到家，耳边便传来李沙沙的琅琅读书声，而李沙沙对面的老猫一动不动地窝着。

李相浮扬眉，用眼神询问这是在干什么。

李沙沙："我想把它培养成哲学猫。"

红尘现在妥妥是一只猫佛爷，每次看到都让人生出一股危机感。停顿了一下，李沙沙问："见到梨棠棠了？"

李相浮讲述了去拜访时发生的事情。

"要是梨棠棠把你男扮女装的事情告诉父母，他们估计不会再让你进门。"

李相浮摇了摇头，对这一点似乎格外笃定："说我为了追求她男扮女装，还勾引她养的备胎，这话有谁会信？"

这听着都像天方夜谭。

李沙沙想了想说道："也对，依照梨棠棠那骄纵的性子，她这么说指不定要被人当作气话。"

话锋一转，他问起有没有其他发现。

李相浮的眼神多出几分严肃："梨家的家底要比想象中丰厚，单是墙上挂着的画和客厅里摆放的花瓶，至少价值几亿。"

李沙沙："不是赝品？"

"画绝对是真迹，"李相浮回忆着道，"除此之外，还有不少奢侈收藏品，价值不可估量。

"梨棠棠的父母感情似乎也一般，白箬出来接待我时没戴戒指。我记得高中时她每次开家长会很喜欢有意无意地炫耀巨大的钻石婚戒，而且客厅那么大，连一张他们的合照都没有摆。"

至于更具体的信息他还得再看看。

近来是多事之秋。

苏桃掌管着娱乐公司，她失踪的事情被大肆报道，闹得沸沸扬扬。没过几天，听说绑匪投案自首，理由是没想到事情会闹这么大，他承受不住压力。

有秦晋在暗地里悄悄推动事态发展，李相浮从头到尾没怎么关注过，兢兢业业地扮演着痴情追求者的角色。

第一天他去梨棠棠家，带着手工编织的果篮；

第二天，他改为送自己绣的缠绵鸳鸯双面绣；

第三天，他画了一幅动人的少女寻梅图；

第四天，他作了一首唯美的藏头诗；

第五天……

李相浮在客厅里弹起了摆在楼梯边的钢琴，中途手机响了一会儿，他面不改色地弹完，然后去了趟洗手间。

未接电话来自秦晋，李相浮回电话过去，声音压得极低："怎么了？"

"只是想问问你进行到哪一步了。"

李相浮："顺利打入内部，梨棠棠的母亲就差没把我当亲儿子看待。"

不夸张地说，只要他用心讨好一个长辈，没人逃得过。

无论长辈说什么，李相浮永远能做一个完美的倾听者，回应的过程中亦谈吐幽默气质温和。

"比较麻烦的是闲聊家常时，她会说很多话，我还得一一甄别哪条可能是关键消息。"

秦晋："确定两件事就行，第一，他们夫妻的感情状况；第二，打听一下梨棠棠的小叔。"

知道他特别强调，必然已经有了切入点，李相浮没多问，简短地回应："稍后我会保持通话状态，你也听听，防止遗漏重点。"

"好。"

李相浮重新坐到钢琴边。今天梨棠棠依旧是闭门不出的状态，他来了几天，都没有见到梨棠棠的父亲，这反而方便他旁敲侧击地从白箬口中套话。

"秋天的光景其实也很好，"李相浮手指搭上钢琴的黑白键，淡笑道，"适合一家人出门散心。"

"一家人？"被这三个字戳中了某根神经，白箬想起丈夫在外面的风流韵事，嗤笑一声，"恐怕这个家只有我一个外人。"

近年她和丈夫的关系早就名存实亡，与女儿处得也一般，日子过得犹如古井般波澜不惊。

望着李相浮那张俊美年轻的容颜，白箬心中突然生出扭曲的报复欲望，保养得当的手冷不丁地覆盖上他细白的手腕："你是个好孩子，也很有才华……"

李相浮愣了一下，以闪电般的速度收回手："白阿姨，你……"

"这两天阿姨常常在想，如果你早几年出生或者我晚几年出生便好了，已经很久没有人认真听我说过话。"

"……"

不是所有的父母都会爱孩子。

李相浮很小的时候便明白这个道理。青春期时，李相浮偶尔也在某个瞬间因此感到悲伤。

不过这份伤感在今天成功断送了。

比父母……

李相浮念至此，另外一只手也从钢琴上滑落，哪怕隔着一层布料，先前白箬搭上手时，他的身体不自然的僵硬一直持续到现在。

他轻轻吸了口气，通过调整呼吸改善肌肉的紧绷。

"我先前弹的那首曲子是《F 小调第二钢琴协奏曲》，"李相浮很快表现出镇定自若的状态，用一根手指来回压下几个钢琴键，断断续续的音符串联成曲子片段，"是作曲家写给初恋情人的曲子，虽然没有后期作品成熟，但胜在感情真挚，听曲子的人很容易被影响。"

说罢，他用温和的笑容缓解了压抑的氛围。

白箬顿时对他好感大增，这个年轻人似乎永远不会让别人尴尬。

先前那一瞬间的失礼行为来自她对家庭的某种报复，她想报复丈夫的不忠，又恼恨女儿不理解自己，反而和丈夫一家人走得更近。

白箬睫毛一颤，说："我从这首曲子里，听出了春天生命重新蓬勃生长的力量。"

"能理解，"李相浮状似感同身受地说，"人类偶尔会被欲望支配。"

白箬用遇到知己的眼神看着他。

"……"

在白箬眼皮抽搐的时候，李相浮从容不迫地转移话题："您的性格偏感性，我在聚会上见过一次棠棠的父亲，他是很雷厉风行的一个人，棠棠的性格和你们两个似乎都不像。"

知道他这是在给自己台阶下，白箬边想对方究竟对她有没有好感，边含混不清地嗯了一声。

李相浮又问："您有兄弟姐妹吗？"

白箬摇头。

李相浮："那您丈夫……？"

"有个弟弟。"提到这个人时，白箬的表情有几分不自然。

察言观色是李相浮的看家本领，他试图将话题引到梨棠棠的小叔身上，然而每每稍有端倪，白箬的语气便透露几分烦躁之意。

一个天聊得寸步难行，李相浮知道得就此打住，便直起身子重新优雅地弹起钢琴。

今天梨棠棠倒是出来看了一眼，冲着楼梯口跺了跺脚："别弹了，吵死了。"

话虽如此，被追求的虚荣心让她没有再像前几日那般抵触。

李相浮多停留了片刻，离开梨家时已经是二十分钟后的事情。

他开车出了小区大门，确定身后没有人跟着才掏出口袋中的手机，发现通话还在继续。

"喂。"李相浮拿起手机问，"你还在吗？"

秦晋淡定地说："从你上演'母子情深'前，就一直在。"

"……"李相浮面色有几分不自然，拿出湿巾仔细地擦着手背消毒，"我总算明白梨棠棠为爱痴狂的基因是从哪里继承来的。"

缓了缓，他谈起秦晋之前让探听的两个问题："白箬和丈夫的感情毫无疑问破裂了。"

"至于梨棠棠的小叔……"李相浮想了想，"白箬在提起他时面色很怪异。"

他试着传达那个刹那自己解读出的情绪："逃避、羞愧……其间白箬还

吞咽了一下口水，说明紧张或者想到了某个场景。”

真不怪李相浮思想肮脏，以前在宅子里什么腌臜事没见过？时代变了，但这些事就算放在现代社会也不遑多让。

电话那头传来轻蔑的笑声，秦晋直白地开口：“就我们两个，你不用说得那么小心。”

李相浮目光一动，问：“你突然让我打听梨棠棠的小叔，是不是查到了什么？”

他估计得没错，一开始秦晋调查的重点在梨家近来的生意上，没发现有用的信息后又扩展到梨棠棠的父母身上，最后才延伸到身边的亲眷上。

“梨氏集团现在的掌控人是梨棠棠的父亲，他还有个弟弟，早年独自去海外发展，靠着一些灰色交易很快发家，资产累积的速度已经快要超出如今渐渐没落的梨氏。”

秦晋似乎在看什么资料，李相浮偶尔能听到翻纸的声音。秦晋用夹杂着些嘲讽的语气说：“兄弟情深，弟弟对亲哥哥一家很好，尤其是梨棠棠，无论她看中什么，他都会立马拍下来寄过去。”

“确定了吗？”

秦晋：“DNA 不会骗人。”

李相浮听完后，评价了两个字：“刺激。”

随后他又感叹秦晋的神通广大，居然能神不知鬼不觉地给两个人做了亲子鉴定。

“他这么明目张胆地偏爱梨棠棠，不怕被人察觉？”

“梨棠棠的小叔在国外被追杀过一次，没了生育能力，”秦晋淡淡地道，“不出意外梨棠棠会是他唯一的继承人。”

在梨棠棠的父亲看来，注定没有子嗣的弟弟对自己女儿有偏爱行为，合情合理。

“难怪……”李相浮啧了一声，“你不过寄了几张照片，苏桃的反应竟然那么大。”

对秦伽玉而言，梨棠棠的潜在价值可比苏桃大很多，那可是一个有两份豪门财产要继承的人。

秦晋：“这一家人感情观都不正常，爱抢别人的东西。”

李相浮认同他的看法。

就像有些人不缺钱但控制不住偷窃癖，有些人则天生喜欢抢别人的男朋友。

这倒也从侧面印证了秦伽玉的搭档在数据分析方面确实厉害，无论是订婚宴上让秦伽玉装作被泼红酒，还是只订婚不结婚，都完美把握住了梨棠棠的心理。

和秦晋又说了两句，李相浮收起手机开车回家，进门发现玄关处多了一双鞋，叫住忙碌的张阿姨询问："我爸回来了？"

张阿姨正准备给红尘喂食，回答说："早上就回来了。"

这时李老爷子主动走了出来，看到才进门的李相浮，问他去了哪里。

正巧是周日，李戏春也在，闻言无奈地道："都是成年人，您怎么还拿他当小孩子操心？"

李老爷子考虑了一下，觉得是不太妥当，这种询问是从李相浮学生时代延续下来的习惯。现在大白天的，李相浮也没一身酒气，他实在没有过问的必要。

于是李老爷子摆了摆手，示意没什么事了。

李相浮走进客厅的脚步有些虚浮，掩藏着一丝心虚。

他抱起才吃完猫粮的红尘，寻思着如何将梨棠棠的这条后路给秦伽玉切断。

他撸猫不到三十秒，秦晋突然发来一条短信："梨棠棠的事情我会处理。"

知道他想做什么，李相浮快速戳着屏幕："是不是可以采取更温和一点儿的方……"

消息还在编辑中，那边秦晋似乎预测到他会有的反应，先一步发来消息："白箬可不无辜，虐待人发泄之类的事情她没少做。"

"……"

红尘不太喜欢长时间被顺毛，眯着眼跳到一边，打了个哈欠。

李相浮没再折腾它，上楼去找李沙沙。

毫无意外，李沙沙又在玩魔方，还是两只手同时花样转动。听到有人进来，他抬头一心三用问："有进展吗？"

李相浮言简意赅地说："过程出了问题，但目的已经实现。"

两个魔方同时被复原，李沙沙活动了一下手腕，猜测事态发展："……但成功套到了信息。"

"……"这是名侦探转世？

李沙沙："爸爸，你一向有将阴谋变成伦理剧的天赋。"

这是一流的宅斗端水大师应有的水准。

李相浮按了按眉心，坐下说："秦晋估计会在恰当时候挑破梨棠棠的身世。"

李沙沙不为所动："没什么值得同情的，挑破了身世，梨棠棠也还有一份家业可以继承。"

"就怕她连那一份也没有，"李相浮皱眉，"秦晋特意强调了一句灰色产业发家，肯定是抓住了什么把柄。"

去了度假村两天，秦晋这些天的忙碌程度远胜之前。

双方见面的时间还没有李相浮和白箬见面的时间多。

说起白箬，早几天在对方的主动要求下，李相浮加了她的好友，白箬不时会发来一条消息：

"我找到了原曲，但更喜欢你为我弹奏的那首。"

"……"

李相浮隔了很久才回复，主要是讲述钢琴家的生平，推荐了其他几首轻音乐。

知道梨棠棠被秦伽玉看中的点后，李相浮不再频繁地去梨家，偶尔去也只是为确定梨棠棠是否在被禁足状态。

秦晋寄去的照片带来的后劲儿很强大。

苏桃虽然被成功"解救"，但显然白箬担心梨棠棠会脑子不清楚地立马去找人家的未婚夫。

苏桃近来是新闻热点之一，一旦被媒体捕捉到梨棠棠在这个时候和受害者的未婚夫约会的镜头，连带着整个家族都要被推上风口浪尖。

风水轮流转，和梨棠棠的处境比，苏桃如今事业正更上一层楼。

由霄烁投资的电视剧最近爆火，上映仅仅两天便收视率破纪录，霄烁旗下的这名艺人几乎一跃成为顶流艺人。

这两天无论大家走到哪里都能听见电视剧男主的宣传，全是正面积极的评价。

连李戏春这个不经常追剧的人，也看得津津有味，瞄见站在一边的李相浮，拍了拍沙发："杵着做什么？坐下看呗。"

李相浮摇头。

现在全是褒奖的评价，过于统一了，艺人现在走的是清高孤傲人设，一旦翻车，公关也很难拉回路人缘。

李相浮提醒了一句："别太真情实感了。"

谁知李戏春居然点了点头："我最近是挺迷这人的，为了见他一面还特意问朋友要来一张品牌方的邀请帖。"说着李戏春调小电视声音，从沉迷剧情的状态中解放，说："直到看他的第一眼……"

李相浮下意识地问："不会又是一个超高的印象分吧？"

李戏春耸肩，无奈地喝了口水，说："九分。"

"……"

另一方面，苏桃失踪又被救回，网上有人恶意猜测她是不是受到了身体上的侵害。这种言论还有不少，很快被大部分正常人回喷，苏桃顺势收获了不少人的同情。

两相叠加，霄烁的股价一路飙升，抛来橄榄枝想要合作的资方更是数不胜数。

针对这种情况，其间李相浮还和秦晋有过一次简短的对话。

"我以为你会立刻挑破梨棠棠的身世。"

"现在还不是最好的时机。"秦晋认真玩起阴谋来，没几个人能是他的对手，"等到苏桃因为身边的完美追求者有所迟疑时，才是捅破窗户纸的好时候。"

李相浮心下一动，明白对方的盘算。

梨棠棠势弱，苏桃又有了追求者，继续迟疑下去两头都捞不着好处。秦伽玉摇摆不定，他的搭档必然会推他往前再走一步。

秦晋屈起手指虚握成拳，重复做了一遍当日在影院的举动，再次低声强调："不留余地。"

回想起当时秦晋的神情，李相浮下意识地低头看了眼自己的手心，确定这是不再给秦伽玉任何翻身余地的暗示。

没继续对着电视屏幕，他正要转身上楼，门铃突然响了。

是快递员，送来的箱子挺大。

李相浮当面签收，身后的李戏春见拆箱后是个机器人，下意识地以为是他买的："你最近网购次数变多了。"

实际上不是李相浮下的单。一次在聊天中，他无意间提到李沙沙喜欢机器人，这两日他没再去找梨棠棠，白箬便时不时买东西送上门，寄件人一栏填的还是"协奏曲"三个字，仿佛那天的钢琴曲是两个人之间什么不可言说的秘密。

李相浮抱着机器人上楼，考虑回头转款给白箬。

红尘对机器人仿佛也很有兴趣，一路跟到二楼，冷不丁跳上来，陡然加增的重量让李相浮不由得闷哼一声。

靠近走廊一侧的李安卿的房间门没关，听到声音他走出来，瞧见李相浮吃力地抱着东西的画面，伸手捞过了身材富态的老猫。

李相浮松了口气，直接把机器人放在李沙沙的房间门口。

这已经是近来第二个送上门的机器人，依照李安卿对他的了解，李相浮绝对不可能短时间内频繁花钱买这玩意儿，问了句："谁送的？"

"白箬。"李相浮没隐瞒，"梨棠棠的母亲。"

李安卿："看来这位阿姨很欣赏你。"

"……"

李安卿朝前走了几步，胳膊搭着栏杆："最近这部剧还真是红火。"

"霄烁股价跟着水涨船高，"李相浮沉吟道，"苏桃的'逼婚'计划想必会很成功。"

李安卿："有秦晋做推手，自然能成功。"

李相浮闻言忍俊不禁。

看他的表情，就知道没有把之前的告诫放在心上，李安卿无奈地摇了摇头。

/ 第四章 /

公司旗下艺人爆火，苏桃失踪事件又被一些奇葩网民进行各种肮脏的猜测，如今无论是明星的粉丝，还是大部分路人，都对这位女总裁抱有怜惜和佩服的情感。

“苏桃俨然成为新一代女性事业成功的代表。”李沙沙放学回来，讲述在外面的见闻，“学校老师课间还谈论过她。”

李相浮点了点头：“很正常。”

苏桃的过去也被扒了出来，当然究竟是被扒还是自己找人运作有待商榷，但生父重男轻女和险些被私生子害死的经历，无疑让她被各种媒体和营销号争相编撰报道。

“舆论发酵得太快，”李沙沙说，“现在不单是艺人，她本人就是公司的金字招牌，代表着一种不屈的企业文化。”

李相浮轻轻拨动一下古琴的琴弦，这么多种乐器中，唯独古琴能令他心静：“挺好的一件事，霄烁发展得越好，秦伽玉的情敌就会越多。”

李沙沙：“苏桃目前的口碑过分好了，日后想要将她拉下神坛可不容易。”

李相浮摇了摇头：“世上永远不缺落井下石的人。”

资源有限，只要一个公司出事，少不了同行立马像狼嗅到血肉一样扑过来分食。

李相浮看向窗外。今天的阳光不错，温暖又不刺眼，他抿唇一笑："不如我们也去落井下石一次？"

李沙沙："给谁下石？"

他不觉得对方有兴趣给苏桃再添把火。

"秦伽玉。"李相浮淡淡地道，"苏桃过两天要举办一个私人宴会，邀请一些名流参加。"

走到窗边，感受着阳光的暖意，李相浮继续说道："她现在正得势，有人为了面子会觉得此时主动与她交好显得势利，这次宴会正好名正言顺地结交这些有合作意向的人。"

李沙沙："我们在受邀之列？"

李相浮眨了下眼："必须的。"

魔方的事情还没有败露，秦伽玉多少会想要确认一下李沙沙如今的状态，想到这里李相浮交代了一句："记得到时候装得不舒服些。"

李沙沙点头，表示这个经验他有。

和往日的鸿门宴不同，李相浮对这次宴会其实还挺期待的，想见识一下秦晋给苏桃安排的完美追求者究竟是什么模样。

当天，他特意换了身正装，结果一出房间门，发现一家子人都在。

李相浮："……"

李戏春穿着一袭很有格调的红裙，配着小西装做外搭，说："走吧，车子在外面等着。"

李沙沙充当李相浮的传声筒，问出疑惑："你们都去？"

李戏春："我还想再去见一眼那位艺人。"

李沙沙看向其他人。

李安卿纯粹好奇能让李戏春打出九分印象分的人是什么样，李老爷子同好奇，至于李怀尘，周五晚上得闲，无所谓地随大溜，顺便也去看看有没有什么值得认识的人。

李相浮问出关键问题："你们都收到了邀请函？"

李怀尘拿出一张蔚蓝色的卡片。他是真的有邀请函，公司地位在这里，对方可能只是象征性地客套了一下，其他人自然没有。

李戏春耸肩："这种宴会很多人会带伴侣，你拖家带口无伤大雅。"

李相浮说出事实："我们这不像拖家带口，更像是去砸场子。"

说归说，他不可能左右别人的思想，何况有李怀尘在，还能蹭个车。

苏桃名下有好几处房产，私人宴会就在其中一处举办。她是开传媒公司的，今天的宴会某种程度上也算是星光璀璨。

晚风徐徐，门口的铁栅栏上悬挂着星星点点的小灯泡，整体和深蓝寂静的夜色相互映衬，无比静谧美好，草坪上的音响从傍晚时分便循环播放着浪漫的钢琴曲。

几乎每一个从豪车上下来的人都会下意识地整理一下袖口，或者拉一下衣服，唯独李相浮视线一直在手机屏幕上，还是李沙沙帮忙拽平了他的西装上的褶皱。

李相浮："你来看热闹吗？"

秦晋："快到了。"

李相浮回复了一个"OK"，随即抬起头，打量起前方的建筑，和传统豪宅差不多，气派又有设计感。

他牵着个孩子往里面走，显得有些格格不入。这种场合一般人不带儿童来，他一路走进去，没看到李沙沙的同龄人。

苏桃今天穿得清新素净，身为总裁，不需要争艳已然是被关注的中心。

李沙沙："你说她会不会邀请梨棠棠？"

李相浮摇头："那就太刻意了。"

秦伽玉对苏桃的绑架事件肯定存疑，这时候她再请来梨棠棠，等同落实了这份猜测。

他们说话时，一位年轻男子相当自然地走到苏桃身边，不少人的视线下意识地落在他身上，李相浮跟着多看了一眼。

倒不是说这人长得有多好，而是他的一切都刚刚好：正常男性身高，身材谈不上高大，五官柔和，清风朗月，显得十分干净。

他看人时的表情就像是在说"不图钱，不图房子"。

"就是他。"李戏春低声道，"最近很火的艺人，苑轩。"

苑轩正在和苏桃交流，完全没有寻常艺人讨好老板的画面感，反而像是千里马和伯乐。

李相浮随手拍了张照片，刚想发给秦晋，便看到门外走入一道熟悉的身影。

越过一众名流走过去，李相浮来到秦晋身边，看着苑轩的方向，问得相当直接："该不会他就是你安排的追求者吧？"

秦晋微笑颔首。

李相浮："那后期的丑闻……"

"再过一段时间会被爆出来。"

秦晋简短介绍了有关苑轩的事，这人在苏桃旗下多年，一直不火。当然苑轩也没什么事业心，就喜欢不劳而获，黑历史不少，他在国外赌场欠下一大笔钱，听到有这种好事，还主动提供了一些资料，表示合作诚意。

"……"

秦晋："原本苑轩想靠这些资料诈钱，因为担心被告，才一直拖着。"

李相浮挑了挑眉，望着众星拱月的苑轩缓缓说："人现在正当红，后续未必肯甘心曝光黑历史。"

"护照已经办好了，后半生他准备拿钱去国外逍遥。"秦晋停了一下继续说道，"苑轩之前和不少人有不正当关系，随着他蹿红……他恨不得早点儿甩掉这些烂摊子。"

从李戏春打了九分的印象分开始，李相浮就知道这不是一个简单人物，但没料到还是迫不及待地用名声换钱的人。

正要张口说些什么，李相浮突然看到秦伽玉。这会儿苏桃目不转睛地和苑轩说话，秦伽玉反而像是被晾在一边的局外人。

李相浮来就是为了落井下石，刺激秦伽玉早日主动和苏桃正式登记，见状哪里会轻易错过机会？他状似闲庭信步地走过去，微微一笑说道："苏小姐最近越发光彩照人，你这位未婚夫功不可没。"

秦伽玉面色不变，还跟着赞美了一句。

他从不担忧苏桃会变心，关注点更多在李沙沙那里，确定这孩子气色不太好，才不露痕迹地收回视线。

"人心易变。"李相浮又淡淡地说了一句。

"是吗？"秦伽玉反问。

要说完全不介意也不可能，秦伽玉对苑轩没有危机感，只有反感，这种不悦主要来自所属物被觊觎。

但仅仅因为不悦远不至于让他自毁公司的摇钱树，倒是今天李相浮带刺的话语让他觉着挺开心。从前对方说话都是带刀子的，重逢后却总是一副云淡风轻的状态，令人烦躁。

苏桃设宴的目的是结交更多人，没和苑轩聊多久，转而又与另外一些人举杯谈天。苑轩从容地站在原地片刻，忽然径直朝这边走来。

他先是主动和秦伽玉打了招呼，余光却打量着李相浮。

不知道是不是李相浮的错觉，苑轩对自己的敌意好像更大。

他的直觉没错，苑轩自认是一摊发臭、发烂的污泥，但他如同狂热的粉丝迷恋偶像般崇拜着秦晋。

先前目睹李相浮和秦晋说话的画面，苑轩敏锐地察觉到两个人的关系非比寻常。

他只是收钱负责追求苏桃，后期再被爆出丑闻拖垮霄烁的市值，个人当是商战，并不知晓背后的用意。加上圈子不同，苑轩不认识李相浮，忍不住暗暗生出几分较劲儿的心思。

还不等他做什么，已经先一步有人过来插话。

来人是一位中年富商，一并走来的则是位大导演，看到苑轩乐呵呵地道："我刚才还和陈总说，你功底好，拍摄时几乎不用替身。"

让苑轩爆火的那部剧没有女主角，他在里面饰演一名男扮女装的杀手，有很多令人惊艳的舞蹈猎杀桥段。

"过誉了。"苑轩说。

导演摆手："是你太谦虚了。"随后又对富商说："一会儿咱们就能亲眼见识一番。"

这种宴会向来少不了跳舞的环节。

觥筹交错间，有明星在台上唱歌拉开了热闹的序幕。一曲唱完，歌手放下麦克风，苏桃接替他站在正中央，美眸扫过一圈笑着问："谁来跳今晚的第一支舞？"

第一支舞很重要，是在万众瞩目下进行，随后来客才会下场各自找男伴、女伴共舞。

场上已经响起了激昂的音乐，是很鲜明的交际舞曲子，跳探戈和拉丁都很适合。

被起哄声送上场的毫无疑问是苑轩。

他没有丝毫扭捏，很大方地走上前，不知从哪里找来一朵玫瑰花拿在手上。

有人调侃问："是要送给女伴吗？"

苑轩看了看周围，像是在寻找女伴，随后含笑说："这是给我自己的。"

他假模假式地环视一圈后，竟走到李相浮面前："不知道有没有荣幸共舞一曲？"

李相浮挑了挑眉，并未接话。

"我来跳女步，"苑轩解释，"上部剧拍得太投入，我到现在还没走出来。"

他不清楚李相浮的身份，也不在乎，反正日后要拿了钱出国逍遥，怎么自在怎么来。

在场不少宾客却是识得李相浮的，下意识地朝李老爷子看去。

没有想象中的不愉快样子，李老爷子面上浮现一丝怪异之色，身侧的李沙沙声若蚊蚋地喃喃："这是位真正的勇士。"

"你……"李相浮意味深长地看了苑轩一眼，问："确定要和我跳？"

苑轩点了点头，故意把人捧得很高："你气质这么好，看上去学过舞蹈。"

李相浮闻言目光流转，似在思考，余光不经意间瞄到秦晋。后者的面容在被调暗的光束下忽明忽暗，只见他动了动唇瓣，用口型提醒了一句：留活口。

"……"

没有等到回答，苑轩试图再往前逼近一步，却遇到了阻碍。

先前李相浮一直同秦伽玉交流，这会儿秦伽玉正好半个肩头压在他身前，乍一看造成故意阻止对方上前的错觉。

苑轩被安排要追求苏桃，对待秦伽玉向来不吝惜表现出针锋相对的态度，当即望着他笑道："难道你也想邀请这位先生共舞？"

秦伽玉看过《高手出民间》，清楚当时在台上戴面具表演的是李相浮……那空中的反复蹬腿，三百六十度无死角的麻花陀螺转，至今让他留下了不可磨灭的记忆。

此刻场上播放着极富有激情的音乐，苑轩这个时候和李相浮跳交际舞，绝对会在他手下被扭成抹布。

秦伽玉的默然让气氛显得剑拔弩张。

正当围观的人琢磨其中有什么猫腻，苏桃的未婚夫会不会当场和苑轩撕破脸时，却见这位骄傲的年轻人主动退开一步，随后深深地注视着苑轩，伸长胳膊："您请。"

他连敬词都用上了。

苑轩自在的笑容不禁一滞，他打从心底里觉得哪里不对劲儿，但又说不上来。

然而不等他多想，李相浮已经先一步走向了场中央。

"来吧。"李相浮微微勾唇，"让我们一起放飞自我。"

"……"

音响师原本正在偷吃蛋糕，谁料一记眼刀猝不及防地朝这边飞过来。

李相浮："麻烦换一首节奏更加鲜明的曲子。"

音响师觉得纳闷，明明现在这首已经十分动感。

很快，加倍激昂的旋律充斥在整个大厅里，为了让气氛更加热闹，音响师特意将音量调大了。

李相浮随手一甩，西装外套被扔在一边，有人吹了声口哨，还跟着旋律打着拍子。

受到气氛感染，苑轩嘴角一勾："斗舞吗？"

李相浮摇头："还是交际舞，记得你要跳女步。"

不用提醒，苑轩也不会在这上面耍心眼，他的那部剧能火是有原因的。苑轩是舞蹈学院毕业的，有不俗的舞蹈能力，拍摄前几个月的训练，让他的腰肢像是柳条一样柔软又富有韧性。

苑轩打定主意，要跳出此生最美的一支舞，哪怕日后出国相隔万里，也要给秦晋留下不可磨灭的印象。

起初两个人合跳了一部分探戈，苑轩刻意挑选了最难的舞步，李相浮依旧能精准地跟上。

随着音乐节拍快步入高潮，苑轩悄无声息地在跨步的间隙改变重心，准备实现一次高难度的连贯动作。

"准备好了吗？"苑轩嘴角的笑容渐渐扩大，"接下来……"

话没说完，李相浮的胳膊已经虚揽住他较细的腰，在他耳侧温柔地低语："苑先生，我们走——"

苑轩还没反应过来，身子便被人一拨，他以为是要跳华尔兹的旋转部分，但显然并不仅仅如此。

探戈有一种妙，是腿与腿之间的交锋，苑轩一个大好男儿，一开始还想让李相浮踩脚出丑，不知不觉中，已经被迫化身一个圆规，一只腿做支撑，另一只腿疯狂地画半圆。

渐渐地他有些体力不支。

"纵劈腿接摆腿跳。"

李相浮一跳，苑轩自然不能落下，双方在半空中完成了一次信仰之跃，落地后还没喘息一秒，又开始持续摇摆。

就在这时，李相浮放开环在苑轩腰上的胳膊，用手充当皮鞭，拨动一下他的腰线，苑轩随即像电动小陀螺一样旋转。

这一幕发生得太过突然，哪怕不少自恃身份的来宾，嘴里都控制不住地蹦出了感慨之词。

终于，苑轩的忍耐到了极限，他准备推开李相浮，当场甩脸走人。

然而——

“苑先生，你转不动了，换我来。”

“……”

李相浮：“缠腿，缠在我身侧。”

苑轩在刚才的旋转中，已经眼冒金星有点儿神志不清，下意识地跟着他的话做了。他以为这是收尾动作，直接单腿竖起就好。

下一刻脚尖脱离地面，他听到了风声，因为旋转速度太快，无法辨别风是从哪里来的。

这是小旋风吗？

苑轩一阵失神，那双清澈的眼睛如今像是死鱼眼一般瞪着天花板。

“跟上，”李相浮的语气陡然变得严厉，“偏头。”

苑轩下意识地跟着偏头。

李相浮：“看观众。”

苑轩：“……”

音乐结束，舞蹈跟着戛然而止。

满堂寂静。

李老爷子一开始就知道这不是他这个年纪的人能看的舞蹈，找了个地方坐着，任凭中间旋律到高潮的时候，身后一声接一声的惊呼涌来，也绝不回头。

“结束了？”李老爷子喝了口红酒，云淡风轻地问身边的孩子们。

李戏春目光死死地锁定李相浮，深深吸了口气：“他毁了我对追星的全部憧憬。”

原本今天她来是想远距离地观赏偶像，无论苑轩是什么真实性格，默默粉对方剧里的角色，有朝一日如果爆出丑闻，默默脱粉就好。

现在可好，一舞结束，她脑海中无限重复着一只欢快的小陀螺。

过分安静的环境中，李戏春平复心情说道：“现在该做什么？”

众目睽睽下，她要走过去拉李相浮回来吗？

一旁的李安卿淡淡地道：“鼓掌。”

啪啪啪，沉闷的掌声打破寂静。人都是从众的，大部分人回过神后，先是稀稀拉拉的掌声响起，随后声音汇聚在一起，排山倒海地涌来。

苑轩已经不敢再去看秦晋，可以肯定自己在对方心里留下了不可磨灭的记忆，但与想象中的情形截然相反。

苑轩知道事已至此，直接和李相浮吵上一架也无济于事。

他艰难迈动发颤的腿，走到麦克风旁边："不知道今天这里有没有我的粉丝……"

目光搜寻一圈后，状似不经意间停留在苏桃身上，他轻启薄唇："假设有，我想问问她，如果我是只陀螺，你还会爱我吗？"

"……"

短暂沉默后，众人爆发出一阵强烈的笑声。

就连苏桃都不禁莞尔。

压抑的气氛瞬间得到释放，苏桃接着良好的开端说："特别感谢二位的精彩开场，接下来大家可以邀请舞伴，一同为这个难得的夜晚增光添彩。"

舞伴？

李相浮此刻还站在场中央，闻言反射性地扫了人群一眼，像是舞瘾还没过够，要继续邀请人热舞。

众人反射性地后退几步。

如此一来，先前第一支舞时便站在前排观看至今、没有移动位置的秦晋瞬间突显出来。

李相浮的视线自然而然地聚焦在他身上。

他觉得这样不好，又一次移开视线，居然在人群中瞧见了卞式沁。后者眼神飘忽不定，死活不与他对视。李相浮又望向刘宇，刘宇喉头一动，来回张嘴重复三个字："是友军。"

往常交际舞的环节，不乏想要上位的人争着当大老板的舞伴，或者一些投资商趁机揩艺人的油，但今天面对李相浮的搜寻目光，前排的人遵循就近原则，随便找了舞伴就开始舞蹈。

唯独秦晋主动走上前，问："要跳舞吗？"

音响师早就将曲子换成浪漫温和的适合跳华尔兹的舞曲，以防悲剧重演。

李相浮是人群关注的焦点，不少人悄悄留意着这边的情况，想起秦晋和李戏春的绯闻，觉得李相浮再心狠手辣，总不至于将未来的姐夫当场转死。

秦晋亲自邀请给台阶下，李相浮自然不会拒绝。

"谁跳女步？"他问。

秦晋："我无所谓。"

话虽如此他却点头示意李相浮迈左脚，自己则退右脚。

对方主动跳起女步，倒是让李相浮有些始料未及。

两个人在一起更像是跳斗牛舞，至少不像是华尔兹，缺乏一种柔软感。李相浮已经算个子高挑，秦晋还微压他半头，由他跳女步动作上无法和谐。

“放着我来。”李相浮自然地移动重心换脚，秦晋配合着他的动作。

有句话苑轩没说错，李相浮的舞蹈功底确实相当不错，每一个动作都能精准到百分之百，旋转时复杂多姿的舞步优美又富有画意。

“原来他能好好跳舞。”旁观这一幕，刘宇感叹了一句。

所以为什么他要给大众制造心理压力?

李老爷子深呼吸一次，正想说什么，余光扫到一张熟悉的面孔，眉峰一动：“那不是老金家的丫头？”

他确定没看错，又给李怀尘使了个眼色：“去邀请人跳支舞。”

李怀尘在圈子里的名声很好，不乏名媛主动追求，李老爷子说的那姑娘就曾经对李怀尘表示明确的好感。两个人门当户对、郎才女貌，可惜李怀尘就跟神仙转世似的不动凡心。

李怀尘冷静地表态：“没这个必要。”

他不喜欢还故意去接近，就是人品有问题。

“你不是向来最讲究礼数周到？”李老爷子眼睛一瞥，说道，“她到现在都没找舞伴，干站在那里，心里说不定很不是滋味。”

李怀尘闻言皱了皱眉，看到女生手指不自在地时不时捋一下裙子上的褶皱，然后靠在一边玩手机，一时间显得有些格格不入。

虽然没有男女之情，但两个人到底有一起长大的情分在，李怀尘还是走了过去。

李老爷子随后又看向李安卿，大约是懒得听唠叨，不等他开口，李安卿很自觉地走到了一位单身女士面前。

这两兄弟动作出奇一致，过程中只交谈，并没有跳舞。

李老爷子看得无奈：“他们头上是顶着王冠吗？都不知道弯腰请一下女方？”

李戏春说好话：“总得交谈做一下铺垫。”

可惜之后的时间，李怀尘和李安卿陆续和不少人交流，但都没有选择一个舞伴。

直到跳舞环节结束，苑轩主动上台弹奏钢琴曲唱歌，又恢复了他优雅王子的形象。来客也开始正常交流，有说有笑。

李相浮和秦晋从舞池中退了出来。

因为体力消耗过大，李相浮取来一盘小点心，顺便递给秦晋一份。

秦晋接过，不是很喜欢蛋糕，但还是用勺子往口中送了几次。

和他相反，从容品尝完过分甜腻的奶油，李相浮望向一处挑了挑眉：“我爸怎么一直黑着脸？”

说着他放下盘子，朝那边走去。

面对迎面而来的小儿子，李老爷子直接忽略，反而望向李相浮身后走来的李怀尘和李安卿，要不是顾及人多，脸色估计会更难看：“让你们请人跳个舞有这么难？”

结婚不是人生必需项，老爷子也并非一定要逼儿女结婚，可一家四个孩子，至今没一个有恋爱苗头的，他怎么能不心急如焚？

李怀尘淡淡地道：“请了，人家姑娘没答应。”

李老爷子冷笑，想看看他还准备怎么编。

李怀尘逐一看过面前的每个人，突然问：“我想知道是谁放出的消息，说我们家的舞蹈才艺传男不传女？”

哪怕是对他抱有好感的女生，刚刚听到他要跳舞后轻则笑容勉强，重则花容失色。

自始至终平静看好戏的李戏春笑容开始僵硬：“……”

李怀尘问话的时候毫不避讳地注视着李戏春。

李戏春笑意淡去，说话底气不足：“看我做什么？”

然而李怀尘的眼神足以说明很多问题。

除了她，就只剩李老爷子和李相浮两个嫌疑人，这两个人完全不具备对外传扬艺能传男不传女的说法的动机。

知道找不到替罪羊，李戏春放弃挣扎地直言道：“我不过就是在饭桌上随口一说，当时在场的不超过四个人。”

她哪里能想到才过去没多久，一番话的传播速度比流感还快？

一旁的李相浮插话问：“是不是刘宇领朋友拜访那天？”

“对，好像还有那个叫什么陈韩的。”

李相浮闻言叹道：“刘宇绰号‘消息通’。”

自己日常都找刘宇打探过不少消息，对方纯粹是一个不吝惜用别人的趣闻换资源的人，任何一点有意思的消息，都会被他利用得淋漓尽致。

李戏春听后眼角抽动了一下。

李相浮忽然笑道：“高中时候，那家伙还是班里的宣传委员。”

说着他现场演绎了一遍刘宇竞争班干部时的宣言："从小到大，无论我到哪个班，都是宣传委员，同学们想让我把打小报告的精力用去其他方面。"

李相浮模仿本事一流，连眉宇间的得意之色都拿捏得恰到好处，顿时引来一些笑声，连秦晋都微微勾了勾嘴角。

气氛缓和，李戏春从传男不传女的故事中成功被解救，抓紧机会脱身，就近找了个人闲聊。

李相浮也没一直站在这里，准备跟李戏春一起，顺便推销一下自己的画作。才走没几步，他突然有一种不太舒服的感觉，一抬眼，没有任何意外，秦伽玉正关注着这边的情况。

目光撞上，秦伽玉指了指落地窗外，李相浮眯着眼从后面绕去了花园。

夜色正好，秦伽玉先他一步到的室外，还有机会摆个造型，身体斜靠在一棵槐树上，手里拿着酒杯冲他举起。

李相浮不为所动，冷淡地提醒说："小心落叶掉进去，要喝赶紧喝。"

被怼得越厉害，秦伽玉反而越面露享受之色。

见状李相浮转换策略，静站在原地等着，哪怕对方慢悠悠地晃着酒杯不说话，也没有任何催促的意思。

果然，秦伽玉皱了皱眉，似乎颇为不满两个人之间的这种缄默氛围。

"你总是能让人出乎意料，"最终打破沉默的还是秦伽玉，"私下三番五次地找苏桃做生意。"

他指的是之前转账一事。

李相浮不清楚苏桃有没有对秦伽玉说出全部真相，适时保持着沉默。

秦伽玉慢慢靠近他："这几年，大部分时间我是在休眠中度过的。"他的字里行间饱含着一种压抑和沉闷的情绪。

李相浮却不由自主地想到一个比喻——蛰伏起来冬眠的毒蛇。

"让我坚持下来的不是恨意……"

他对李相浮还真的谈不上恨，更贴近被戏耍后的羞愤。

"我真的很好奇，当初你是怎么发现我的异常的？"

但凡清醒的时间，秦伽玉一直在关注李相浮，自然留意到他身边过于聪明的李沙沙，再三试探后终于确定李沙沙的身份。

但四年前李相浮分明就是一个不学无术的纨绔子弟，如果身边有李沙沙的存在，自己没理由一点儿也察觉不出。

似乎被往事触动，秦伽玉那只没有握紧酒杯的手，在片刻的情绪失控下，突然死死握住李相浮的手腕。

李相浮："很遗憾，我也不清楚。"

语毕他拨开禁锢自己手腕的爪子。

他说话的时候，秦伽玉没有移开视线片刻，不放过李相浮神情中的任何一丝变化。

很多事情都是相互的。

譬如李相浮将秦伽玉比喻成蛇，殊不知秦伽玉也是一样，而且是"一朝被蛇咬十年怕井绳"。

曾经秦伽玉被彻头彻尾地当个傻子玩弄过，如今李相浮的性格发生天翻地覆的变化，以至于秦伽玉迟迟不敢确定这会不会又是一场骗局。

就在这时李相浮突然主动靠近一步，笑了一下。

秦伽玉握着杯柄的手指下意识地微微用力。

下一刻李相浮凑得更近，有意低着头说话。双方间明明还保留着一段距离，从特定角度看去，影子却像是斗在一起。

"先帝创业未半而中道崩殂……"

秦伽玉的脸色瞬间变得怪异，他不明白李相浮为什么突然整这么一出。

背完一整篇《出师表》，李相浮突然退开，笑眯眯地凝视不远处不知何时站在树木的掩映下的苏桃，主动开口解释："苏小姐，别误会，我们是在讨论古文。"

"……"

苏桃没有说话。

"不入流的小手段。"秦伽玉不为所动。

李相浮做得太过明显，有点儿脑子的人都能看出这是在故意挑拨离间。

从容地和他擦肩而过，路过苏桃身边时，李相浮语调低沉到有些邪气："瞧见了没？越作越好。"

花园里路灯能提供的照明效果有限，秦伽玉注意到苏桃面色一瞬间有些难堪，皱了皱眉，走过来瞥了眼李相浮离开的背影问："他刚才说了什么？"

"还能是什么？嘲讽的话罢了。"苏桃避讳地绕过问题，抿了下干涩的唇瓣问，"李家人都在，你直接叫他出来会不会引起注意？"

秦伽玉摇头，暗示不用在意。

其实苏桃心里清楚，秦伽玉没有必要单独叫李相浮出来一趟，这种举动就像是故意引起对方的注意。

强行咽下叹息，她无意识地摩挲着订婚戒指，冰凉的金属令心跳逐渐恢复规律。

李相浮重新回到热闹的大厅里，内外环境差异太大，灯光笼罩在身上的感觉让他觉得不太舒服。

秦晋离门不远，浑身上下透露着生人勿近的气息，附近还有几位来客犹豫着要不要过来打声招呼，好拓宽一下人脉。犹疑不定间，见有人已经走到了那座冰山对面，有的人便歇了心思。

头铁主动和秦晋交流的自然是李相浮："准备走？"

秦晋点头，问他要不要一起回。

李相浮点了点头，冲抱着自己的外套的李沙沙招了招手。

李沙沙和李老爷子说了一声，迈开小短腿走了过来。

秦晋去倒车，在路边等待的工夫，李沙沙仰头问："你们在花园里都聊了什么？"

这个"你们"，指的是李相浮和秦伽玉。

"他在试探我。"

苏桃看待问题的角度是从情感出发，虽然结论没错，但只占一小部分，李相浮跟她角度不同，所以更能看清秦伽玉的目的。

"脉搏、眼睛、嘴角……"李相浮平静的语气中夹带着一丝嘲讽，"秦伽玉想确定我有没有在失忆这件事上说谎。"

回想他握住自己手腕的一瞬间，李相浮摇了摇头。人为测脉搏感知有限，李相浮更倾向于秦伽玉那个时候是在借助搭档得出某个判断。

李沙沙："爸爸，你有没有做出假动作？"

李相浮摇头。

秦伽玉如今过分谨慎，很多事情喜欢拐着弯来。太过束手束脚让人无语，但自己这边还真的拿他没办法。

他给出真失忆的信号，也好让对方步子迈大些。

黑色轿车这时平稳地停在路边，李相浮上车后一直琢磨着秦伽玉的举动。车子上路开了一会儿，他突然直起身打开车窗，凝望着斜侧方山上闪着灯的小塔。

"那边是不是玉翁山？"

秦晋扫了一眼，淡淡地嗯了一声。

玉翁山也算当地一个不大不小的观光点，最有名的要数标志性的玉翁塔。

良辰美景夜色迷人，李相浮不禁心血来潮："我想过去看看。"

没有过问原因，秦晋很干脆地在下一个路口掉头，车子驶向了另一条道路绕过去。

玉翁山本身并不高，还没有普通山来得雄伟壮观，周围栽种着大面积的景观林和鲜花，环绕形成一个公园。

秦晋下车时戴了口罩，李相浮也戴了帽子，暂时没有引起多少注意。

玉翁山之所以出名，主要靠那些从很久以前流传下来的爱情故事。

李相浮离开后没多久，李老爷子等人也没有久留。

本想着李相浮是因为带着李沙沙，要早点儿让孩子回去休息，但路上李老爷子越想越觉得不对劲儿。

他看了李怀尘一眼："打个电话，问你弟弟在做什么。"

李怀尘叹了口气，明白为什么适才李安卿要在回程路上主动兼职当司机。

他做司机专心致志地开车就行，不需要应付长辈的无理要求。

这时李戏春搬出了一贯的用词："小弟是个成年人……"

她不说还好，一说李老爷子开始无差别地攻击："你也是，明明是开画廊搞艺术的，为什么眼光会这么差？"

"……"

这些年被李戏春看中的男人们，有的是大男子主义，有的伙同小姨子杀妻骗保，有的收了别人的钱故意接近……至于刚刚那个苑轩，明显也不是个善茬。

"还有你们两个，"李老爷子将矛头对准李怀尘和李安卿，"年纪也不小了，一点儿恋爱苗头都没有，说出去谁信？"

为了阻止李老爷子无休止的碎碎念，李怀尘主动打去电话，用一声"喂"打断了李老爷了数落的话。

简短对话后，李怀尘侧过头说："他和秦晋在玉翁山。"他停了一下问："要叫小弟现在回去吗？"

李老爷子张了张口，下意识地想吼出一句"让他滚回来"，话到嘴边却沉默了。

片刻后他闭上眼，声音干涩地道："随他去吧。"

于是李怀尘挂断了电话。

因为李老爷子突然安静下来，车内气氛陷入沉默之中。

经过一个十字路口等绿灯时，李安卿冷不丁地问："相浮去给苏桃求姻缘？"

"嗯。"李怀尘看向窗外，说起通话时听到的事情——

"老板，要一个最大、最灵验的同心锁，价格不要紧。"

李安卿闻言低笑了一声。

绿灯亮了，车子重新上路，李老爷子慢了半拍才反应过来，猛地睁开眼望向李怀尘："你刚才说什么？那小兔崽子给谁求姻缘？"

"苏桃，"李怀尘不厌其烦地再次回答一遍，"他希望苏桃能和未婚夫早日登记，正带着沙沙和秦晋一起在玉翁山挂同心锁虔诚地许愿。"

"……"

试问哪个正常人会大晚上跑到山上，带着孩子和关系不清不楚的朋友，给别人求姻缘？

"他脑子里究竟都在想什么？"每一个字，李老爷子都是从咬紧的牙关中挤出来的。

李怀尘见他面色走马灯般转了一圈，以为他是不太舒服，拧开一瓶矿泉水递了过去。

李老爷子没喝，摆了摆手："你不明白，我这是累，心累。"

玉翁山。

位于峰顶的玉翁塔，每当夜晚会逐层亮起碧绿的灯光，远看如同一块发光的玉。这本就是适合晚间来欣赏的景点，来游玩的人随着时间渐晚反而越发多。

伴随咔嚓一声，同心锁牢固地卡在塔后拉的铁索上，李相浮轻轻拍了两下手，合掌，下颌抵住指尖，不知是从哪里学来的礼仪。

"给我锁死。"下一秒，他虔诚地祈祷。

身侧的秦晋："……"

祈愿完毕，李相浮抬起头，看到秦晋也挂了一个同心锁，很是满意："不错，双倍的祝福。"

话音落下，天空突然响起一记闷雷，吓得周围正在挂锁的情侣手一抖，同心锁直接摔在了地上。

玉翁塔的灯瞬间全部熄灭，不少人下意识地尖叫出声。李相浮皱了皱眉，不到几秒的工夫，玉翁塔的光又有几次忽明忽暗。

“请大家小心脚下，可能是线路故障，不要紧张。”工作人员高声的提醒话语在空气中逐渐显得沉闷。

玉翁塔临时被封锁，里面的人被请离。李相浮本就在塔外面，倒是没受什么干扰。

下山的石阶位置有限，人群开始朝一个地方拥挤，几个鬼吼鬼叫的年轻人不顾别人的白眼狂往外冲，好像生怕不够乱似的。

因为这几个奇葩，李相浮被人潮冲离。

他紧靠最内侧的石壁，停下脚步准备给李沙沙打电话。

“爸爸。”

李相浮听到呼喊声回头，密密麻麻的人头里，李沙沙被人抱着很容易就凸现出来。

秦晋抱着李沙沙穿过密集的人群走来，石阶年久失修出现缺角裂痕，他走得却很平稳。

李沙沙没有像正常小孩一样揽着秦晋的脖子，伴随着下阶梯时的颠簸，李沙沙的脑袋跟着晃动，像是地里摆动的秸秆。

场面乱大家都专注自己，搁在以往，面对这样“貌合神离”的“父子”，秦晋多半要被当成人贩子举报。

长期停在一处不动，人来人往免不了有过度频繁的肢体接触，李相浮不是很适应。确定李沙沙没事后，便继续往下走。

双方在玉翁山脚会合。

“门票这么贵，日常也不知道做好检修。”不远处传来抱怨声。

“跟刚刚的雷鸣有关吧，”同伴解释，“我就住这附近，从来没听说过出现类似的问题。”

听他一讲，抱怨的人语气变成调侃：“该不会有人许了什么天理难容的请求吧？”

“是不是哪里不舒服？”终于出了人群，李相浮注意到秦晋面色有细微的变化，不知道是受夜色还是情绪干扰，总觉得是沉着一张脸。

“没什么。”秦晋缓缓地道，“这地方估计不怎么灵验，以后别来了。”

李相浮听得不明所以。

秦晋话锋一转，问起李相浮之前的魔方怎么处理的。

李相浮：“销毁扔了。”

秦晋瞥了李沙沙一眼，状似好心地提醒：“日常管控着点儿他的零用钱，最好买东西前汇报，免得像上次一样被钻了空子。”

李相浮若有所思，认为这十分有必要。

李沙沙：“……”

这会儿路上几乎没什么车，李相浮和李沙沙回到别墅仅用了二十分钟。

李相浮在宴会上离开得早，在玉翁山上也没久留，是以和李怀尘等人差不多前后脚进家门。

李老爷子黑着一张脸，走到玄关处时莫名地冷笑了一声。

李相浮怔了怔，一抬眼迎面撞上来自长辈的死亡凝视。

“……”

李老爷子外衣都没脱，直接上楼回房间。李相浮回头望向离自己最近的李戏春：“爸怎么了？”

“更年期吧。”李戏春脱掉搭配的小西装，将高跟鞋随意地甩在一边，光着脚上楼，“不用理。”

一个晚上足以发生很多事。

譬如在他们走后，私人宴会还持续了许久，苑轩抓住一切机会和苏桃攀谈。

苏桃心情不是很好，总是不由自主地想起花园里李相浮和秦伽玉见面的画面。

愁肠百转中，苏桃没有拒绝苑轩的攀谈，一方面是为解压，另一方面试图给秦伽玉制造一些紧张感。

一连数日，日子看似波澜不惊。

这天李沙沙放学回来，难得没有瞧见李相浮在房间里绣花弹琴，放下书包问：“有情况？”

“梨家可能出事了。”

李沙沙准备拿作业的手一顿：“确定？”

李相浮点头：“白箬已经两天没有联系过我了。”

以往对方每天都会发“早安”“晚安”，还会私信分享一些轻音乐。

“……”短暂沉默后，李沙沙一气呵成地拿出全部练习册，“爸爸，你判断事情的方法很是别致。”

看完手机，李相浮确定今天也没有收到白箬的任何消息，垂了垂眼喃喃道：“梨家出事了，苏桃和秦伽玉正式登记还会远吗？”

他只需要再耐心等待一段时日即可。

生活就像盒子里的巧克力，惊喜也总是不期而至。

第二天一早，李安卿来到庭院中，对正在抚琴的李相浮说：“秦伽玉和苏桃已经是合法夫妻。”

李相浮面上看不出情绪，他结束正在弹的《闺怨》，临时换了一首特别喜庆的《好运来》。

古琴弹不出太花哨的感觉，旋律听在耳中有些分离感，李沙沙拍了拍手：“唢呐更合适，嘹亮有氛围，还能传达你对他们的衷心祝愿。”

撩动琴弦的手指一屈，李相浮考虑后颔首：“你说得对。”

“可惜，”李沙沙颇为遗憾地道，“还欠东风。”

家里没唢呐。

不过很快他又支棱起来：“我们可以去逛商场，买鞭炮再买唢呐。”

“顺便再给你买个机器人？”李相浮一眼看出他的企图。

李沙沙笑而不语。

白天李沙沙要去学校，李相浮只能独自购物，考虑到如果买机器人，一个人不太好拿，李安卿便一道去了趟商场，回来时车后座上果然被塞得满满当当的。

李相浮系好安全带，等前面的车先出去的工夫闲聊起来：“二哥，关于秦伽玉的事，你是怎么跟爸讲的？”

李安卿慢慢阐述说：“四年前你发现秦伽玉倒卖违禁品，对方企图灭口，在你的拼命反击中酿成雪山意外，秦伽玉担心事情败露，这些年一直躲在外面，终于改头换面回来却发现你竟然失忆了。

“他怀疑失忆一说是陷阱，所以前段时间进行了诸多试探。

“避免亲弟弟爆出丑闻令公司名誉受损，秦晋以不揭穿对方的身份为条件和大哥达成共识，共同对付秦伽玉，准备以合理的方式让秦伽玉身败名裂锒铛入狱。”

“……”

李相浮侧过脸，眼睛一眨不眨地盯着他。

李安卿：“有什么问题？”

李相浮神情复杂地道：“听完这故事，我都差点儿信了。”

若非亲身经历者，他实在难以察觉其中的漏洞。

路上等红绿灯时，李相浮又一次开口，突兀地道了声谢。

如果没有李安卿帮忙搪塞，自己还得另想借口，难得的是李安卿还从未开口追问过他和秦伽玉之间的事。

“人的内心都有阴暗面，”李安卿淡然道，“也都有秘密。”

非要细致地去探究身边人的全部秘密，无人能做到“真正凯旋”。

车子停在大门外，李相浮摆好鞭炮，因为他和李安卿都不抽烟，先前途经小商店专门买了一盒火柴。

这会儿风不小，燃起的火焰被吹得歪歪扭扭，死活点不着引线。

李安卿：“让你买打火机不听。”

“只用一次，火柴划算点儿，还有仪式感。”

李相浮的原则向来是能省则省，该花钱的地方也不能落下，在他的坚持下，一小簇火焰终于点燃引线，他刚直起身子退后几步，便不断有红色的碎末炸开，在靠近地面的地方如天女散花一般扬起红末。

鞭炮的响动太大，隔音效果再好，屋内的人也能听见。

张阿姨捂着耳朵出来，在鞭炮声中扯着嗓子问：“今天是什么日子？为什么突然放鞭炮？”

李相浮隔着烟雾说：“以前的朋友结婚。”

“……”

朋友结婚他在家门口放鞭炮，张阿姨理不清其中的逻辑关系。

噼里啪啦的响动不仅惊出了张阿姨，原本正在楼上自娱自乐地下棋的李老爷子也走了出来，喜庆的气氛在他犹如寒潭的面色中自动冷却。

最后几截炸开的红皮被风带到拖鞋正前方，李老爷子嫌弃地用脚踢开：“干什么呢？”

李相浮正色道：“苏桃结婚。”

李老爷子被气笑了：“你半夜跑山上给人家祈福，现在还放鞭炮庆祝？”

父子俩说话的时候，张阿姨受不了空气中的硝烟味，已经先一步进屋。

“就算人家日后倾家荡产，但那时指不定孩子都有了。你们呢？”李老爷子轻视地扫一眼李相浮和拎着东西的李安卿，“从头到尾都是两个没人要的单身汉。”

“……”

回想着李安卿编的故事，李相浮很自觉地拿来用：“过去四年里，秦伽玉拼尽全力成为大企业的女总裁的丈夫，而我连孩子都有了，谁更胜一筹一目了然。”

他继续做切割：“所以爸，这话你跟大哥、二哥说就行，我的孩子早就能上街打酱油了。”

“……”

沉默中，李相浮继续补充——

“他，李沙沙，我的孩子，精通七国语言。

“知晓哲学、神学、天文学。

“只要他愿意付出努力，八岁上少年班，十岁读研究生，十二岁念博士……日后将是我们李家最被器重的长孙、公司的金字招牌。”

李相浮：“而我，无疑是传奇之父。”

“……”

他说得有理有据，让人无从辩驳。

李老爷子的眼珠都停止转动了，虽然早就不兴传宗接代这种理论，但李相浮确实在另一方面对家族产业做出了不可磨灭的贡献。

没有念叨声在耳侧，李相浮转身从车上取下新买的唢呐和电子配件，准备进家门。因为两只手都拿着东西，不方便看手机，他随口问了一句现在的时间。

“五点。”李老爷子竟在李安卿开口前回答了他。

李相浮想了想，又问道：“这个点儿沙沙不是早该放学了？”

李老爷子缓缓吐出三个字：“回头看。”

李相浮转过头，第一眼没瞧见什么，第二眼才看到站在后方草坪雕塑旁一动不动的李沙沙。阳光斜照在巨大的羚羊雕塑上，投射下来的黑色阴影正好将李沙沙笼罩住大半。

李相浮下意识地环顾四周，并未瞧见每天接送他放学的专车。

像是知道他在找什么，李沙沙主动开口：“接我的车在来的路上被逆行摩托撞坏了外后视镜，我坐校车回来的。”

疑惑得到解答，李相浮试探地问：“刚刚那些话，你听到了多少？”

李沙沙面无表情地走过来，帮他分担了一部分从商场买来的东西，迈过门槛时说：“我将用一生……”

李相浮下意识地接道：“去治愈童年？”

连口头禅都没有机会说完，李沙沙摇了摇头，进门放下东西，换鞋时低声强调：“纠正一下，我一共会五千多种语言。”

李老爷子此刻还在外面给钻石单身汉李安卿上“政治课”，李相浮心如止水：“你这个年纪会七门语言是天才，超过三位数，天才就会变成实验台上的样本。”

无论是天才还是样本，李沙沙都摆脱不了写作业的命运。

上二楼的工夫，他边走边动笔，先一步解决了数学作业，对文字要求比较高的科目则留到回房间进行。

一年级的语文作业是看图写话，对李沙沙而言，难度为零，但侮辱性极强。

他写作时，李相浮坐在一旁谱曲，似乎是要纪念一下秦伽玉登记的好日子。

窗外不时有微风吹过，麻雀用爪子扒拉着粗糙的树梢，成双成对地互啄。李相浮意外地看见这一幕，哼调子的时候不由得感慨：“其实我也算是他们的半个月老。”

李沙沙随便应付完几句话，合上作业本说：“没有一个月老，会只随二百块份子钱。”

“今天给你买的机器人消费超过十万。”

足足半人高的机器人正立在墙边，处处透露着价值不菲的气质。

李沙沙忍不住过去近距离欣赏一番，冷静地转换语气，吟诵道：“您的慷慨恰似春雨，润物细无声。爸爸，我将永存于心。”

“……”

日有所思，当天晚上李相浮做梦还梦见了一对新人，穿着喜庆的衣服交换戒指，可惜就在最后关头，秦伽玉突然悔婚。这算是一个噩梦。

翌日清醒时，李相浮额头聚着薄汗。

幸而梦和现实终究不同，李安卿亲自通知的消息自然不会出错，秦伽玉和苏桃登记是板上钉钉的事情。

只是这两个人没准备大办，苏桃仅仅在意一个名分，非但没故意放出消息让梨棠棠难受，反而将这件事捂得比较紧。

“古往今来，痴心错付的故事不少。”

庭院喷泉边坐着两个年轻人，其中一个轻叹一口气说：“可依旧有人喜欢一条路走到黑。”

“拿砒霜当蜜糖吃的人，脑子本就有问题，不用理。”

秦晋评价得可谓毫不客气。

今天他提前结束工作，难得有空闲和李相浮坐在庭院里说了会儿话。

李相浮有些遗憾：“早知道当天我该守在登记处附近，亲眼见证一下。”

“已经有人见证过了。”

“哦？”

秦晋说出一个出乎意料的名字：“苑轩。”

苑轩借着爱慕之由顺理成章地纠缠在苏桃周围，就在两天前苏桃明确拒绝了他的追求，表示自己即将成婚。

为了保证消息的真实性，苑轩特意在两个人登记当天乔装追过去，上演了一出“另类追爱记”，直至亲眼看到小红本本，这才佯装伤心欲绝地离开。

听完这一系列操作，李相浮不由得啧了一声：“他这本事要是用在正道上，早就大放异彩。”想了想他又道：“单凭一个苑轩，远远不够拖垮霄烁，你是不是掌握了一些集团黑幕？”

他的后一句话几乎已经是笃定语气。

秦晋正想开口，突然咳嗽了两声，起身进屋冲了包感冒灵出来。

杯子里冒出的热气随着空气散发着一股苦味。

去玉翁山挂同心锁那天，秦晋就有受风着凉的迹象，一直持续到今天也没有好转。

李相浮皱眉：“最好去医院看看。”

“瞧过了，”这也是秦晋今天提早下班的原因，顺路去了趟医院挂号，“医生说是感冒，只能慢慢吃药康复。”

生病时人多少容易显出几分脆弱，秦晋的脆弱不是来自情感上，而是苍白的面容时不时因为剧烈咳嗽出现一丝红晕。

李相浮忍不住多看了两眼，不太厚道地想，这副容貌如果去娱乐圈发展，大概戏路一辈子就固定了，只能演一些阴郁富豪反派。

脑补出的画面太过夸张，他一时忍俊不禁，眼睛跟着一弯。

被这声轻笑吸引过去目光，秦晋问他在笑什么。

不知是不是受到秦晋的咳嗽声传染，他也忍不住轻咳了几声：“梨棠棠那边……”

“梨棠棠被秦伽玉看中的价值很快会归于零。”

白箬几天不联系自己，李相浮早就料到梨家此刻正在经历一场剧变，确定梨棠棠的近况后，开始考虑清理鱼塘。

首先他得弱化筱筱的存在，继而找个好时机退群，最后随着时间的流逝彻底淡出群成员的记忆。

逐一罗列好步骤，李相浮随手捡起一片地上吹落的花瓣，慢悠悠地碾

碎后很有自信地说："人定胜天。"

只要他主动斩断身边的联系，洁身自好不是梦。

李相浮打定主意后，只觉微风扑面神清气爽。

如果扑来的不是药味，可能会更有意境。

真正应了那句病来如山倒，秦晋这场风寒很快迎来一个爆发点，当天下午病情加剧，还有点儿发热。

张阿姨去超市买东西，暂时没人做饭。

见他说话声音沙哑，似乎喉咙也有些不适，李相浮便熬了些米汤。

秦晋躺在客厅的沙发上，用他的话来说，这里通风好阳光好。

李相浮的厨艺像是有魔力，不过是青菜配米汤，但香味隔着一段距离都相当浓郁。

庭院里的红尘别看是只老猫，嗅觉异常灵敏，迈着沉稳的步伐走来，好像也颇为垂涎。

"看来你的六根还是不够清净，"秦晋眼睛一瞥，"出家人不该追求口腹之欲。"

讥讽起老猫来，他不留情面，但等下一秒后边传来脚步声，李相浮端着饭走来时，秦晋又立刻虚弱地躺了回去，一副需要人扶的状态。

李相浮放下餐盘，当真被这孱弱的假象蒙骗，扶他起来。

秦晋半合着眼，坐起身时才重新睁开双目，陡然看到被口罩遮蔽的半张脸，愣了一下。

非但如此，李相浮还盯着红尘，蹙眉思索如何给猫也做一个口罩，避免被传染感冒。

"……"

"吃点儿东西，会舒服一点儿。"过了片刻，李相浮的注意力终于重新回到秦晋身上，悦耳的声音经过几层纱过滤，变得十分沉闷。

生病导致的头晕也没有改变秦晋用餐时慢条斯理的动作，他像是把优雅融入了骨子里，可惜因为周身阴郁的气息，让人忽略了这种魅力。

用餐时秦晋顺便拍了张照片，罕见地发了一条朋友圈："米汤本身没味道，但精心熬煮了一个多小时，喝着很舒服。"

一份简单的餐食罢了，先前李相浮却在厨房忙碌许久，足以证明这份用心。

他发朋友圈的工夫，李相浮又去了厨房一趟，把给红尘准备的那份食物端出来。

瓷盘是玉色，金枪鱼寿司上红下白，米饭特意用鸡肉代替，而鸡汤又用来炖了三文鱼，中间悉心掺杂了一些蔬菜，精心准备的营养餐格外诱人。

“红尘。”李相浮很温柔地叫了一声。

老猫自觉地凑过来低头吃饭，不时还故意对着沙发上某人的方向咂了一下嘴。

手机从掌心里慢悠悠地滑了下去，秦晋望着面前的清汤寡水，陷入了沉默之中。

李家人在某些方面出奇一致，很注重自我保护，这两天出入都戴着口罩，李怀尘直接没有回来，住在公司附近不常用的公寓里。

李老爷子特意叮嘱李怀尘多住几天，否则一旦他生病，公司的担子没有人来挑。

对比之下，每日定时劝秦晋多喝热水，还帮他冲药的李相浮瞬间就突显出人性的光辉。

终于，在一个风和日丽的日子里，伤寒化成一阵风，彻底抽离了秦晋的身体。

翌日就要恢复忙碌的日常，眼下他正坐在庭院里，享受最后为数不多的清闲时光。

“你生病的这几天，霄烁又推出了一个组合，一夜爆红。”李相浮走了过来，习惯性地递过去一杯温水。

顿了顿他又问：“现在爆红的要求这么低？我看了下好评如潮的视频，还没我的现场炸裂。”

“喀……”秦晋被呛住，迅速抽出一张纸巾低头咳了会儿，之后才道：“比你更炸裂的恐怕没有。”

不只是他这么想，要是李沙沙在这里，一定会为艺人鸣不平……表示人怎么能和陀螺比？

李相浮尽量不歪话题：“钝刀子割肉不适合秦伽玉，拖的时间一长，依苏桃的痴心程度，出事后估计不是想着自救，而是怎么先把他择干净。”

秦晋比谁都清楚这点儿，这也是他手上积累了不少东西，却迟迟没有动手的原因，一动则必须以雷霆万钧之势，不给对方任何喘息之机。

他上楼取了一个文件袋，拆开放在一边。

李相浮浏览了前几份文件，就像看了一场震撼的PPT，其中不乏大量去酒店开房的照片，以及公司高层要挟艺人的聊天记录。单是这些仅能算一些尽人皆知的潜规则，问题出在后面几页内容上："真有人滥用违禁品？"

秦晋："霄烁发家前就不怎么干净，用肮脏交易控制住手下的人，并不罕见。"

确切地说，苏桃接手霄烁时，公司里已经存在不少暗产业链，如果根除难免触及核心利益链，所以即便她想改变现状，一时半会儿也没那个能力。

李相浮整理了一下被打乱的文件，说："这种大事件总需要一个导火索。"

必须有一个人站出来揭示行业内幕，勇敢地去控诉这种不公正行为。苑轩之后要爆出丑闻，在外人看来，最多骂一句狗咬狗，由他来拉开这个序幕必然不合适。

"这世道，对受害者的道德要求比加害者都高……"李相浮凝眸，神情稍缓后说，"你已经有人选了吗？"

秦晋在网上搜索出一位艺人的资料。

照片是一张相当漂亮的艺术照，女人的目光显得空洞又孤寂。

因为拍摄主题就是丧，包括粉丝在内的人恐怕只会夸赞摄影师高超的技巧。

"她之前试图找人发声，险些被倒打一耙，目前处于被雪藏状态。"秦晋淡淡地道，"只是平静了一段时间后，她对是否要二次发声有些迟疑。"

"一鼓作气再而衰三而竭。"李相浮摇头，"一刹那的激愤过去，想要再行动需要比之前加倍做心理建设。"

秦晋忽然说："你或许可以帮忙做这个心理建设。"

李相浮点开资料仔细看了一遍，确定过往和对方没任何交集："莫非有什么我不知道的渊源？"

"共同话题。"

秦晋没有打哑谜，直接说下去："这姑娘前段时间准备出家。"

"……"李相浮哑然片刻，问："确定已经皈依佛门？"

秦晋："我让高寻去找过她，但对方避而不见。"

李相浮用半分钟的时间接受现实，然后问："人在哪座山头？"

秦晋递过去一张字条："这是住址。"

瞧了眼是市里，而且看着是正常小区，李相浮不禁挑了挑眉。

秦晋："她没去庙里，虽然被雪藏，但偶尔还是要配合一下公司的活动。"

说得好听点儿是活动，出席商演，事实上每次到最后她少不了要陪着吃顿饭。

“望新饭庄，今晚她还有一个饭局，你可以利用‘富二代’的身份帮助她脱困，之后你们沟通起来也方便。”

李相浮询问完具体的时间和地点，查路线时头也不抬地道：“原来你才是我洁身自好的路上最大的绊脚石。”

秦晋好笑：“我是让你去谈佛理。”

“我懂，”李相浮开了句玩笑，“卖艺不卖身。”

“……”

望新饭庄是本市颇具名气的地方，不过名声不大好，了解内情的人戏称它为“安乐窝”。

根据秦晋的消息，饭局定在晚上七点，李相浮特地挑了一套纯色的衣服，长发也没有多加束缚，整体营造出恣意随性的感觉。

他挑在七点二十准时进入饭店，估摸着这会儿饭菜已经上齐，酒局也刚刚开始。

包间的名称叫墨莲阁，墙壁和门框全是水墨画，单从装修上看，像是个文化人聚集的地方。

前方有服务员经过，李相浮靠着墙，状似不胜酒力，实则透过没有完全合严实的门仔细捕捉里面的声音。

“我酒精过敏。”

“就一杯。”劝酒的声音细听仿佛都能榨出一杯油，“听说沈小姐人美歌甜，要不露一手？”

推拒声和起哄声重叠在一起，李相浮突然推开门。

包间内顿时陷入安静，随之而来的是一个大腹便便的男人粗着嗓音吼道：“你谁啊？”

“问得好。”李相浮弯了弯嘴角，笑起来的样子足以令人心神失守。

男人正要口出狂言，被旁边的人挡了下来。

“是李家的那位小少爷，李怀尘的弟弟。”

“秦晋的绯闻小舅子。”

说话的人声音压得很低，李相浮怀疑对方是喝昏了头，连带着说起胡话来。

什么叫绯闻小舅子？

僵硬的氛围中，沈烟抬头，撞进了格外清澈的目光中。

“跟我走。”李相浮眼神不善地盯着肥胖男，话却是对沈烟说的。

要不是顾及合同，沈烟是发自内心地恶心这些肮脏的人，如今救命稻草出现，眼看刚刚还猥琐得意的大老板现在大气都不敢出，连忙拿起包躲到救星身后。

“你先去门口等。”李相浮交代了一句，沈烟没有迟疑地听了他的话。

为免打草惊蛇，李相浮并未当场翻脸，反而保持微笑说：“今晚的事希望各位能大事化小，她的公司那里……”

“放心，沈小姐来了，全程陪同。”立马有人上道地接了一句。

李相浮点了点头：“事情闹大了，谁都下不了台。”

他的暗示已经足够到位，大家要把这件事烂在肚子里。包间里坐着的不乏精明人，把事情闹开了对谁都没好处，年轻人英雄救美罢了，说白了还不是图色？

众人先后都点了点头，无声中达成一致。

沈烟有些窘迫地站在酒店门口，直到李相浮出来，心中生出诸多疑问，一时也不知道是先道谢还是提出困惑。

“上车。”李相浮打开车门。

沈烟有些迟疑。

李相浮：“我要是想对你做什么，完全可以通过你的无良经纪人去做。”

沈烟穿着白裙子，上面还有被人“手滑”泼的酒渍。李相浮递给她一件外套，倒车前给秦晋发了一条短信：“人我接到了。”

大约过去一分钟，那边的人有了回复：“好，我在公司加班，预计十一点左右回去。”

李相浮感慨了一句社会人的辛苦，驱车踏上归程。

豪宅也分档次，李家的宅子从外墙的设计开始，就写满了高级的感觉。

沈烟从前也演过电视剧里的千金小姐，当时剧组租的是小别墅，还是头一次亲眼见到这么大的豪宅。

李老爷子今天头疼，早早就睡了，李戏春还在画廊里，客厅里只有张阿姨在忙着收拾东西。

进门后，李相浮先去了趟洗手间，沈烟一个人坐在沙发上，有些不知所措。

张阿姨热情地给她倒了水：“您慢用。”

被长辈用“您”称呼，沈烟一时有些受宠若惊。

张阿姨笑眯眯地道：“我还是第一次见少爷带女生回家。”

外人面前，她一般不喊李相浮的名字，和别人一样称呼少爷。

沈烟闻言耳朵根一红，本如古井般的心又一次有了波动，讷讷地问：“是吗？”

“当然是，以往他都带男生。”张阿姨又开始忙着切水果。

“……”

/ 第五章 /

沈烟试探着说：“看得出来，他人缘很好。”

张阿姨的神情突然就复杂了起来。

她在这个家里干了几十年，是李相浮荒唐时光的亲眼见证者，只能说对方曾有过不少狐朋狗友，但和好人缘不相干。

沈烟是科班出身，哪能注意不到这丝细微的表情变化？

正当她陷入沉思时，李相浮从洗手间出来，看了张阿姨一眼：“也没剩什么事了，阿姨你回去吧。”

张阿姨望着桌上的水果餐盘：“这些……”

“几个盘子而已，我来收拾就好。”

张阿姨笑着解下围裙：“那就麻烦你了。”

她提着包离开没多久，李相浮温和的面色突然变得有几分严肃，他坐在另外一边，显出一种压迫感。

“长话短说，沈小姐是个聪明人，应该能猜到我找你来的目的。”

沈烟可不是恋爱脑，最开始的心动过去，开始理智地回顾这件事。

当时李相浮出现在包间绝非偶然，如果不是出于对偶像的爱慕，必然存在其他原因。单纯图色他不必如此大费周章，说句不好听的，天花板上奢侈的水晶吊灯在一些人眼中比她的命都金贵。

他想得到什么还不是勾勾手指头的事情？

李相浮维持着温和的语气说道："秦晋曾派人找过你，我和他的目的一样。"

个人情感堆积起来的忐忑顷刻间烟消云散，沈烟莫名觉得一阵哑火。无论是她之前发声被雪藏，还是现在有人鼓励她去发声，都和正义无关，纯粹是因为一场资本间的博弈。

等她回过神来，才发现竟然将心里的想法低吼出来。沈烟心头一跳，害怕又得罪一名不好惹的狠角色。

然而李相浮自始至终在微笑着倾听她的想法，开口道："是博弈，也和正义有关，主要我个人想积善。"

"……"

口说无凭，李相浮上楼搬来古琴："沈小姐，且听我弹奏一曲大悲咒。"

"……"

不知为何，哪怕是真被劫色，沈烟都未必有现在这样慌张的情绪。她看着那把琴，总觉得有什么无法预料的人间疾苦就要朝自己袭来。

二楼。

李老爷子自下午起便不大舒服，早早上床也没睡着，只觉得心浮气躁，恍惚间隐约听到一阵悠扬的旋律。

但隔着门，声音实在太小，几乎可以忽略不计，让人以为是错觉。

李老爷子正准备起身出门看看，手机响了一下，是李安卿发来的语音："不用管，小弟带回了一位朋友。"

上次李相浮领回家住的是秦晋，这次不知又是哪个，李老爷子一时间感觉力量重新回到身体里，也不觉得难受了，当即气势汹汹地打开门准备一探究竟。

人才走到楼梯口，还没下楼，隔着栏杆见是个清秀的姑娘家，他顿时颇感欣慰。

在这个家庭里，终于有一段感情有冒头的端倪。

不多时，李相浮停止弹奏，李老爷子下意识地放缓脚步，尽量不发出声音，像是每一个好奇的家长，想要知道接下来双方会有何走向。

"佛曰——"

听到简简单单的两个字，李老爷子瞬间没了笑容。

和去山上上香不同，此刻李老爷子心不静，隔着一定的距离，他看不清沈烟的面色，但已经快要控制不住去柜子里拿拐杖的冲动。

哪怕李老爷子有点儿迷信，现在都想冲上去问一句：你是不是有病？

楼下，沈烟微微仰面，在李相浮的解说中找到了久违的宁静。

李相浮："悟了吗？沈小姐。"

沈烟的情绪像是当初度假村搞亲子活动，那些看完感人电影拥抱的父母和孩子的感受，至少在这一刻感受到了某种力量的感召。

她稍微迟疑了一下，然后点头。

李相浮："不单是我，还有秦晋，我们绝对保证这次让你得到一份应有的道歉和赔偿。媒体那里，我们也会尽量将对你的影响减到最低。"

沈烟却不担心生活被媒体打扰，在她看来，没有什么是比去陪酒更令人恶心和畏惧的事。

"我会配合。"说完，她站起身准备离开。

李相浮同样站起身："合作愉快。"

"合作愉快。"沈烟重复了一遍，没有和他握手，而是双手合十微微颔首。

楼上目睹一切的李老爷子："……"

"爷爷。"后面突然传来声音。

李老爷子回过头，见是李沙沙，紧绷的面色瞬间变得慈祥："怎么了？是不是睡不着？"

李沙沙一贯面无表情，拿出一本书："我想听故事。"

封面上《物理的进化》几个大字，像是烙印在人眼底一样。李老爷子自我劝服孙子是个天才，能提前培养兴趣是好事。

他躬身从对方手上拿过书："爷爷现在就去给你念。"

李沙沙走在他后面，回头望了眼楼下的李相浮，四目相对，也不管后者能不能看见，高冷地用口型表示：不客气。

这下客厅彻底只剩下李相浮一个人。他并未立刻上楼，靠着沙发享受突然安静下来的氛围。

接近零点，秦晋从公司加班回来，一进门，客厅灯光大亮，李相浮正闭目养神，从他放在腿边不时敲着沙发的手指来看，实则大脑还处在思考问题的状态。

"想什么呢？"顺手把外套挂在一边，秦晋询问，"这么入神。"

李相浮缓缓吐出三个字："秦伽玉。"

"……"

这一刻秦晋和李家人的想法高度重叠：是非之"弟"，不可久留。

他是该加快对秦伽玉的处理速度了，对方显然在无形中占用了李相浮的大部分思考时间。

这时李相浮终于睁开眼，望着头顶的吊灯说："秦伽玉和苏桃登记是好事，只是和原本的计划有些出入。"

按理他是要借此让秦伽玉的搭档做出误判，再让秦伽玉在登记前发现公司内部有问题，逼他做选择。

不过李相浮也知道这个节点有多难卡上，谁能想到苏桃举办私人宴会后，不过几天，秦伽玉便选择登记?

"卡不了结婚的点，卡离婚也一样。"秦晋不为所动，"梨棠棠的父亲在家中不小心失足摔下楼梯，后脑受伤严重，已经下了病危通知书。"

李相浮："哪个父亲？生父还是养父？"

"……"

秦晋深深地看了他一眼，首次听闻把被戴绿帽子说得这么文明雅观的："养父。"

李相浮若有所思地道："养父一死，梨棠棠和白箬是合法继承人，这样一来，秦伽玉岂不是亏大了？"

秦晋显然有了盘算："这个月底前，他会背上债务，也会失去原来的倚仗。"

在能力方面，李相浮从来没有怀疑过秦晋，秦晋既然敢打包票让秦伽玉失去搭档的同时破产，事情必然已经在推动过程中。

"稍等我一下。"李相浮说完上楼一趟，回来时递给他一张纸。

秦晋一目十行地看完，似乎都是一些不太出名的小国。

李相浮解释："秦伽玉能下定决心登记，也许做了两手准备，得防着点儿他近期更换国籍。"他指了指上面的几个名称，"这几个国家比较特殊，对夫妻公共债务方面，和国内有不同界定。假设他预感事情不对劲儿提前移民，那就真落实了百足之虫死而不僵。"

届时财产执行起来很困难，苏桃又全程配合揽责任，最后结果怎样还真不好说。

"……"秦晋沉吟，"难为你能考虑到这点儿。"

他直觉秦伽玉想不到这层。

话说回来，李相浮这样的对手要比秦伽玉难缠百倍，因为永远不知道对方下一刻会采取什么方式进行回击。

"度假时，秦伽玉还约过我到射击俱乐部玩，我想去一趟。"

秦晋："这个约没必要赴。"

李相浮摇头："我想趁机拿到样本，给你们做个 DNA。一直以来，是先入为主的印象让我们以为他是秦伽玉，如果这只是被推出来的一颗棋子，他自己在幕后操作，岂不是要功亏一篑？”

“……”

“整容行业这么发达，养个替身太容易了，替身在明面上活动，出了事正主可以随时跑路。

“订婚宴那次我就觉得奇怪，秦伽玉为什么会任由沙沙摸他的脸确认其搭档的存在，也许就是为了不让我们怀疑本人的真假。

“实际后续他再整容，换一个身份以备不时之需。”

现在连高仿人皮面具都有，这年代能信任谁呢？他必须确认秦伽玉的一切后路都被斩断了。

话音落下后许久，空气陷入长时间的安静之中。

“相信我……”终于，秦晋开口打破沉默，注视李相浮的目光格外有深意，“他如果能有你一半的智商，混不到今天这个地步。”

可以高估一个人，但永远不要看轻一个人——《李相浮宅斗准则》。

这本书虽然没有正式出版，但早就形成一套完整的理论，每晚睡前里面的内容都会在李相浮的脑子里过上一遍。

翌日，他主动给秦伽玉发出邀约：“不是说好请我去射击俱乐部？择日不如撞日。”

秦伽玉收到短信时，正在一个几乎暗无天日的工厂里，周围全是打磨石头的声音。可见度不足，手机屏幕多少显得有些模糊不清，他取下护目镜，以确定没有看错信息内容。

以往都是自己主动发出邀约，李相浮避之唯恐不及，如今一反常态地凑上来，实在让人无法不多想。

秦伽玉权衡后不想将主动权交到对方手中，以退为进地想让他打退堂鼓：“带着你‘儿子’来吗？”

李相浮秒回：“不，就我们两个。”

没得到回应，片刻后他再度发来语音：“你在哪儿，我去找你？”

主动送上门来的通常不是好东西，秦伽玉皱了皱眉，在推辞和接受间，最终还是决定去看看李相浮究竟在打什么算盘。

双方约在下午三点。

距离约定时间还有两个小时，李相浮琢磨着怎么从秦伽玉身上得到检测样品。从前他静不下心时喜欢弹琴看书，如今多了一项活动：投喂红尘。

他暂时占领了张阿姨的地盘，小火炖着牛肉，拿着锅铲站在一边等着。

身侧的玻璃上映照出另一道影子，李相浮回过头："二哥？"

李安卿："你忙你的，我只是来传达爸的旨意。"

"……"

抽油烟机开着，说话听不大清，李相浮关掉后打开窗户，顺便用筷子戳了戳牛肉，摆出洗耳恭听的态度。

"小弟，去谈个恋爱吧。"

"……"李相浮闻言哭笑不得地问："爸的原话？"

李安卿："千言万语，可汇聚成这一句话。"

对李相浮深夜携女子归来礼佛的事情，李老爷子无比头痛，在行云寺被梵语强行放空大脑的感受重新回来，觉得这孩子过度清心寡欲了。

筷子轻松戳过肉的纹理，李相浮关掉火将牛肉捞出后说："我会慎重考虑。"

他说是慎重，眼睛和手上的动作高度统一，明显只在想着怎么给红尘做好一顿饭。

李安卿也没多说，结束长辈交代的工作没在厨房多待。

两点左右，李相浮到庭院放下精心准备的料理，耐心等红尘吃完，赶去赴秦伽玉的约。

因为审批尤其严格，全市只有两家射击俱乐部。他要去的那家离住处至少隔了三个区，驾车太麻烦，李相浮索性临时雇了一辆车。

一路畅通，他抵达时刚好还有五分钟的空余供他走进去。

俱乐部的占地面积相当大，包括背后的一整片森林。

核验登记过身份后，有专人领着李相浮进去，他猜测秦伽玉已经先一步抵达。那人向来喜欢掌握主动权，突然被约出来，少不得担心会有猫腻提前跑来观察情况。

果不其然，在宽广的休息区域，李相浮看到了正坐在圆凳上低头看手机的秦伽玉。

李相浮冲引路来的人摆了摆手，后者识趣地离开。

接着李相浮从后方绕过去，地面上铺着一层厚绒毯，脚步声被弱化到几乎不可闻。

"棠棠，我能真切体会到你的难过……"

秦伽玉才输入一半信息，似乎感觉到什么，扭过头，猝不及防地看到身后站着一个伸长脖子偷看的人，条件反射地猛站起来，连手机都差点儿砸出去。

“嚯，”李相浮嘲弄的语气不加掩饰，“原来还是情圣。”

“李相浮！”喘息声有些重，秦伽玉还没完全恢复规律心跳，第一次眼中有了明显的恼意，“你几岁了？躲在背后吓人好玩吗？！”

李相浮笑得毫不掩饰，甚至拍了拍手：“自己胆子小还怨别人？”

明亮的笑容让他的身上散发出一种久违的青春气息，仿佛一瞬间又恢复了几分少年时期的咄咄逼人气势。

秦伽玉心头的郁气诡异地消散，他不再计较刚刚对方那幼稚的举动，转身朝体验馆的方向走去，没走两步，突然停步等李相浮跟上来。

“我喜欢各走各路。”李相浮说。

“我也喜欢，”秦伽玉先前被吓了一跳，没了平日那副故作高深的感觉，显得冷淡不少，“但你盯得我头皮发麻。”

不知道是不是他的错觉，李相浮今天的目光让人格外不舒服。

确定背后的衣服没有沾着头发，李相浮不动声色地走上前，保持和秦伽玉并肩而行的状态。

体验馆里是统一的橡胶子弹，按颗收费，秦伽玉出手阔绰，连同李相浮的子弹钱一并付了。

射箭和打枪是两码事，李相浮从前没怎么玩过这个，第一枪毫无意外地脱靶。

秦伽玉的姿势倒是很标准，他在最合适的时候扣下扳机，稳狠准地命中了靶心。

“直说吧。”秦伽玉直起身子，“你在打什么主意？”

李相浮：“单纯小聚而已。”

说话的时候他已经有了决定，设计偷走一根带毛囊的头发可不容易，随便找个借口当场打一架，直接薅下一小撮就成。

秦伽玉浑然不觉有人在打自己头发的主意，口袋里的手机振动个不停。他走出一段距离去接电话。

不用想也知道秦伽玉是在和梨棠棠聊天，李相浮摇了摇头，又打了一枪，依旧没有命中靶心。这次的失误一半得归咎于心思不在瞄准上，他一直留意着秦伽玉那边。

梨棠棠的养父快要不行了，作为子女能直接支配财产，在秦伽玉眼中梨棠棠的价值恐怕更胜以往。

李相浮盯着靶心上的红点，突然意识到一个问题，另一部分继承权在白箬手上，秦伽玉将路走窄了。梨棠棠的道行明显没白箬高，倘若白箬在其中做些手脚，结果是什么还不一定。

想到这里，李相浮走到另外一边，也开始打电话。

“你已经有几天没联系我了。”那边的人声音能听出一丝哀怨之意。

李相浮：“突然听到钢琴曲，反应过来的时候电话已经打出去了。”

那边的人沉默了一下，似乎被这个说法触动：“你总是在我最脆弱的时候出现。”

语毕白箬抱怨起梨棠棠的不懂事，指责她在这个节骨眼上还和别人的未婚夫纠缠不清。

李相浮漫不经心地听着，研究起手枪的外部构造。

“不如我们去国外生活，远离这一切。”白箬的一句话让他险些手滑。

真正有着恋爱脑的人李相浮只遇到过一个——苏桃。

那是一个可以赌上事业和性命的神奇存在，至于白箬，显然爱情在她这里无法凌驾在个人利益和权势上面。

对方大胆提出这个要求，李相浮瞬间明白梨父所谓的失足掉下楼梯，绝对有人为因素在内。白箬必然扮演了什么角色，如今心虚不安，才想要撤离。

“你还有棠棠。”李相浮劝了一句。

听他亲昵地叫梨棠棠的名字，那边白箬冷笑不已。若不是太了解女儿的德行，日夜担心梨棠棠把家里发生的一切都告诉李相浮，她哪里用得着出国？

就在这时，李相浮忽然话锋一转说道：“去外面散散心也好，我知道有个地方沙滩很美，踩在上面热度仿佛能暖在人心里……”

说话时他望着秦伽玉的背影，想象着对方费尽心思追到梨棠棠，却得知白箬卷走了大部分钱时的表情，嘴角微微勾起，连带着声音也透露出几分愉悦之意。

白箬错将这当成一种温柔，已经开始畅想国外生活。

舔了舔干涩的唇瓣，白箬起身出去倒水，路过梨棠棠的房门外时脚步猛地一顿。大白天锁着门，里面隐约还有交谈的声音，她意识到事情不太对劲儿，停下脚步扒在门上偷听。

当梨棠棠说起父亲坠楼的真相时，白箬当即挂断了和李相浮的电话，用力拍了拍门：“开门！”

梨棠棠向来不怕跟父母对着干，开门时脸色难看地抱怨：“叫我干什么？”

见她的手机屏幕还亮着，白箬不由分说地抢过了手机，粗暴地往墙上

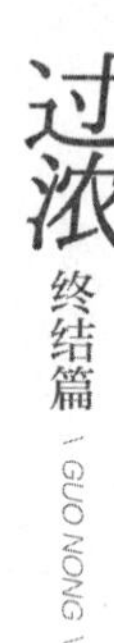

砸去。

手机当场碎屏阵亡，梨棠棠呆愣一秒后，吼道："你凭什么摔我的手机？！"

联想起父亲出事前的一些事，她心中悲愤，竟直接冲上去拼命用拳头捶打面前的人。

这些天的情绪迎来一个爆发点，白箬寸步不让，二人顿时扭打在一起。

家家有本难念的经。

下午李相浮不在，李老爷子特意叫来李安卿，询问让他劝的话有没有劝。

"小弟说过会认真考虑恋爱的事情。"

李老爷子仔细盯着他的眼睛，确定他没有说谎："意思传达到位了？"

李安卿轻点了一下头。

一直到晚上七点，李相浮也没有回来，晚饭时，李老爷子无奈地问："他该不会是为了逃避，躲在外面不肯回来吧？"

李戏春闻言抬头说："相浮抠门，不会舍得付酒店费。"

"……"

这边正说着，玄关处传来动静，李老爷子以为是李相浮，张口便道："正聊着你呢……"一抬头发现是李怀尘，他将后面的话收住，"我还以为是你弟弟。"

"他被叫去问话，"李怀尘道，"一时半会儿回不来。"

李老爷子怔了怔："问什么话？"

李怀尘："他那个高中同学梨棠棠，家里出事了。"

李老爷子放下筷子，神情严肃，没有直接一问到底而是选择先听事情原委。

李怀尘继续说："梨棠棠的小叔报的案，他下午去黎家，发现母女俩头破血流地倒在地上。听说救护车去的时候，白箬满脸是血意识不清，口中一直呼唤着小弟的名字，至于梨棠棠，则是'秦珏，秦珏'地叫个不停。"

"……"

李怀尘："巧合的是，意外发生时小弟正和秦伽玉待在射击俱乐部里。"

李老爷子早就从李安卿那里听说秦伽玉改头换面的事情，皱眉道："这不正好说明他们没作案时间？"

李怀尘点头："现场没有第三人，从伤口看，初步判定是母女俩在互相伤害。但白箬出事前的几分钟在跟小弟通话，秦伽玉则在和梨棠棠打电话。"

“您不用担心，接到消息后我已经托人去打听情况了，没有证据的情况下，警方只是例行问话，相浮很快就能回来。”

李老爷子听完全过程，面色怪异地问：“这是真人真事？”

他活了半辈子，分开听都明白，放在一起却一句话都没听懂。

李怀尘走过来坐下吃饭，淡淡地道：“我个人很想给他们投资拍一部电影，有望成为悬疑电影之最。”

“……”

全程回顾一遍后，李老爷子开口说：“你弟弟归国后的这段时间，发生了许多匪夷所思的事情。”

李怀尘平静地咀嚼着白米饭，咽下去后问：“您觉得最不能理解的是哪一件？”

“他在电影院认错爹。”

“……”

李老爷子其实没说真话。他认为最不可思议的是参加完私人宴会回来，自己那番子虚乌有的道德感动。

这一天最受刺激的不是李家人，而是李相浮雇的司机。

下午雇主接到一通电话，匆匆出来要求：“拉我去城南派出所。”

李相浮不是一个人上的车，还有秦伽玉。

司机也没问多出的一个人是谁，好奇地打听起其他问题：“出什么事了？”

“小事，”李相浮说，“警察找我们两个问话。”

刹那间，司机握方向盘的手指一紧，他没留神地上的一个坑，车子重重地颠簸了一下。

“你别紧张，”李相浮安慰，“我们不是坏人。”

想起结束通话前白箬最后几分钟对梨棠棠的控诉，他怀疑这桩伤害案件受害者即为加害者。

秦伽玉向来唯恐天下不乱：“不错，目前受害人都还活着。”

司机笑容十分勉强地道：“是……是吗？”

不过他很快镇定下来。司机是个钟表爱好者，从其中一人的手表来看，这两个人非富即贵。

这样的人应该还不屑抢一辆普通小车。

这番推论完全正确，车子一路顺遂地抵达派出所。

李相浮一进去，正好一个年轻小警员拿着文件路过，看到他咦了一声：“李相浮？”

旁边负责这起事件的人立马问："认识的？"

小警员："之前我给他做过笔录。"

李相浮瞧着这人有些眼熟，回忆最近的动向说："之前几次给我做笔录的人年纪都挺大，还戴着眼镜。"

"……"小警员惊讶了，他这是做了多少次笔录？小警员喉头一动："我之前一直在天西古村工作，最近才被调过来。"

李相浮恍然："原来是你。"

现在不是叙旧的时候，当然他们也没太多旧可叙，只是小警员责任心强，叹道："上次绑架案多半有幕后人，一直没找到，估计悬了。"很快他又担忧地说："回来后还有没有类似的事情？有的话说不准可以并案。"

李相浮摇头："后来被绑架的是我儿子，嫌疑人也被抓到了。"

信息量过大，小警员一时没太反应过来。

李相浮说话的时候，目光若有若无地扫过一旁的秦伽玉，最后停在肩头部位。当初通视频时，对方的上半身有疤痕和文身，可惜仅有他亲眼见过，绑匪不过是口述，不能当作决定性证据。

秦伽玉突然低声说了一句大胆的言辞："你这眼神……"

边说他还边摊了摊手。

李相浮定定地看着他，闪电般出手，秦伽玉被扯的不是衣领，反而头部传来一阵轻微的刺痛，再一看李相浮指间夹着两根头发。李相浮笑眯眯地道："揪你的头发。"

"……"

这行为谁看了不说一声有病？

今天李相浮的幼稚举动不止这一次，刚到射击俱乐部那会儿，他就曾躲在背后吓人。秦伽玉一时没往别处想，只是骂了句幼稚。

两个人被带去分开问话。

目前证据表明他们和嫌疑人不沾边，没进审讯室，单纯是在办公室进行的做笔录环节。

询问大约持续了十分钟，紧接着两个人暂时在休息室待着，负责记录的警员将两份笔录合在一起看，相互讨论，紧接着神情极为复杂。

"为什么去射击俱乐部？"

"叙旧。"

"我怀疑他想害我。"

这还只是最基本的提问，有关和受伤母女为什么通电话、有什么关系的问题，双方各执一词，连是不是朋友也说法不一。

秦伽玉说李相浮是故友，李相浮称呼其为旧敌。

警员面色复杂地来到休息室，重新核对了一遍某些问题的答案。

秦伽玉："他这人火气比较大，因为一点儿小事闹矛盾才不愿意承认这份友谊。"

李相浮："信我，我们的关系是真不好。"

警员点头："我信你。"

秦伽玉面色微变："是不是太武断了？"

警员扬了扬手上的记录，凉凉地道："你见过哪个关系好的，连串供都不串？"

"……"

新一轮的询问时间缩短了一半。

在某些方面，李相浮和秦伽玉还是有默契的，最后说出的故事走向整体脉络一致：梨棠棠和母亲关系不好，打电话是为了寻求安慰，后来不知为何她们先后结束通话，打了起来。

警员深深凝视李相浮："这位白女士为什么会向你寻求安慰？"

一声冷笑在李相浮正要开口时出现。

秦伽玉笑容冰冷，寒声道："可真有你的。"

李相浮冷静地向警员解释："我们都是钢琴爱好者。"

说完他调出白箬通过音乐软件每日分享钢琴曲的记录，言论无懈可击。

来的路上经历了一番惊心动魄，司机把人撂到警局便结了钱，表示家里有急事要先走。

李相浮没拆穿这蹩脚的谎言，但低估了这条道上出租车的难搭情况，叫顺风车都没人接单。

秦伽玉打了通电话，开始静心等待，很快就有专车来接，上车前斜眼瞄着他问："我送你？"

李相浮矜持自傲地摆手拒绝了。

目送豪车扬长而去，他站在原地呼吸车尾气，犹豫着要不要打电话给家里人，秦晋恰好在这时发来语音消息："回去没有？"

"没，"李相浮报出所在位置，言语相当直接，"路过吗？路过的话捎我一程。"

他按下发送键，预感秦晋并不顺路，但一定会说顺。

直觉方面，李相浮从未出过错，秦晋来得很快。

“事情我都听说了。”秦晋也不知道从哪里获知的消息，开车时余光留意着他，“悠着点儿，如果不是太平间一步到位，没必要三番五次地送秦伽玉进局子。”

这种事次数多了反而容易增添变数。

李相浮：“我没想到会是这个走向。”

他考虑事情向来很全面，甚至过度全面了，然而现实的离奇程度总是在嘲笑个人的天真。

“对了，这个给你。”李相浮从口袋里拿出两根头发。

正好遇到红灯，秦晋睫毛垂下投出一小片阴影，他忽然不设防地笑了笑：“怎么拿到的？”

李相浮：“当着警察的面拽的。”说完他侧过脸问：“小学生打架见过没？”

从下午时，他刻意营造一种幼稚鬼缠身的感觉，秦伽玉那种被困在现实和回忆交接处的人，当真没有注意到异常。

秦晋：“能想象到。”

李相浮轻微路痴，借助手机导航看了下最新位置，不知抱着什么心态问了句：“好像并不顺路。”

城南派出所的位置不但和自己住处不是一个区，同秦晋的公司也相差甚远。

“我要回家取几件换洗衣服。”秦晋永远能找到恰当的借口。

他打开广播，放了首轻音乐。李相浮不再说话，靠在椅背上，脑袋一歪陷入半梦半醒的状态。

秦晋住的地方算不上豪宅，所在的这个小区以安保严密出名，连保安都是高价聘请的退伍军人。

进小区前的步骤很烦琐，下车后李相浮松了口气，一抬眼，前方是清一色的小别墅。

住在这里的人似乎都没太多生活情趣，附赠的小花园里保留着荒芜泥土地的原始状态，一朵艳丽的花也瞧不见。

李相浮怀着参观的心思看了两眼，便兴趣寥寥。

没过多久，秦晋停下脚步，站在大门外输入密码，嘀的一声，提示他输入密码错误。

秦晋眉梢一动。

旁边窗户突然被打开，伸出一个脑袋，是个平日喜欢花天酒地的浪荡子。

两个人住得近，勉强算是点头之交，他喊了一声秦晋的名字，无语地道："走错家门了，你家在前面那栋。"

李相浮低头闷笑。

又往前走了段距离，李相浮在秦晋输密码时好笑地问："确定是这家？"

秦晋没忍住也勾了下嘴角。

要是他再认错，那就真的是智商有问题。

这一次门很顺利地被打开，秦晋按下门口的开关，玄关顶灯光一亮，刺得人眼睛一眯。

李相浮环视一圈，啧了一声："你这是多久没回来了？"

地上的灰尘落得还挺均匀。

秦晋打包了几件衣服，整个过程不超过两分钟："可以走了。"

李相浮："不打扫一下卫生？还有布艺沙发，得盖上防尘罩。"

"算了，"秦晋嫌麻烦地摇头，"回头雇专人清洁。"

要不是考虑到资源浪费，他或许会直接换一套家具。

李相浮一直活在有钱人的世界，但从来体会不到有钱人的快乐，轻叹一声："走吧。"

夜幕繁星闪烁，李家灯火通明。

李相浮换好鞋进去，视线一扫，果然没一个人睡，连红尘都趴在一边看似打盹，实则眼睛保留着一丝缝隙。

"先强调一点，"李相浮先发制人，"这次意外和我没有直接因果关系。"

李老爷子只问关键问题："梨棠棠她妈在救护车上喊你的名字，是不是事实？"

李相浮点头，想了想道："兴许是因为意外发生前，我们在通电话。"

"通话原因？"

李相浮沉默了。

真要论述起来很难找到切入点，他试图寻求外援，可惜无人响应。

李相浮决定自救："二哥说让我去谈个恋爱。"

"……"

深夜，在李相浮毫无悔过之意试图推卸责任时，秦伽玉独自站在一个封闭的空间里。

刀刃沿着铁片划了一下，声音刺耳难听。

“又笨又沉。”秦伽玉一个人在黑暗中自言自语，瞧着十足古怪。

然而下一刻，脑海中有一个声音开始回应他：“一个小魔方都能对李沙沙产生影响，挨上一记石刀，保准那孩子短时间内会丧失反应能力。”效果不亚于给人打肌肉松弛剂。

“可惜这还不够，这把石刀里杂糅了太多杂质，需要更加精纯。”那声音补充了一句。

秦伽玉闻言像是丢垃圾一般将刀扔在一边：“已经失败了一百多次，你到底想要打造什么样的器具？”

“工欲善其事，必先利其器，得保证一击即中，让对方瞬间彻底紊乱，我才有机会将其吸收。”

秦伽玉的搭档推测当年李相浮之所以能发现自己的存在，本身也是星空垃圾持有者。

后来李相浮去天西古村时，李沙沙还没入学，可供参考的信息太少，他们便试图绑架人送去雪山的陨石堆，复刻当年李相浮的举动。

谁能想到李沙沙非要去做人？导致后续他们为了试探出他的真实身份，还生出诸多波折。

秦伽玉：“物随其主，都是奇葩。”

被炸过一次，如非必要，秦伽玉的搭档都处于休眠状态，闻言问道：“是不是李相浮又做了什么？”

秦伽玉拧眉：“他揪我的头发。”

“……”

信息化时代，人一觉醒来，往往会发现，在好梦时，惊天“大瓜”已经熟了。

“长期以来，我目睹霄烁利用违禁品掌控艺人，逼迫他们参加一些不愿意参加的活动……”

沈烟先是在社交平台发布了视频，随手又指名道姓地曝光了几位知名人物。

李相浮一大早醒来，发现自电视新闻到手机顶端消息通知，全部是关于这件事的消息。

周六李沙沙照旧起得很早，看完早间新闻问：“她有证据，为什么不早点儿放出来？”

虽说录音内容含混不清，但如果一早放出，她上一次发声不会被轻易强行压下去。

“沈烟早就没什么通告，哪有机会去录音？”李相浮一眼看穿本质，“应该是苑轩偷录传给秦晋的，秦晋又转交给了沈烟。”

这份录音不算太证据确凿，当事人只用“要不要来点儿那个”等模糊的说法交流。霄烁下场回应的说辞也是相当强硬，因为最近旗下爆火的艺人不少，大量粉丝维护，沈烟在舆论战中并不占优势。

李相浮没过多关注，这场舆论战至少还要再打两天，一时半会儿出不了结果。

做戏做全套，他让李怀尘打听了一下白箬的病房，先去了趟医院。

昨天是被救护车拉走，公立医院可没有私人贵宾病房供人住，白箬住的这间病房是二人间，旁边的床上躺着一个挺壮实的女人，呼噜声打得震天响。

脑袋受伤，昨晚又被吵了一晚上，白箬憔悴了不少。

李相浮抱着花站在病房门口，干净的白衬衫就是最好的背景板，衬得花和人都越发娇柔。

他的出现仿佛净化了整间病房，白箬强撑起一个笑容：“让你看笑话了。”

李相浮弯腰放下花，微微勾起嘴角：“棠棠实在太不懂事，怎么能殴打生母？”

这话白箬听得舒心。

李相浮随后走到窗边，拉开窗帘透气，阳光照在面上，正在打呼噜的病友醒过来，下意识地要骂骂咧咧，看到前方的颜值又迟疑了一瞬。

“病房刚消过毒，”李相浮面不改色地扯着瞎话，“护士说最好开窗透气。”

病友看时间差不多了，索性跑去食堂打饭。

她一离开，白箬长松一口气：“再住下去我就要疯了。”

“医生说伤得不重，再观察两天就能出院，”李相浮缓缓地道，“倒是棠棠那边，她现在一心向着外人，容易被骗，您可要帮她留一手。”

白箬本就一直在打财产的主意，经过昨天的事件反而松了口气，可以没有丝毫罪恶感地卷着大部分钱离开。

李相浮跟她说着话，眼睛却望向窗外。

住院部下方停进一辆挺眼熟的名牌车，他没记错的话，昨晚秦伽玉就是坐着这辆车离开的。

应付了白箬几句，李相浮找了个借口出去，在电梯口堵人。

十分钟后，随着电梯门打开，率先走出来的是一位步履匆匆的年轻人，对方看到李相浮自动停下脚步。

“霄烁刚出事，就跑来看梨棠棠，你可真够现实的。”

秦伽玉面不改色地道：“对你来说是喜事，没必要强忍着笑意。”

“还是算了，”李相浮摊了摊手，“我高兴的时候更喜欢旋转。”

脑海中控制不住浮现打陀螺的场面，秦伽玉有种大脑被玷污的错觉。

电梯门这时已经关上，李相浮耐心地等下一趟。

“从前你说过，最恨以情谋事之人，”秦伽玉并未立刻迈步离开，讥讽地道，“现在居然……”

“真是有梦想谁都了不起。”李相浮接过话茬自我赞美。

“……”这张嘴倒是数十年如一日。

秦伽玉面色一冷，直接迈步同他擦身而过朝病房走去。

直到电梯门开，李相浮也没回头一次，眼神中透露出几分戏谑。

李相浮刚迈出医院大门，李沙沙发来短信：“爸爸，我和红尘想你了。”

李相浮自动补全这句话：想你做的饭。

“我去秦晋的公司一趟，稍晚一点儿回去。”

秦晋和李怀尘的共性是，周末加班是常态。

今天公司没什么员工，前台人员正常轮班，微笑着说了一句“中午好”，便没了后文。

李相浮：“我找秦晋。”

前台人员点头：“左拐电梯，二十三层。”

“不用登记？”

前台人员：“上面交代过，您可以直接进出。”

李相浮挑眉：“我还以为是他对长得好看的人来者不拒。”

“您真幽默。”

秦晋所在楼层太高，等一次电梯下来都要好几分钟，李相浮打了个电话，那边的人才“喂”了一声，他这边进了电梯瞬间丧失信号。

李相浮无奈地挂断电话。

高处不胜寒，字面意义也成立，这一层温度明显要低很多。

外侧设有一个办公台，助理经常会坐在那里整理文件，看到李相浮，主动站起身给他带路。

敲了两下门后，助理直接将门推开，但本人并没有随李相浮一起进去。

声音先透过门缝飘了出来："这种好事是不是该轮到我了？"

说话的人有些急切。

李相浮进去一看，若不是本身精通化妆易容，很难认出里面站着的是苑轩。

苑轩出门前做了足够的伪装，同样瞧见了他，暗道那天的感觉果然没错，这人和秦晋关系匪浅。

李相浮漫不经心地去一边站着："你们继续，我不急。"

眼看秦晋没有特意避讳对方，苑轩猜测李相浮也是知情的，便接着说道："公司严格管控我的饮食，约个美女都管，还逼迫我唱歌发专辑……连辣都不让吃。"

之前苑轩还想多留在这座城市小半年，自从晚宴跳舞形象全无后，满脑子都是赶紧把丑闻爆出来，拿钱去外面的世界耍。

秦晋不为所动地听完，淡淡地撂出四个字："下周五前。"

得到了确切答复，苑轩神情一松，离开了这里。

他走后不久，秦晋叫助理进来："让人多关注一下他近期的动向，防止他反水。"

李相浮："这份谨慎让我想起了某个人。"

他指的是不久前才在医院见过的秦伽玉。

秦晋："苑轩临阵倒戈的可能性几乎为零。"

可惜几乎不等同于绝对，做事讲究点儿，不留隐患没坏处。

李相浮站在这里眺望，能看见远处巨大的广告牌，是霄烁近期推出的组合。

"秦伽玉估计会忙个焦头烂额，要安抚梨棠棠的情绪，又得防着白箬转移资产。"

不再去看广告牌，李相浮轻快地说完，笑起来弯眼的模样比红尘更像是一只猫。

周六没有固定的下班时间，秦晋快速处理完手头的文件，出公司后才问起李相浮来的目的。

"明天邻市有个世交举办的慈善晚宴，大哥加班，其他人被我爸带走去参加竞拍。"李相浮耸了耸肩，"家里晚上没人，可以约个酒局。"

托李沙沙的福，他免于奔波。

李相浮口中的酒局，就是几瓶啤酒和亲自做的下酒菜。饭菜的香味已经盖过酒，灯光下显得色香味俱全。

这段时间，天黑得越来越早，喝酒倒是很有氛围。

李相浮爱酒，但没有酒品，而且讨厌醉后失控的状态，所以一年到头也不喝几次。

李沙沙只吃菜，坚守一个孩童的日常，滴酒不沾。

酒桌上自然要有助兴活动，李相浮跃跃欲试："行酒令还是真心话大冒险？"

哪有两个人玩真心话大冒险的？他显然是更倾向于前者。

秦晋难得没有遂他的意，故意道："真心话大冒险。"

李相浮完美假面破碎，一记凌厉的眼神飞过来，他很快意识到失态，低了下头，再抬头时重新保持优雅的笑容。

去拿色子的时候他一步三回头，就等着秦晋改主意。

谁知难得可爱的行事风格，反而让秦晋笑了笑，秦晋铁石心肠坚持己见。

再回来时，李相浮颇有老千的风范，似乎是想挫一挫他的锐气："按点数走，谁点数大算谁赢。"

秦晋没意见。

李相浮是摇色子的高手，三个色子开出两个六点。可惜魔高一丈，秦晋手腕没抖几下，却是清一色的六点。

"真心话还是大冒险？"秦晋似笑非笑地看着他。

李相浮不带考虑地回道："真心话。"

秦晋视线一扫，瞥见窝在沙发上充满禅意的老猫，笑容收敛："我和红尘同时掉进水里，你先救谁？"

"……"

李相浮抱起红尘，轻轻捂住猫的两只耳朵，另一只手温柔地帮它拍背，因为太过舒服，老猫抵着他的肩窝，享受地呼噜了一声。

确定红尘不会听见，李相浮这才抬头回答说："救你。"

"……"

空气突然变得安静。

一直默默吃饭的李沙沙抬起头，淡淡地道："有些人看似赢了，实则输得一无所有。"

"继续？"李相浮重新把色子放进去，准备一雪前耻。

秦晋摇头，很不讲道义，准备赢了一局后及时脱身。

李相浮不死心："那就行酒令。"

不等秦晋回答，李相浮抢占先机让对方处于默认状态："具体玩哪一种，飞花令？"

秦晋："飞猫令。"

"……"

秦晋从不放空话，平静地背诵了一篇《世无良猫》，在谈到"天下无良猫也"的时候，一身阴郁气息消失，神情圣洁。

"……"

李相浮看出他的心思不在游戏上，酒桌游戏提前宣告结束，没了其他事情打岔，举杯的次数越发频繁，不多时只剩几个酒瓶孤零零地躺倒在桌面上。

秦晋早就品出一个道理：李相浮醉酒时，一定会注意保护好自己。

"安全距离。"此刻李相浮眯着一双醉眼，眼睛没有常人喝酒后的混浊，反而较平时更加精明，重复一遍说："保持安全距离。"

秦晋站在他面前："我扶你上楼。"

李相浮眼珠转动。

秦晋："是友军。"

为了方便他看清楚，秦晋还特意身体前倾了一些。

有鼻子有眼，长得还挺眼熟，李相浮点了点头，摇晃着站起身，配合秦晋搀扶的动作。

终于抵达房间，秦晋竟先他一步松了一口气，把人扶到床上安顿好，片刻没久留。

李相浮懒散地打了个哈欠，醉眼蒙眬地问后面跟过来的李沙沙："我这么可怕？"

和醉鬼讲道理没用，李沙沙直接拿出事实说话："听说你在天西古村时，喝完酒把绑匪打进了医院。"他顿了顿补充道："秦晋还是亲历者。"

"……"李相浮自我保护意识强烈，翻身拉起被子遮住半个脑袋，一副"我不听、我就是不听"的无理取闹模样，很快没了动静，被窝里传来均匀的呼吸声。

怕他闷着，李沙沙把被子往下拉了一点儿，面无表情地对着空气说教："闷着头睡觉有很多坏处，容易造成呼吸不畅，大脑得不到充足的氧气。"陆陆续续又说了其中的原理，他这才心满意足地回到自己的房间。

今夜是属于这座城市很多人的难眠之夜。

周六大部分人不用工作学习，粉丝疯狂洗地，看热闹的网友忍不住开

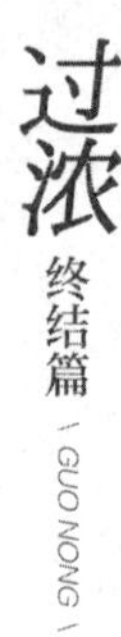

始下场，还有竞争对手趁机想要踩死霄烁。

外面的世界万籁俱静，网络世界热火朝天。

一觉醒来，天微微亮，李相浮平日不怎么玩手机，因为沈烟这两天才多关注了一下。

“九万八的评论？”

他洗了把脸又看了一遍，确定没瞧错，下楼时摇头：“睡美人，充足的睡眠时间可以养颜。”

为什么现代人要放弃睡眠时间去网上对线？输了还可能郁结于心。

张阿姨这两天不来，李相浮挽起袖子准备去做饭，不料还没走到厨房，发现桌上已经摆好了三份早餐。

李沙沙是在几分钟前下的楼，第一个坐上桌，咬了一口卖相不错的鸡蛋，咽下去后说：“煎久了，少了两分软糯。”他又喝了口豆浆，评价道：“甜了，糖放得略多，下次注意。”

“……”秦晋看向李相浮，用眼神询问他日常是怎么坚持下来的。

李相浮沉稳地道：“财政大权。”

虽然他是家中最穷的人，但李沙沙还要依靠他买机器人和一些高深的书籍。

于是秦晋道：“新上市的 QH320 机器人，听说很不错。”

李沙沙握筷的动作一滞：“你看这个鸡蛋，虽然煎老了，但煎它的人心意可贵。”

“……”

他们吃饭的这段时间，网上的舆论战越打越响。

一切发生得太过突然，苏桃打了一场毫无准备的战斗。

“方法我都试过了，无论是用合同要挟，还是找道上的人警告，沈烟全不为所动。”苏桃脸色难看，“我看她已经疯了。”

一个公司有名的艺人不会太多，但签约的不少，沈烟这样火不起来被当作拉资源的工具的大有人在，公司肯定不可能一一防备。

只是往常苏桃从来没有担心过这件事，有资本护着，一个小艺人还能翻天不成？

然而这次沈烟确实就翻天了。

“单是沈烟哪有这种本事？”秦伽玉冷冷地说了一句，猜测背后有秦晋在推动这事。

苏桃："当务之急是要稳住人心，现在投资的几部电影合作方紧急撤资，一部还是我们投入大精力宣传的。"

这个时候资金跟不上，公司难免会展现出风雨飘摇的窘态。

她这时主动提到梨棠棠："如果能说动梨棠棠来注资，我们的情况会好很多。"

秦伽玉只是点了点头，没有给出明确答复。

苏桃说的情况他当然考虑过，可一旦霄烁真的撑不下去，梨棠棠的钱也就打了水漂，自己这里便彻底断了后路。

根本没心情也没时间去吃早饭，苏桃一一联系合作方试图做工作。秦伽玉走去院子散心，面上其实没多少忧色。

"李相浮和秦晋忙着让公司破产……也好，"秦伽玉拿起喷壶浇花，说，"这样一来他们关注的重点就会从你身上移开。"

当务之急他要尽快自我修复，自己也会时不时地头痛欲裂。

回答他的声音略有不悦之意："这世上什么事情运作起来都少不了钱，没钱你连那些陨石都运不出来。

"还有，你离成功越远，我得到反馈的能量越少，不是雪上加霜？"

祸不单行，当天晚上眼看粉丝快要洗地成功，苑轩又爆出丑闻，全是早年他和不少人同时交往的铁证。

这事放在其他艺人身上还有公关处理的余地，但苑轩先前一直营造孤高人设，如今翻车，背后的霄烁跟着被迁怒。

"致命一击是违禁品，不是艺人。很快会有调查小组过来，你必须立刻和苏桃离婚，离婚前别忘了把自己择干净。"系统现在每耗费一点儿能量都很金贵，确定了有调查小组的事情后，直接以任务的形式下达指令。

秦伽玉听得皱眉。

"在梨棠棠正式继承财产前和她结婚，这样就是婚后共同财产。"

秦伽玉面色不大好看："除了结婚、离婚，你就不能想一下别的出路？"

"我的宗旨就是不劳而获。"系统格外冷淡地提醒了一句。

情绪变化可以极端到什么地步？

昨天还说沈烟是人糊多作怪的部分网友，今天立马称呼她为勇敢的发声人。

前段时间苑轩风光无限，如今不少同行等着看笑话，想象苑轩沦为过街老鼠的模样。谁能想到当事人正迫不及待地准备出国，重新过上逍遥快活的日子？

“你是我生命里的贵人。”拿到护照的时候，苑轩专门拜托秦晋的秘书带过去一张卡片，里面只写了一句话，字里行间透露出浓浓的真挚情感。

非工作日，秘书亲自来李家送了趟贺卡。

秦晋来开的门，视线扫向他身后，秘书依稀看到地毯上长发美男子在撸猫、小孩在一旁玩魔方的画面。

秦晋永远都是冷漠的表情，问：“还有事？”

“没。”秘书机敏地转而询问，“有没有其他事情需要我做？”

秦晋摇头。

秘书毫不犹豫地转身，以最快速度离开。

“员工见到你，就像老鼠见了猫。”将刚刚那一幕尽收眼底，李相浮玩味地说了一句。

“不要拿我和猫比。”

“……”他这是和红尘杠上了吗？

说着幼稚的发言，秦晋坐在沙发上，手懒散地搭在一边，却是一副大佬的风范。他看手机的时候离得很远，没多久又拨出去一通电话。

离得这么近，李相浮就是想忽视通话内容都做不到，听着秦晋是打给媒体人。

“尽快把剩下的料放出去。”更具体的事他没明说，但暗示已经足够。

等他挂断电话，李相浮放红尘去晒太阳，开口道：“涉及违禁品，霄烁怕是很难翻身。”

秦晋明知故问：“不妨猜猜，秦伽玉会怎么做？”

李相浮开口前，李沙沙心如止水地玩着魔方，先一步接过话茬：“被要求做个联姻的工具人。”

梨棠棠的养父还在重症室里，秦伽玉不抓紧时间和梨棠棠登记，就是婚后财产和婚前财产的本质区别。

李相浮闻言笑了笑：“系统会不会下任务？”

李沙沙点头：“会。”

完成任务它们才能从中获取能量，破损系统迫切需要能量，就目前来说娶梨棠棠稳赚不赔，且秦伽玉正处在人生危急时刻，这绝对是改变命运的标准契机。

李相浮若有所思：“如果秦伽玉发现娶梨棠棠也是坑，就只能在解绑和踩坑中间选一个。”

“仅仅是唆使白箬卷款，还不足以让秦伽玉放弃任务。”他自言自语地说了一句，再一抬头，突然觉得身上凉飕飕的。

李相浮以为是刮风了，起身关窗户时意外发现秦晋正看着自己，缓缓说出四个字：“想都别想。”

李相浮微微一怔……他想什么了？

作为专业人型解读，李沙沙发挥沟通桥梁的作用：“爸爸，你一向不按常理出牌……”

“……”

“我记得你们学校有思想品德课。”李相浮不轻不重地说了一句，视线漫不经心地从花盆旁边的机器人身上扫过。

体会到不动声色的威胁，李沙沙低头不再多话，专心玩魔方。

李相浮这时才看向秦晋，问：“需要我继续接近白箬吗？”

“……”

李沙沙手腕一用力，粽子魔方的脑袋险些被拧掉。

秦晋闻言深深凝视着他，回答得简洁有力：“不用。”

通过这种方式玩弄阴谋，这条路子野过头了。

秦晋是合格的商人做派，说出早就准备好的计划：“霄烁其实还有一线生机，不过这丝生机不在苏桃手里。”

他随手将秘书送来的贺卡扔在桌角，冷笑道：“公司归公司，霄烁旗下最近才红起来的组合歌手是清白的。”

李相浮挑眉：“他们不是你的人？”

这对组合爆红得太快，他一直以为是秦晋埋下的暗线。

秦晋实话实说：“是我安排的。”

但这几个人跟苑轩截然相反，过去的经历很清白，在一夜爆红前，有的还靠打工维持生计。

“很快还会再曝光组合拒绝公司要求潜规则的聊天截图，”秦晋嘴角微扬，话语里却没有多少笑意，“粉丝和路人的同情，会让他们很快成为获利者。”

不止这对组合，霄烁作为知名的传媒公司，还签了不少老戏骨。

李相浮忽然吐出两个字：“收购。”

如果换个人来管理霄烁，公司未必不能翻身。

面对李相浮能立刻指出关键问题，秦晋略感意外，随后说："你很有经商天赋。"

一旁玩魔方的李沙沙内心默默回应：他曾经就是商人。

借助皇家的庇护，李相浮广开商路，和异族进行贸易往来，也正是因此才被异族的王注意到。美人误国，他险些真的引发一场战争。

对此李相浮不置可否，轻嚯一声："你想设计梨棠棠的小叔来收购霄烁？"

"霄烁要赔付的违约金不少，"秦晋缓缓道，"等他注入一大半资金，会发现海外产业出了问题，拿着烫手山芋，自身又爆出丑闻，被拖垮是迟早的事情。"

娱乐圈的受关注度堪称行业之最，梨棠棠的小叔那些灰色产业一旦被曝光，很快会被网友扒个底朝天。

这段话的信息量不少，李相浮抬眉重复："海外产业出问题？"

秦晋："早年间为了能和一些供货商搭上线，他手上养着性工作者，其中包括被骗去国外的妇女。"看到李相浮一瞬间皱眉的表情，秦晋轻声道："财色交易是最常见的一种贿赂行径。"

不少人被高薪酬吸引，以为到国外能挣大钱。偷渡让他们没有合法身份，他们到了那边不幸沦为砧板上的鱼肉。

"除此之外，还有偷税漏税。"秦晋淡淡地道，"梨家延续了两代人的荣华也该终结了。"

让梨棠棠的小叔收购霄烁并不是一件难事。

下午，李相浮收到来自白箬的语音，她虚弱地说道："要和我一起走吗？"

"抱歉，我有家人。"

李相浮上去客房，将白箬要卷钱跑路的消息告知正在看文件的秦晋。

秦晋："有秦伽玉看着，她未必跑得掉。"

李相浮笑眯眯地道："其实我还是挺希望白箬能实现愿望，去踩踩柔软的沙滩的。"

梨棠棠被亲妈抛弃，原本就宠溺她的亲爹少不得会对她更加怜惜，这个时候如果梨棠棠提出让对方收购霄烁送给自己，她亲爹没理由拒绝。

霄烁换个人可以继续挣钱，又能让闺女开心，何乐而不为？

秦晋似笑非笑地说："假如你早几年经商，恐怕就没我什么事了。"

李相浮一脸认真地应下："你看人真准。"

话一说完，两个人先后笑着摇了摇头。

秦晋放下笔，收敛嘴角的弧度说起正事："白箬跑路失败也无碍。"

李相浮："因为嫉妒心？"

还有什么事比抢了别人的事业更能打击一个情敌？梨棠棠对待苏桃绝对不会手软，只需要有个人在背后推一把。

秦晋指腹轻轻摩挲着桌上文件的边缘，似乎完全不担心被纸割伤，视线自上而下地一扫："所以我说，你是个天生的商人。"

李相浮知世故，懂人心。

白箬的跑路计划果不其然失败了。

先是想变现公司的股份被发现，当她试图抛售几处房产时，接到梨棠棠的电话，后者语气天真而残忍地说："妈，不要逼我把爸摔下楼梯的真相公布出去。"

白箬保养得当的面容扭曲起来："你想害死自己的亲妈？"

梨棠棠反问："是谁先不讲母女情谊想要跑路的？"

知女莫如母，白箬知道凭借自己女儿的智商根本想不到这一茬，背后少不得有人在出谋划策："是不是秦珏跟你说了什么？别傻了，你迟早被他吃得骨头渣子都不剩。"

然而她话还没说完，电话那头只剩下冰冷的忙音。

白箬站在大街上，恨意模糊了眼中原本的亮光。

今晚凉爽，李相浮晚饭做的是小火锅，配上一瓶冰箱里昨天没喝完剩下的酒，吃起来别提有多舒爽。

李沙沙小口咬着藕片，用手在嘴边扇风，好像被烫着了，好不容易将藕片吞咽下去后才提醒李相浮："爸爸，你的手机一直在振动。"

李相浮早就感觉到手机的振动，眼睛却盯着旁边的盘子，作为餐桌上最受欢迎的食物之一，毛肚只剩下最后一点。

"赌一把，来电的会是白箬还是秦伽玉，抑或是其他人？"他瞄了眼餐盘，"谁赢毛肚归谁，如果共同获胜那就均分。"

李沙沙第一个开口，猜测会是李老爷子。

秦晋见李相浮嘴唇紧紧抿着，余光还在毛肚上流连，话到嘴边改了答案："秦伽玉。"

李相浮："我赌白箬。"

说罢他拿出手机正面朝上，果然是白箬打来的电话。

他一面独自享受最后的美味，一面悠哉地接通电话："喂。"

白箬如泣如诉地数落着梨棠棠，言辞间美化了自己，暗示本想帮梨棠棠管理一部分财产为她日后留条后路，不料女儿一心胳膊肘向外拐。

白箬当然不是无故给他打电话，李相浮到底是李家人，如今霄烁陷入困境，一旦能说动李相浮让家里趁机打压霄烁，也算是间接出了一口恶气。

她并不知道李怀尘早就在做落井下石这种事，只不过一切都在私底下进行，动作不太明显。

李相浮耐心听完，神色不明地说："大约是迟来的叛逆期，其实你可以顺着她。"

"顺着？"

趁白箬不悦的间隙，李相浮抓紧时间继续涮剩下的毛肚，笑了一下说："说动棠棠去收购霄烁，苏桃肯定会悲愤交加，秦珏夹在两个女人中间里外不是人，迟早要做一个选择。"

顿了顿他开始瞎扯："我前天还听我大哥说，霄烁只要换个人很快能东山再起。你可以给秦珏找不痛快，又能赚钱，两全其美。"

霄烁的确有东山再起的资本，前提是新的管理者没违法犯罪。

白箬："收购手续繁杂，真正办下来恐怕要不少时间。"

话虽如此，她却想到另一个人——梨棠棠真正的父亲。如果那个人出手，肯定能加速这个进程。

李相浮笑了两声："我就是随口一说。"仿佛一切只是玩笑话。

说者有心听者也有意，动动嘴皮子就能成的事情，白箬自然心动。

心中郁气散了不少，那边李相浮挂断电话后，她开始在长长的通信录里筛选，手指最终停在一个头像上。她打了电话过去，口吻远没有先前对李相浮说话时客气："今晚来找我。"

那边的人想到白箬奇特的癖好，竭力让嗓音不颤抖，应了下来。

各人有各人的忧愁，李沙沙的痛苦来自上学，幸而这份无奈很快就要插着翅膀飞走。

他即将迎来梦寐以求的假期。这份快乐甚至让李沙沙这个面瘫脸每天笑脸迎人，才从邻市回来的李老爷子都被他笑得浑身不自在。

"我去上学了。"早上出门前，李沙沙礼貌地和众人一一告别。

李怀尘实在看不下去："不妨跳级试试看。"

一年级的课程对这孩子似乎造成了极大的痛苦。

李相浮点了点头，显然早就考虑过这事。

他准备等新学期开始，让李沙沙一半时间在家，借着请家教的名义发展兴趣爱好，学校那边偶尔去一次就好。当然，这个消息暂时不能说，单是假期都让李沙沙每天笑容满面，知道不用去学校，那他还不得飞上天？

为了祝贺李沙沙迎来假期，李相浮亲自下厨，做了一顿丰盛的晚餐。

李家人今天回来得都很早，还买了小礼物。正常学校四点左右放学，然而一直快五点，人还没回来。

李戏春看了下时间，蹙眉道："是不是路上堵车？"

她暗想着这个点儿也不是堵车的时间段。

李相浮正准备给李沙沙打电话，那边李怀尘突然接了一通电话，面色微沉。

李相浮瞬间意识到可能出事了。

"看一下沙沙的定位在哪儿。"李怀尘说。

李相浮的手机能实时看到李沙沙的位置，此刻图标卡在老开发区没动。

无论上学放学，车子都不应该经过这个区域才对。

李怀尘："司机打来的电话，说没在学校门口看到人，去联系学校老师才知道，一年级今天下午大扫除完提前放学。"

其他人是校车送，李沙沙说等家里的车来接，没跟着一起回。

这绝对不是什么好预兆，一直没说话的李老爷子皱起眉头，忍着心脏不适的感觉看了李怀尘一眼："我和你去学校调监控。"

然后他又让李相浮去报警，其他人留在家中等着，看有没有电话打来。

李相浮往外走时，拨通秦伽玉的电话。李安卿见状和他一起走出去："我开车，你打电话。"

李相浮微怔，随后点头，回过头刚要开口，李戏春先一步道："有消息我会及时联系你。"

"这个点儿打来，该不会是想约我出去小聚吧？"

电话接通，秦伽玉才说了句话，李相浮立马打断，开门见山地问："沙沙失踪和你有没有关系？"

"失踪？"秦伽玉的声音是真的含有一丝惊讶之意。

李相浮原本也觉得不是他，秦晋一直找人关注着那边的情况，如果秦伽玉有动作不可能一点儿风声都没有。

他不再浪费口舌，直接挂了电话去最近的派出所报案。

小孩子失踪可不是小事，李相浮正在讲述情况时，外面突然闯进来一道身影，一把抓住他的衣领："你怎么搞的？连个孩子都看不住。"

因为太过突然，李相浮没有防备，背部撞到了墙上。

来人是秦伽玉，也不知怎么找来这里的，语气格外不善。

李相浮眼神一寒："有病治病。"

眼看秦伽玉一脸凶相，还有动手的趋势，正在做记录的警员连忙道："这位先生，请冷静一点儿。"

"你让我怎么冷静？"秦伽玉冷笑，"现在交通这么发达，说不定这么会儿工夫小孩子已经被人带去了另一座城市。"

这还是好的，李沙沙嘴欠，万一被打死直接埋了，这要怎么找？

警员愣了一下，看着李相浮，重新确认身份："你是孩子的父亲？"

李相浮点头。

警员又望向秦伽玉："那你……？"

秦伽玉双手撑在桌面上，身子前倾气势逼人："这不重要。"

李沙沙对自己意义非凡，要是丢了，他修复系统的机会也就没了。

"……"

/ 第六章 /

两边的树木快速倒退，行驶了大约半小时后，树木从稀疏到消失，每隔十几米才能看到几根孤零零的电线杆，再往前走，连这唯一的风景都没了。

担心路上遇见查车的，正在开车的司机并未用绳子把人五花大绑。昏迷的李沙沙短胳膊短腿，瞧着根本没有威慑力，被扔在后座上，整个身子被毯子遮掩着。

为防止他中途醒来，司机又用电击器电了他一下。

李沙沙反射性地一阵抽搐，胳膊更加无力地垂在一边。

电击效果造成短路，整个过程持续了四十多分钟。

李沙沙仿佛迷失在黑暗中，不停寻找方向。终于，脆弱的眼皮微微颤动了两下，他再睁眼时，周围能见度不足。

他艰难地扭动了一下身子，上半身有些麻痹感。在他身下枕着沉重的废铁和木材，硌得他腰疼，旁边还有几件早就不用的机器，不难判断这是一栋废旧厂房，左边似乎有上去的楼梯，证明不止一层。

确定自己的处境后，李沙沙想要继续装晕，同时间手电筒的光芒突然朝他的脸扫过来，刺激得他鼻子下意识地皱了皱。

“醒了？”说话的人嗓音沙哑，虽然戴着鸭舌帽，却没有刻意掩盖住相貌。

李沙沙头疼得不行，开始回忆一切是怎么发生的。

大扫除结束后他没坐校车，准备打电话给李相浮，却突然看到新开的小卖部。

想到这里他忍不住轻轻敲着脑袋，试图抑制住头疼。当时自己好像过了马路，对面的路边停着一排车。他沿着路边走，其中一扇车门突然打开，再然后他身体一麻就人事不知了。

李沙沙回忆到一半，冷不丁地瞧见绑匪的真容，一时竟忘了身体上的不适："怎么会是……"

"看来你还记得我。"

半个月都没刮胡子，洛安像是瞬间老了好几岁，之前好歹是个精英。

李沙沙的识人能力不差，通过仅有的几次见面，他可以确定洛安是一个极致的利己主义者，除非走到绝路，这样的人根本不具备绑架自己的动机。

李沙沙平复心跳努力装出单纯无害的表象："大哥哥，怎么是你？"

"怎么是我？"

洛安重复了一遍，语气颇为讥讽。

这两个月以来，他的事业完全到了低谷，先是遭遇李怀尘的打压，秦晋那边也公然放话说他这种人品不适合做生意，他本想靠着袁博远翻身，谁知那厮追求卞式沁失败，也把这笔账记到了他头上。

几方施压下，公司遭遇破产危机，他低声下气地向袁博远求救，袁博远倒好，碍于秦晋是李相浮的姐夫的传言，对付的心思弱了，不但没有伸出援手，反而趁机吞并了他的公司。

"因为你那个好爹，我父母半生的心血毁于一旦！"洛安死死掐住李沙沙的肩膀，眼里的怨毒之色触目惊心。

明明是个纨绔子弟，李相浮以往烂事一堆，不就是靠着李老爷子宠爱孙子的心思才翻身？

李沙沙演绎着一个小孩该有的反应："你不要伤害我，我家人会给赎金。"

他说话的时候手指悄无声息地朝袖间移动。

谁知洛安在这方面贼精，倏然意识到不对，用力一拽，李沙沙手腕上的智能手表被扯了下来。

"还是天成家的最新款……"瞅了眼牌子，洛安猛地将智能手表朝一旁的柱子砸去，砰的一声后，又狠狠踩了一脚。

“挺会耍小心眼的，果然跟你爹一个德行。”说到李相浮，洛安就气不打一处来，狠狠踹了一脚李沙沙的肚子。

闷哼声传来，洛安拖着李沙沙出去，从后备厢里拿出麻绳将他的手脚捆结实，随后又把人拖了回去。

“要怪就怪你老子太会得罪人。”

长久以来对李相浮的积怨让洛安觉得不解恨，他要让父债子偿，令李沙沙在清醒状态下遭受折磨。

“伤害人是犯法的，”李沙沙见他亮出刀，深吸一口气说道，“你会被抓去坐牢。”

洛安躬下身，没有刚刚那么癫狂，手指抵着唇做了个噤声的动作，不多时咧开嘴角说：“前提是警方能抓住我。”

李沙沙怔了一下问道：“你要逃出国？”

被当面戳穿后路，洛安阴沉沉地道：“太聪明的孩子容易早夭。”

他很确定就算李家人报警，一时半会儿也查不到自己身上，现在外面到处是追债的人，洛安原本就要跑路，以后都不准备回来了。

墙板上渗水，坠下来的水滴砸在生锈的铁板上，散发出一股难闻的锈味。李沙沙叹了口气，心道这些人是不是把国外当成了垃圾回收厂？白箬想卷了钱走，洛安也是这样。

实际的确无人能想到绑架的人是洛安。

学校的监控主要针对校内，斜对面的街道覆盖不了，那条路上就一个小卖部，外面同样没有安摄像头。

洛安早就仔细规划过路线，尽可能走的是信号差的偏僻地带。

学校的监控已经有人去调，派出所里，警员还在认真问话：“仔细回忆一下，近期你有没有得罪过什么人？”

李相浮下意识地瞥了旁边的人一眼。

秦伽玉：“看我做什么？”

李相浮照实说：“有过小摩擦的人不少，但应该没有结下深仇大恨的……”

话说到一半，他突然顿住。警员抬起头，发现李相浮正望着前方，便回头跟着看了一眼。门外侧站着一名神情冷峻的男人，很眼熟，眼熟到他能即刻叫出名字。

秦晋算是半个公众人物，进来后周围忙碌的人或多或少看了他一眼。无视这些目光，秦晋迈开长腿径直走到李相浮旁边问：“有消息吗？”

李相浮摇头：“还没。”

仅有的两个字含着股压抑的戾气，显然暗示无论是谁导演了这一出，他绝对会让对方付出应有的代价。

秦晋：“我已经让人去取钱，防止有人要赎金。”

警员不得不打断他们的对话，询问秦晋：“这位先生，请问你和孩子是什么关系？”

秦晋：“这不重要。”

“……”

同一时间，废弃工厂。

洛安一步步逼近，为了给李沙沙造成巨大的心理压力，步伐放得格外缓慢：“从哪里开始呢？”

废弃工厂的面积不小，昏暗的光线无法照进内部，洛安的大半张脸笼罩在阴影当中，显得格外狰狞。他右手高举起匕首，准备先朝李沙沙的肩膀刺去，当个开胃小菜。

刀刃落下的时候，他嘴角的笑容也在扩大。

眼看匕首快要彻底落下，被束缚住手脚的李沙沙像条毛毛虫一样在地上打了个滚躲开，随即如鲤鱼打挺般绷直腿晃了晃：“生存还是死亡！”

“呲。”

一阵剧痛传来，痛感让洛安忽略了奇怪的口号，虽然看不太清，但小腿正前方的剧痛告诉他自己正在淌血。比那更糟糕的是，洛安感觉头有些发晕。

李沙沙趁机先割断手上的绳索，并用言辞转移对方的注意力：“这是上次生日时我二伯送的礼物，语音控制鞋面的刀片伸缩，还能对人产生麻痹作用。”

洛安闻言勉强撑起眼皮，隐约看到球鞋底部亮了一下。

李沙沙的鞋底很厚，里面还有透明的液体缓慢晃动，不过球鞋样式多样，任谁也只会当作独特的设计风格。

这时李沙沙已经解开脚上的绳索，站起来后没有跑，反而捡起身旁粗壮的木棍。

头越来越晕，洛安知道不妙，伸手用匕首攻击李沙沙。奈何一方面他没力气，另一方面李沙沙狂舞木棍他近不了身，只能退而求其次，拿手机报警。

信号栏红色的叉提醒他这个想法有多么天真。

洛安狠狠咒骂了一句，然而就是低头看手机分神的那一秒，右胳膊又重重挨了一棍子，手机飞了出去。

倘若不是李沙沙力气有限，换个成年人挥棍，洛安的胳膊绝对会被当场打断。

李沙沙一步跨到斜侧方，乱甩棍子，确保他不能往外面跑。洛安只得咬牙跑上就近的楼梯。

昏暗冰冷的厂房里，猎人和猎物的位置互换。

眼前的世界仿佛在不停晃动，洛安捂着胳膊，腿也在滴血，一路跌跌撞撞地往前跑着。在速度上，他暂时略胜李沙沙一筹，因为力量流失得太快，不得不靠在石柱上喘个不停。

李沙沙不知在哪里找到一根铁棍，棍头拖在地面上划过，留下令人毛骨悚然的刺耳响动。

洛安强行稳住身体重心，喘着气说起李沙沙先前的话："伤害人是犯法的，会被抓去坐牢。"他生怕不够有说服力，喉头干涩地断断续续补充："你……你还年轻，为了我这种人渣坐牢不值得。"

轻笑声和铁棍拖过地面的声音重叠在一起。

"叔叔，我家养猫……我最喜欢看猫捉老鼠呢。"

"……"

铁棍砸过来，李沙沙故意打偏砸在石壁上。他说得恐怖，实际没伤人的意思，只想让对方有个终身难忘的逃亡体验。

但洛安可不知道这份本意，当场吓得浑身哆嗦，拖着沉重的步伐绕过石柱踉跄地往下跑。

李沙沙不紧不慢地在后面跟着。

刀片上不知涂抹了什么液体，被划伤后洛安的眼皮子越来越沉重，他预感很快就会昏睡过去，绝望中突然看到一阵幽幽的绿光，是先前被摔的智能手表。

这一刻，洛安甚至想振臂呼喊一句"华夏制造，永远的神"。

智能手表被那样摔砸后，居然还没彻底坏掉，天成不愧是国产品牌里的第一。

这一点儿亮光无形中带来力量，至少让洛安看到生的希望。他用尽最后的力气，忍着疼痛和困倦，捡起智能手表一边奋力朝外跑去，一边快速拨通电话。

正在跟警员一起看录像的李相浮重复拨号，每次都是冰冷的不在服务区的提示音。

此刻他的目光过于凌厉，几乎让人不敢直视。

嘀——普普通通的声音，却有如梵音般降临。

电话终于通了，那头是重重的喘息声。

李相浮突然站起身，秦伽玉最先发现他的小动作，忙问："打通了？"

李相浮点头，担心突然出声让李沙沙陷入险境，耐心等着对方先说话，同时查看智能手表的最新定位。

"救……救命。"

废弃工厂周围信号着实太差，电话里的声音很模糊。

李相浮皱眉，暗道就算信号再差，这声音怎么像苍老了几十岁？

洛安清楚开车是自找死路，已经控制不住睡意，费劲儿地挪动身体锁上车门，同时看了眼工厂的方向，没瞧见李沙沙的身影，微松了口气检查窗户，偏头的刹那，一张冰冷的面孔猝不及防地映入眼帘，黑白分明的眼珠正一动不动地盯着他。

小孩子缓缓露出一个微笑："叔叔，找到你了。"

下一秒他高举铁棍，朝玻璃砸来。

李相浮那边同样听到巨响，面色一变，喊了声"沙沙"。

洛安带着哭腔，因为困倦声音细若蚊蚋："我在原集化工厂，车子……车子里……他来了，他发现我了！"

李相浮怔了一下，很快回过神问："你哪位？"

"我……洛安，绑匪啊！"

"……"

打从李相浮拨通电话起，他就成了焦点，警员快速拿起一个小本子，写下"免提"两个字。

李相浮却没有照做，反而含混不清地嗯了两声，说了句"坚持住"，然后挂断了电话。

"确实是绑架。"李相浮随后看向众人，"绑匪可能是我的一位高中同学。"

多的没说，他似乎准备在路上详谈。

警员眉头紧锁。“我们一定会尽最大能力保障人质的安全。”他强调道。

李相浮点头：“我知道。”

秦晋打断无意义的交谈：“定位在哪里？”

李相浮：“原集化工厂。”

警员似乎对这个地方有印象：“十年前这个工厂出过一次严重的事故，后来成了废弃工厂，周围至少一公里的区域荒无人烟。”

李相浮听得奇怪：“没人再去承包这片地皮？”

“坊间一直有传言，那里存在生化污染问题，开发商担心盖房没人住。”

确定好导航，警员叫来其他两名同事，以防万一又叫了救护车。

见状秦伽玉神情一冷：“歹徒特意选了个偏僻的地方，一旦有风吹草动，绝对会被第一时间发现。”他回过头望向李相浮：“还不如选几个一流的保镖秘密潜入。”

知道他是出生在富裕家庭，但警员听后仍颇感无奈：“请相信我们的办事能力，不会打草惊蛇。”

“打草惊蛇也好。”李相浮突然说了句莫名其妙的话，“也许绑匪正需要爱的鼓励。”

秦伽玉踹开前面碍眼的凳子：“为了让我糟心，你还真是不讲人情味。”

警员：“……”

从老开发区开始，便是泾渭分明的两个世界，城市圈内部极其繁华，圈外却称得上是荒郊野岭。

李相浮也是第一次见到市内还有这么荒凉的地方，一整片区域连棵绿树都瞧不见，也难怪开发商不愿意来。

路上他才详细说起洛安，并让刘宇传来一张照片。

远远地众人能瞧见一幢建筑的轮廓，早已不用的烟囱最为醒目，废弃工厂孤零零坐落在一片平地上，锈迹斑斑的外围被勾勒出一丝电影里才有的恐怖气氛。

“不鸣笛吗？”李相浮问。

警员无奈地说道：“鸣笛主要是提醒车辆避让，还有震慑犯人，终止对方可能正在进行的犯罪行为的作用。”

像这样绑匪并不知情的情况，他们安静潜入可以更好地掌握主动权。

终止可能进行的犯罪行为？

李相浮闻言目光一动：“那就更应该鸣笛了。”

“……”

一次来了两辆警车，李安卿和秦伽玉在另一辆上，李相浮则和秦晋同车。

好像是从李相浮闪烁不定的眼神中品出点儿什么东西，秦晋说道：“别担心，他还是个孩子。”

“……”

李相浮认为李沙沙做出过激举动的可能性不大，理论大师在道德修养上同样有一套三观完善的理论。

警员还在根据工厂地形思考之后的潜入行动，突然看到前方有个小团子站在车顶，扬着红领巾冲他们招手。

在这个行业干久了，什么事都能遇上，但这样的画面……他自认从未见识过。

警车停下，李沙沙稳稳地跳下车：“你们终于来了。”

他年纪小，但口齿伶俐，将事情经过阐述得很清楚，当然伴随着一些天真的说法：“坏叔叔的腿在流血，老师说流血太多人会死，我就一直追着他想给他包扎，他一直跑。”

车门早就被砸变形，洛安被担架抬出，腿上的伤口果然被用布料简单包扎过，还系成了可爱的小兔子结。

这会儿麻痹感退去了一大半，洛安也只敢向小孩子宣泄情绪，乍一看到警车，眼泪鼻涕流了一身，哪里还有不久前自以为亡命天涯的凶狠？

秦晋坐在车上，只觉得这一幕无比眼熟，犹记得几个月前，天西古村的绑匪也是这样哭着被抬上救护车的。

历史重演：加害者被送到医院，受害者去局子里做笔录。

派出所里，李沙沙喝着秦晋倒来的热茶，复述了一遍经过。

警员神情复杂地道：“你这鞋子，日常得多注意。”

“学校有统一的服装和鞋子，这双鞋只在放学换上，然后就被车接送回家。”

李沙沙说话的时候，心虚地不敢去看李相浮的目光。说到底，他已经两次因为逛小卖部出现意外，上一次是买了不该买的魔方。

做完笔录，李相浮领他回家。秦伽玉早在工厂时就已经先一步离开，临走前不忘又一次讥嘲李相浮：“连孩子都看不住。”

李安卿开车，回去的路上车子里静悄悄的，李沙沙难得没有玩魔方，绞着手指试图观察每个人的脸色。

一进门他立马被揽入满是香水味的怀抱，李戏春满脸担忧之色：“吓坏了吧？”

“是不是沙沙回来了？”李老爷子从楼上下来，声音没有平日里那么中气十足。他的心脏不大好，失踪事件发生后他就一直强撑着。

这会儿人找回来了，他松了口气，那些不适的症状瞬间全部涌来。

李沙沙的面容做不出太多表情，他微微垂着头：“我不该贪玩。”

放学早，附近又没什么人，孤零零的一个人背着小书包去一条巷子，很容易沦为不轨之徒的目标。

“是有的人心肠太坏，和你有什么关系？”说完李老爷子看了李相浮一眼，以为路上他责骂了李沙沙，不赞同地道：“现在提倡爱的教育，亏你还是年轻人。”

考虑到对方的身体，李相浮沉默聆听。

可惜李老爷子不依不饶地道：“怎么？说你一句都不行了？”

念叨足足持续了好几分钟，李相浮预感不说点儿什么，他爸很有可能翻陈年往事时越说越激动，最后伤敌八百自损一千。

他只得面无表情地吐出两个字：“筱筱。”

这个名字有毒！

李老爷子先是一愣，随即毫不迟疑地动起嘴皮子：“你那桩破事到底准备什么时候解决？”

说着他还重重地拍了一下桌子，杯子里的水随着震动洒了出来。

李相浮伸出一根指头晃了晃，平心静气地道：“要爱，不要伤害。”

“……”

李戏春实在看不下去，打了个圆场：“好了，别吵了……总算是有惊无险，收拾一下先吃饭，沙沙应该也饿了。”

李老爷子本还想让李沙沙再去做一次体检，担心他在被绑架的过程中受到伤害，被当事人拒绝。

吃饭时他旧事重提：“还是去看一下，拍个片子，别留下暗疾。”

想到李沙沙被电击的事情，李老爷子语气变狠，交代李怀尘：“找最好的律师。”

李怀尘点头，不用李老爷子说他也会这么做。

这时李沙沙为了证明一切安好头脑清明，站起身说：“我愿意背诵 π 来为大家助兴。”

“坐下，”李相浮拒绝，“等你背完了，该去精神科检查的就是我们。”

李沙沙微微一笑：“爸爸，想不想明确知道 π 是否有尽头？”

"不想知道。"

李沙沙一脸遗憾，又问秦晋："叔叔，你想知道吗？"

秦晋："我更想知道小卖部究竟有哪里吸引你。"

这句话引起其他人的共鸣。

就连李怀尘都询问李相浮是不是该管控一下小孩子的零用钱，有什么需要的东西可以让家里的人买。

李相浮十分认真地倾听了这份意见，准备采纳。

下午家里出事，李老爷子让张阿姨先回去了，李相浮和李安卿最后吃完饭，留下一起收拾桌子。

李沙沙趴在桌子角，再度忏悔："我让大家担心了。"

李安卿没回应，反而问李相浮："这个'大家'里为什么还包括秦伽玉？"

盘子险些从手里滑下去，李相浮及时接住："很多歹徒标榜自己不伤害小孩和老人，秦伽玉或许是其中一员，格外爱护祖国的花骨朵。"

如果不是这个一年级的花骨朵把洛安送进医院，这番话会更有说服力。

实则李相浮清楚秦伽玉的想法，李沙沙是他唯一的希望，要是真被人贩子拐走了，秦伽玉的搭档估计会第一个崩溃。

半天能发生的事情很多。

梨棠棠尚未出院，下午秦伽玉因为李沙沙的事情去了趟派出所，这一折腾已经是黄昏，就没有再去医院。

白箬抓住了这个间隙来看女儿。

梨棠棠不待见她，全程态度冷淡。

白箬一向擅长演戏，好声好气地道歉完，坐在病床边说："我仔细想了想，你和秦珏其实挺配的。"

梨棠棠用力拽过被她坐到的被子，满面狐疑地望过去。

白箬也不恼，站起身继续不紧不慢地说："可是你还欠缺一点儿手段，秦珏和苏桃迟迟不分开，根源在于苏桃势大。"

她这话说得很有煽动性，也够蛊惑人心。梨棠棠不再像刚刚那样抵触，明面上漫不经心，实则很仔细地听着。

"霄烁现在爆出丑闻，苏桃这个管理者难辞其咎，你不妨趁机将霄烁夺过来发展自己的事业。"

梨棠棠性格中天真的一面暴露出来："夺过来，哪里来的钱？我也不会商务谈判。"

说句不好听的，她爸还在重症室里，财产分配一时半会儿无法落实，更为过分的是，白箬知道家里的存款密码，拿着夫妻双方的身份证最近频繁大额转账。

白箬丝毫不为先前的行为心虚，笑了笑："你可以去找你小叔，让他出面。"

梨棠棠犹豫了一下："万一被阿珏知道了……"

"就是要让他知道，"白箬笑着说，"这样一来，才能让情敌知难而退。男人有时候还是要逼一下的，你和苏桃，聪明点儿的人都知道选你。"

天已经黑了大半，庭院的石桌上放着一盏小夜灯，李沙沙独自坐在那里，撑着下巴自言自语："人类，机器，家庭……"

喷泉里的积水泛着粼粼的光泽，很快被一道突然映入的身影遮掩。

李沙沙望着水里秦晋的倒影，后者似乎正望着自己。李沙沙没有回头，淡淡地说道："当你在凝视深渊时……"

"深渊不会拿着红领巾在车头挥舞。"

李沙沙被怼得无言以对，弱小的身躯转过去前，轻轻叹息了一声。

独自沉思许久，他难得主动和秦晋说话，诉说内心真实的想法："就在今天，我终于悟出一件事情……"

他不是分离的个体，一直在真心实意地被人关切着。

"我其实是来加入这个家庭的。"

秦晋漠然反问："谁不是呢？"

"……"

一道耀眼的光束突然打在两个人中间，楼上探出一个脑袋，月光不算太明亮，李相浮的黑发在半空中飘扬。

秦晋的手机响了。

李相浮担心吵到其他人，特意选择通过电话交流。

"这么晚不睡，你们在庭院里做什么？"

秦晋瞄了李沙沙一眼："我看他一个人坐在石桌旁，有点儿担心，下楼来看看。"

李相浮怔了一下，忽然觉得对方是面冷心热。

站在秦晋旁边的李沙沙双目微微睁圆了些，深深被这"绿茶"行为震撼到，偏还不能说他骗人，的确是自己先在庭院里思考人生。

李相浮披了件外衣下来，眯着眼盯紧李沙沙：“别说你梦游。”

“受了点儿刺激，出来散心正常，”秦晋突然帮忙说了句话，“让他一个人在这里安静地坐一会儿，我们去那边走走。”

李沙沙上的私立学校假期和公立学校有近一个月的差别，明天起学校就正式放假，李相浮想了想，也没管他，放任他这一次熬夜。

墙倒众人推，苑轩出国前在网上放飞自我了一把，让本就饱受压力的霄烁更加艰难。先前苏桃因为苑轩的追求套路，虽然远谈不上喜欢他，对他的观感却是不错的，如今可谓对他恨之入骨。

“按照合同，你至少要赔给公司一亿的违约金。”

“赔呗。”苑轩满不在乎地道。

苏桃深吸一口气，强行压抑住愤怒情绪按下录音键：“是不是有人指使你这么做？”

苑轩暗叹秦晋料事如神，连台词都提前叫人准备好，照本宣科地念道：“公司自身难保，竞争对手收买我，不是很正常？没站出来指认违禁品的事，我已经算是很仁义了。”

最后一个字余音犹在耳边，苏桃脸部扭曲，直接将手机砸到对面的墙上。

她撑着额头闭眼许久，又起身在破碎的手机残骸中翻找电话卡，拿出曾经被淘汰的旧手机暂时用着。

就在她刚刚开机不久，一通电话急匆匆地打入：“苏总，有人在恶意收购公司的股份。”

“超过限额必须举牌，不用你说我也知道，”苏桃一早就接到了通知，咬牙道，“我想知道是谁在背后策划这些。”

“收购股份的人叫李屾，我托了几个朋友去打听，这人原名叫梨屾。”

苏桃对这个姓氏极其敏感：“梨家？”

那边的人没有说话，代表默认。

苏桃一瞬间感觉身体透凉。她也不知道自己在做什么，反应过来的时候，已经在医院门口站着，还给秦伽玉打了一通电话。

彼时秦伽玉正在陪护病床上的梨棠棠，接到电话抽空出来了一趟。

苏桃穿着高跟鞋，看着迎面走来的男人身体晃了一下：“梨家要收购霄烁，你知情的，对不对？”

秦伽玉没骗她："今天早上才知道。"

红色的指甲划过背后的墙面，苏桃收拢手指，像是完全感觉不到疼痛似的："你想怎么做？"

秦伽玉："如果是梨棠棠，我还可以控制，她那个亲爹掺和进来，我说再多也没用。"

苏桃低头盯着鞋尖："也就是说你没办法了，对不对？"

秦伽玉："李屾取得公司控制权后，梨棠棠也会成为大股东，至少比公司破产好。"

苏桃："可他们在故意压价，卖掉公司的费用不足以偿还我要赔付的债务。"

苏桃说完后等了片刻，见秦伽玉没有说话，有些惊讶。

"你先回去吧。"撂下这句话，秦伽玉转身朝住院部走去。

惊讶的不只是苏桃，还有秦伽玉的搭档："你在等什么？为什么不趁机和她提离婚？"

秦伽玉总觉得事情没那么简单，仔细思考一番后问："梨棠棠的亲爹是做什么生意的？"

"不清楚，评价是S。"

要在以往，它还能分析出更多数据，可现在没了残片，能力大不如前。

李相浮的事情后，秦伽玉便对搭档的判断存疑，尤其不满搭档这次不由分说地下了和梨棠棠结婚的任务。

"我再考虑一下。"

"已经是任务，除非你不在乎解绑。"

木已成舟，他想要上岸，这是唯一的法子。

秦伽玉目光一黯，首次动了别的心思。

李屾手段凌厉，收购计划几乎以一日千里的速度进行着。公司还没到手，他已经先一步利用舆论开始造势。

艺人签了合同不能说走就走，这时候传出霄烁要易主，新的主人是海外归来的精英，粉丝几乎是拍手叫好。

时间一晃而过。

李相浮知道霄烁易主的时候正在家里种花。他不喜欢万物凋敝的样子，以前有自己的园子时，无论春夏秋冬，总是会加种应季开的花。

"这么快？"沾了泥的手指反衬得手腕更加白皙，李相浮正前方立着手机，视频通话的另一端是李怀尘。

“秦晋私下默默无闻地帮李屾扫除了部分麻烦。”

“……”那他可真是无私奉献。

李怀尘只知其一，是要让秦伽玉无论走哪条路都免不了背上债务。实则还有其二，那才是李相浮真正想要的结果……逼秦伽玉和搭档解绑。

苏桃那边秦晋没有做绝，如果秦伽玉坚持和她在一起，还能看到翻身的希望。至于梨棠棠，一旦李屾翻车，白箬手上还有一条人命，最后锒铛入狱，梨棠棠要面临的境遇将是现在苏桃承担的百倍。

一通陌生来电导致视频通话卡了片刻。

“稍等，我接个电话。”李相浮说完直接接通电话，试探性地“喂”了一声。

“你好。”隔着不同空间，说话嗓音有些失真，尽管如此这声音还是透出格外彬彬有礼的感觉。

“哪位？”

“听说要见筱筱，要先和你比试一番？”

以为又是哪个无聊的追求者，李相浮敷衍地道：“只接受拿号预约。”

“已经拿过了……忘了自我介绍，我是李屾，是梨棠棠的小叔。”

李屾？

李相浮的眉头下意识地轻皱了一下。

他看了一下排表，就事论事道：“当前预约名单里没有你的名字。”

“世上本没有黄牛，炒票的人多了，也就有了黄牛。”

“……”

“如果可以，我希望能在不惊扰别人的情况下，尽快和你见一面。”

把私下偷偷会面、不要告诉家长的话说得如此清新脱俗，李相浮也是头一回见闻。他短暂考虑完，应下了这次邀约。

见面地点是李屾定的，选在高尔夫球场。

秋季本就适合打高尔夫，戴着鸭舌帽的男子站在广袤的草场边，身后跟着几名保镖。

这放在任何场景中，都像是两方势力即将碰头。

李相浮的入镜打断了这种大佬气势，他是领着李沙沙来的，孩子还拿着作业本，需要完成假期作业，每天写日记。

一大一小两个人穿得相当休闲。

保镖上前一步，对正在挥杆的李屾低语了几句，李屾抬头看了一眼，见到不远处的身影主动走过去："说起来，这不是我们第一次见面。"

李相浮微微颔首，当初在苏桃的订婚宴上，梨棠棠旁边坐着个气质不凡的中年人，他对此还有印象。

李屾递过去球杆："来一杆？"

李相浮摇头，高尔夫算是他为数不多不太擅长的东西。

李屾也不强求，指了指斜侧面："过去坐坐。"

那边立着一顶很大的户外遮阳伞，桌上放置着矿泉水和新鲜水果。

"久仰大名。"双方落座，李相浮客套了一句。

李屾："说起来还挺有缘分，现在都用的一个姓氏。"

不清楚对方改名字的原因，李相浮随意地点头应付了一下。

"这边室内设了儿童区，我们谈天没什么意思，让孩子去玩吧，"李屾温和地笑道，"有我的人看着，不会出事。"

李沙沙主动拒绝："不用，我还有日记要写。"

说罢他摊开日记本，拿起铅笔一笔一画地写着。

李屾见状嘴角的笑容有一些僵硬，不过在看向李相浮时，已经瞧不出异样。

"我就长话短说了，听棠棠说你们关系不大好？"

李相浮挑眉："所以你专门来替她出头？"

"私人恩怨和生意是两码事，"李屾意有所指地说道，"我希望你也能明白这个道理。"

梨棠棠受秦伽玉教唆，特意提醒了李屾，让他小心李相浮说动家人背后捅刀子。李屾以前做的生意本就不太合法，如果被人抓住小辫子会很麻烦。

初生牛犊不怕虎，李相浮完全拿捏住了这种气质，语带挑衅地说："如果不明白呢？"

李屾早就料到他会这么说："你母亲现在定居国外，"顿了顿他又道："想来也挺不公平的，她从李家离开，却没有分走多少财产。"

李相浮之前就听家里人说过，有关李老爷子和陶怀袖是否领证一直是个谜，总之最后的结局是自己随父落户，这也是他母亲想要的结果。

"一个人在国外逍遥自在也好，只是国外不太安全，所以我这两年才回国发展。"

李屾自然不会无缘无故地说这席话，表面客气寒暄，实际是拿陶怀袖的人身安全进行威胁。

"太阳公公快下山了，爸爸和小智叔叔正在聊天……"

无论他们交谈什么，李沙沙一直心无旁骛地写着日记。

字迹清楚，一瞥就能看见，李屾好奇地问了一句："小智叔叔是指我？"

李沙沙点头。

"为什么是小智叔叔？"

因为你智障。

在李沙沙用眼神传递出更多内容前，李相浮淡淡地道："他最喜欢这么夸人，大概是觉得你谈吐得当，很有智慧。"

李屾也没放在心上。

他总不能为一己私欲不顾国外生母的安危。

李屾软硬兼施地说道："其实年轻人哪有解不开的恩怨？回头我让棠棠给你道个歉。"

李相浮摆手："不用，一点儿口舌之争罢了。"

他拧开一瓶矿泉水，低头的瞬间嘴角弯了一下，由此可见掌握信息全面的重要性，李屾永远也不会想到真正要对付他的是秦晋，而且早在他拿下霄烁前，秦晋已经开始收集相关不利的证据。

相信这是对方最后一次如此惬意地坐在高尔夫球场上谈笑风生。

今天的晚霞是特别的玫红色，李相浮多看了两眼，诚邀李屾跟着仔细瞧瞧："今朝有酒今朝醉，今朝美景今朝看。"

李屾嗤笑一声，对这种说法不屑一顾。

既然谈妥了，双方间的氛围缓和不少。

李屾从钱包里拿出一张名片："为了插队，我还花了小几万。"

李相浮更好奇这东西是谁卖的。

似乎看出他的困惑，李屾主动解惑："一个叫刘宇的年轻人，听说他还让朋友去帮忙排号，一人囤了好几张名片，坚信有一天你会发光发热。"

最后四个字李屾说得相当揶揄。

"……"

刘宇这个人完全将没事找事发挥到了极致。

这时李屾来回拨动了一下名片，望着上面像是价格表一般的才艺甄选，感慨现在的小年轻越来越不着调。

李相浮："要比试吗？"

“我除了有点儿赚钱的本事，没什么才艺。”李岫摇了摇头，“不过我挺好奇，关于虚拟养女这件事，你父亲打算怎么处理？”

筱筱是否存在他已经查明白，搁自己有这么胡闹的孩子，他早就将其打死了。

李相浮淡淡地道：“保大。”

养女什么的哪里有亲儿子重要？

“……”

秋天容易增添伤感的情绪。

那天和李岫的对话，李相浮完全没放在心上，对方不过是秋后的蚂蚱罢了。

他种了满庭院应季的花，开得那叫一个轰轰烈烈，相较而言，秦伽玉的日子过得就没那么舒坦了。

自从知道亲女儿铁了心要跟秦伽玉搅和在一起，李岫没有阻止，而是派来手下的一名得力干将随时随地跟在秦伽玉身边，无论他做什么，都有一双眼睛盯着，确保他不会胡来。

秦伽玉也知道这是一种无声的威胁，李岫是警告自己不要动歪心思，否则他会先一步掐死这个苗头。

李岫也是个高手，同时间安排秦伽玉进公司，直接将其升为管理层人员，看着他的得力干将同时也听命于他，只要不做过火的事，对方的存在仅仅是秦伽玉手下的一名员工。

李岫对秦伽玉只有两个要求：尽快和原配离婚，跟梨棠棠在一起，为梨家开枝散叶；同时不要在公司和女员工乱来。显然在他眼里，秦伽玉不过是给子嗣凋零的梨家准备的“播种机”。

如果让李相浮知道这件事，一定会把看着秦伽玉的下属比作古代的教养嬷嬷，秦伽玉则是要接受教导的恶毒小可怜。

此时此刻，这位伪小可怜正在和“教养嬷嬷”斗智斗勇。

“秦晋和李家人走得很近，最好关注一下。”

手下人点了点头，不过眼中没多少重视之意。

将他的神情看在眼里，秦伽玉在心里骂了句蠢货。但另一方面他又不能明确挑明自己和秦晋的关系，很多话只能点到即止。

好在梨棠棠和李相浮不睦，自己公然打听他的消息不会引起怀疑。

“李相浮最近在做什么？”

下属的面色终于有了一丝波动，他先是很复杂地看了秦伽玉一眼，随后才道："听说他到处跟人说你克妻。"

这话真就还挺有说服力的，苏桃和秦伽玉在一起后，被绑架过一回不说，从事业女强人被折腾到如今的地步，直接连公司都没了。

一切仅仅发生在两个月内。

"……"

生意人多少有几分迷信，好比李老爷子每年会和老友去寺庙里上香，李屾也不例外。他忙着盘活霄烁，这种传闻听在耳中难免糟心。

而且他确实诸事不顺，以前做灰色生意时被人追杀导致不能生育，落下的旧疾最近也在隐隐发作。

杂事堆积在一起，李屾打电话来委婉暗示秦伽玉："我找人打听了一下，你这命格容易败家运，要多关注风水学，研究佛门大法。"

秦伽玉强忍着没当场发作。

没过两天，梨棠棠突然来公司找他，双方短暂说了会儿话后，她小心地拉着秦伽玉的手说："我小叔说，希望你能去改个名字，取'瓣'字最好，有佛下坐莲之意，能压住你的命格。"

到后面她越说越小声，大概也觉得不好意思："我小叔最近身体不大舒服，你多担待些。"

秦伽玉冷笑："他身体不舒服我就要去改名，等他不行的时候，我是不是还得去冲喜？"

"……"

"克妻命"传播的源头并不知晓秦伽玉正在遭遇着怎样的麻烦。

满庭芬芳，李相浮坐在小马扎上，欣赏浓烈艳丽的景色。移栽时他偷了个小懒，选择长满花苞的花枝，栽种好的花很快缓过劲儿来，没两天庭院里的花便都开了。

"看风景，要用心看。"李沙沙走过来说，"爸爸，你不该分出心神玩手机。"

"我在秋后算账。"李相浮头也不抬地回道。

李沙沙走过去，见他在和刘宇发消息："秋天到了，有人该黄了。"

好大一个宇宙："这是怎么了？"

李相浮给出关键词："发光发热。"

刘宇心下激灵，定了定心神试探着发了条信息，发现不是红色感叹号后松了口气。然而下一秒，新的一条消息降临。

李相浮："见者有份，五五分成。"

"……"

李沙沙不可思议地道："这点儿羊毛你都薅？"

李相浮："这点儿羊毛够给你买个机器人。"

李沙沙平静自然地转变立场："爸爸，他没上税，你做得对。"

"……"

因为绑架事件，原本要庆祝的晚餐最后匆匆解决，李相浮收到钱后，准备做个弥补。

下午他带李沙沙去逛商场，购买最新上市的机器人。

街道两边树木的枝叶尚未完全枯黄，一半绿一半黄，被风吹起的落叶撒在马路上，车轱辘轧过发出清脆的响动。

李相浮作为司机，需要专心开车，副驾驶上坐的李沙沙则可以透过半开的窗户自在地欣赏秋景。

听说有记者日夜蹲守在公司门口，好奇现在的霄烁是什么状态，李相浮特地绕路去看了一眼。

一张纸币随树叶在空中打转，最后竟卡在了外后视镜的夹角里。

"有钱飞过来。"李沙沙说。

那是一张一百面额的纸币，李相浮意识到事情不简单，将车子靠路边停下，一下车果然看到前方不远处的大楼下围着一群人。

"是霄烁传媒。"有路人也注意到这一幕，和同伴说，"走，去看看怎么回事。"

霄烁门口被围得水泄不通，大部分人仰着头，包括摄像机的镜头也是对准了天空。李相浮同样四十五度角地仰起脑袋，只见高楼上站着一个人，手里似乎还提着个大包，不停地往下撒钱。

李沙沙眨了眨眼："这也是秦晋安排的？"

李相浮摇头："他不会拿人命开玩笑。"

这的确是一场意外，上面的人拿着扬声器，即便这样下面的人听得也不算太清楚。上面的人口中喊着一串人的名字，怒不可遏地道："你们都不得好死。"

随着他一步向前，楼下的人下意识地退开一步。

"看到了没有？！这些钱全部是霄烁前总裁苏桃给我的封口费……霄烁高层引诱艺人滥用违禁……"

那人说到后面，口齿不清，整个人在天台上手舞足蹈。

李相浮问旁边的人："报警了吗？"

"应该早就有人报了。"

正在这时，远处驶来一辆消防车，下来两个人快速给救生气垫充气，另有一名消防队员冲进大楼，瞧着是要去天台。

站在外沿的人身子摇晃，场景十分吓人。李相浮皱眉："他好像神志不清。"

李沙沙的视力远超正常人类："两眼发直目光呆滞，他大概率吸食了某种药物。"

一阵惊呼传来。不过眨眼的工夫，天台上的人拽起黑包的一根带子，用力往半空中一甩，钞票像雪花一样纷纷扬扬地散落世间，其本人的身子则随着惯性前倾。千钧一发之际，及时赶到的消防员一把将他拽了回来。

周遭乱哄哄的，不少人一哄而上去拾地上的纸币。

李相浮站在人群中一动不动，以致被挤来挤去。李沙沙及时将他拉了出去，避免和周围的人有过多接触。

"爸爸，你没事吧？"

李相浮深深凝视着他："我有没有事，你心里没数？"

李沙沙眼神闪躲，表现出了内心的一丝心虚，显然想起了一些往事。

一张纸币随风吹来，稳准狠地贴在了李相浮的脸上，打断了他对往事的回忆。

李沙沙这时突然直视前方："小智叔叔。"

李相浮扬了扬眉，果然瞧见李岫。

公司保安在疏散围观群众，李岫居然主动出现在记者镜头前，简单说了两句话，表示这是原总裁的遗留问题，但他一定会为公司的艺人做好心理疏导等。

谁看了不称赞一句有情有义？

李沙沙一针见血地说："上一个想利用路人缘打造好形象的苏桃，已经跌下神坛。"

这一个下场估计会更惨。

天台撒钱的事很快登上了社会新闻，在此之前，警方早就对霄烁的几名高管展开调查，不过苏桃在这件事中被择得还算比较干净。

这些"灰色产业链"早在数十年前就有，她在之前便留了一手，很多事情是委婉地暗示下面的人去做的。

不过撒钱事件将苏桃彻底推上了风口浪尖，她连出门都很困难，经常遭到路人的指指点点。

此消彼长，李屾则被打造成了有情怀的商人形象。捐款、举办慈善晚会、给旗下艺人配备心理医生等一系列举措，让他在路人和粉丝中的口碑皆相当不错。

“天凉了，”李相浮罕见地主动去家里的公司见了李怀尘一面，“大哥，我们什么时候让李屾破产？”

“这话你不该问我，”李怀尘淡淡地道，“他在国外的一些铁证都在秦晋手里。”

边说他边走到窗边望着外面的高楼大厦：“不过也确实是时候了。”

上一次霄烁出事，是由沈烟充当导火线，李屾过往的业务在海外，自然不能如法炮制。

秦晋没有再迂回，直接联系媒体人，开始发起第一轮舆论攻势。这些人相当专业，先在论坛、贴吧等地方放出风声，不放实证，耐心地等待被骂，以便为后来的反转营造戏剧性结果。

李屾在某些方面的嗅觉很敏锐，尽管目前看似无中生有，但他隐隐感觉背后有一双大手在推动这些事。

他得罪过的人基本在国内没什么话语权，李屾第一时间想到李相浮，让人盯着李家，同时私下给李相浮打去电话。

“我希望我们那天见面进行的是有效谈话。”李屾言语间带着一丝警告的意味。

回应他的是一声轻笑，李相浮随后客气地说道：“我这边风大，信号不好，没什么事的话我就先挂电话了。”

“说起风大，有一句话说得好，树欲静而风不止。”

阴沉沉地撂下警告的话，李屾主动挂断了电话。

李相浮最近沉迷捯饬庭院里的花花草草，开着免提通话，李沙沙听完全程说：“他为什么这么肯定是你在搞鬼？”

李相浮：“防患于未然，李屾只是建立在这种假设上，试图先一步展开布防。”

放下手上的小铲子，他沉思片刻，给陶怀袖打去电话，开门见山地道：“我得罪了一个叫李屾的人，对方有可能派人去找你的麻烦。”

“哦，哦……我知道了。”陶怀袖一连重复两个语气词，足见敷衍态度。

李相浮觉得不对劲儿，打听起她在做什么。

话音刚刚落下，那边突然传来砰的一声巨响，陶怀袖用外语和人说了句话，大意是称赞对方厉害。

这时她才搭理李相浮："我陪一个朋友在打猎。"

李相浮眼皮一颤："合法吗？"

"当然，在这边正儿八经申请的。"

李相浮："我刚才说的……"

"我会注意，你不用担心我的人身安全。"

"不，妈，我是担心去找你麻烦的人的安……"

嘟嘟——

忙音提示自己已经被挂断电话。

李相浮："……"

秦晋进庭院时，正好看到年轻人神情沧桑，无语地盯着手机屏幕的画面。

"出什么事了？"他问。

李相浮发出一声轻叹，摇头未答话，反问道："你怎么来了？"

明明秦晋前两天还在嫌弃庭院花香太过馥郁。

秦晋："走动一下透透气。"

李沙沙："工作繁忙，确实需要新鲜的空气缓解大脑的疲惫。"

他话还没说完，秦晋和李相浮同时朝他看来。

无事献殷勤非奸即盗，老祖宗的话几乎没出过错。

李相浮直接问："你图什么？"

李沙沙实话实说："学校下学期开学有迎新晚会，要出节目，我不想大合唱，准备表演话剧。"

参加大合唱还要在假期彩排，关键他有自知之明，知道自己的歌声不堪入耳。相应地，话剧就简单多了。根据真人真事改编的卖身葬父故事，不用动脑子，他本色出演即可，保准情节跌宕起伏，结局出乎意料，最终赢得满堂喝彩。

李相浮一眼就看穿他的盘算。

用面瘫脸努力撑起一个不走心的笑容，李沙沙望向秦晋："你演一个坏人，我演儿子，爸爸演爸爸。"

"劝你不要答应。"李相浮好心提醒了秦晋一句。

当年那个前国师在漫天雪花银中，下场可是很惨。

不等秦晋回答，李沙沙像是恶魔一样开始蛊惑，一语双关地道："来吧，加入我们。”

秦晋没有如他所愿：“大合唱比话剧轻松，你该多参加一些集体活动。”

李沙沙面容一僵，一字一顿地道：“我不要唱歌。”

他会被嘲笑很久。

秦晋：“就算你全程跑调，在合唱中也不容易被发现。”

李沙沙无奈，拿事实说话，两步跳上喷泉边沿，深吸一口气后开始大声清唱：“今天是个好日子……”

他一嗓子号出来，饶是秦晋也无法做到面不改色。

这歌喉，只有唢呐才能撑起场子。

天色一点点暗淡，很多年前，秦晋最害怕的就是入眠。

一到夜晚，他便会饱受那个声音的摧残，不断提醒着秦伽玉当初的选择。有段时间醒来后他哪怕忘记一切，身体残留的疲惫感还在。

直到今夜，魔性的歌声无限重复，哪怕他刻意去忽略也不行。

秦晋躺在床上一动不动，面对着天花板皱眉。

李沙沙的歌声似乎蕴含着某种诡异的力量。

叩门声打破沉寂。

秦晋起身开门，李相浮站在外边。哪怕是夜晚他也穿得相当得体，身着有垂感的丝绸睡衣，比绸缎更丝滑的长发搭在上面，散发着隐隐的光泽。

“是不是睡不着？”李相浮问。

秦晋对他的到来略感意外，点了点头。

李相浮走了进来，打了个形象的比喻：“沙沙的歌声兼具物理和法术攻击。”

秦晋：“感觉到了。”即便到现在，歌声依旧在他的脑海里回荡，以致他张口就想喊一句“好日子”。

“处理不好容易留下后遗症。”

李相浮让他躺在床上，同时坐在一边的椅子上：“我来帮你纾解。”

“……”

李相浮见他不动，轻轻嗯了一声，连带眉毛跟着一扬。

秦晋最终依言躺下。

李相浮这才满意地闭了闭眼，伸手到床上，在秦晋难以置信的目光中……帮他把被子往上拉了拉。

“夜晚风大，小心着凉。”

话音落下，他的面色瞬间显得圣洁，唇瓣一上一下地开合。

顷刻间，李沙沙遗留的噪声污染被清除，取而代之的是让人瞬间沉静下来的声音。

不知过去多久，李相浮缓缓睁开眼，眼含慈悲地问："有没有感觉好一点儿？"

秦晋面无表情地道："你大晚上来我的房间，就是为了'超度'我？"

"……"

无论如何，李沙沙带来的负面影响已经被解除，李相浮看了一眼墙上挂的钟，没有多待："早点儿睡。"

他如一团云雾，飘散而去。

翌日是个阴天，窗台上的绿植显得无精打采。

众人陆续下楼吃早餐，秦晋的周围仿佛涌着化不开的浓雾，面色阴沉。

李沙沙心想着自己的歌声应该没有那么大的威力，罕见地主动开口和他说话："没睡好？"

秦晋拿起筷子，冷淡地说："像是过了个头七。"

"……"

李相浮今早没有弹琴，利用这段时间外出找了苏桃一趟。

她现在住在一栋豪华的知名住宅里，记者进不来，只能在小区周围蹲守。

小区内自带会所，两个人约在一处被屏风隔开的休息区见面。

苏桃整个人的气质变化了不少，原先的那股执拗散了一些，唇瓣有些苍白，竟然显出了一种我见犹怜的感觉。

他们之间没有什么客套可维持，李相浮双手交叉搭在桌面上，直白地道明来意："梨棠棠现在可谓春风得意，手握李屾赠予的股份，一跃成为霄烁的第二大股东。"

"那又如何？"

李相浮："秦伽玉早晚会和你离婚，你不如及时止损，和我们合作。"

苏桃举起手，钻戒在日光下很耀眼。

李相浮问："你觉得还能维持多久？"

苏桃回应他的是一声冷笑，起身离开。

在这里买房的全是有钱人，还有不少明星，刘宇也住附近。李相浮打了通电话过去，刘宇很快出现，见到他嚯了一声："怎么突然跑来这里？"

“挑拨离间。”李相浮大方承认。

苏桃知道夫妻关系很可能维持不下去，但扭曲的成长环境让她养成了一种付出型人格，即便到了这个节骨眼上，回去后依旧第一时间打电话告诉了秦伽玉这件事。

“我知道了。”办公室里，秦伽玉挂断电话。他对面坐着李屾派来监视他的人，日常以助理的名义跟在他身边。

从开始接电话起，下属就目不转睛地关注这边的情况，秦伽玉不动声色地继续看桌上的报表，却在琢磨另外一件事。

若论睚眦必报，李相浮比秦晋更胜一筹，没理由会放过苏桃。

苏桃对自己感情很深，就算分开也不会偏帮外人，离婚的结果不外乎他和梨棠棠走得更近。

梨棠棠……

无意识地喃喃了一遍这个名字，秦伽玉手指捏紧报表一端，寻思着在她身上会不会有什么坑等着自己踩。

“你还在迟疑什么？梨棠棠名义上的父亲已经快不行了，再不登记，你一毛钱好处都捞不着。”

秦伽玉并未回答，借着去卫生间的工夫拿出另外一部手机：“帮我再联系几个靠谱的私家侦探，还是那件事，调查李屾以往在海外的业务。”

和他通话的是个猎头，这个猎头专门介绍一些做小众职业的人给目标客户。

“加急需要额外收费。”

秦伽玉在这件事上没有吝啬：“效率高的话，我再加十万。”

那边的人看他干脆，多说了一句：“网上最近有些有趣的消息，你可以多关注一下。”

这种猎头常年混迹于网络上的各个角落，说出的话多少有些参考性。厕所信号不好，秦伽玉用了些工夫搜索。

“秦经理。”下属见他迟迟没有回去，跟了过来。

秦伽玉收起手机，想到论坛上关于李屾在国外控制偷渡客成为性工作者的“谣言”，目光越发冷了。

假如这件事是真的，娶梨棠棠何止是坑，就差让他永无翻身之地了。

“情况不一定有这么糟。”

秦伽玉：“比这更糟糕的是李相浮掌握了白箬犯罪的证据。”

有李屾及时压消息，秦伽玉不担心梨棠棠的身世被曝光，可一旦李屾这座大山倒了，梨棠棠的身世遭到曝光，现有的财产都别想保住。

搭档和秦伽玉相伴多年，十分了解他的为人，顿时明白他这是有了异心。

“先完成登记结婚，然后迅速离婚。”

秦伽玉冷笑：“李屾还没倒，短时间内离婚，他绝对有办法让我净身出户。”

“那也无所谓，回头我们物色其他目标。”

下属走到最里面敲了敲门：“还有一刻钟，视频会议就开始了。”

秦伽玉按了下马桶，从里面走出来，冷冷地扫了对方一眼，走去水池边洗手。

下属在门口等着。

水声掩盖住了窃窃的交流声。

“李相浮成日在外面散播我克妻的谣言，梨棠棠再出事，你觉得谁还敢接近我？”

至少他以情谋事的这条路彻底断了。

事到如今，他不得不重新考虑有没有必要为了留住搭档而踩坑。

放在过去，秦伽玉会毫不犹豫地选择搭档，只要有它何愁不能东山再起？可他的搭档经历过一次破碎，判断能力大不如前，时不时还会让自己头痛欲裂。

清楚对方狠辣的性格，搭档意识到会被当作弃子，先一步道：“之前用陨石打造的器具已经差不多了，再试一次。”

秦伽玉重新坐到办公桌后，思绪照旧不在面前的报表上。现在是假期，实施绑架的时间很充足，但搭档进行吸收还需要时间，其间要是先一步被警方找到李沙沙，他免不了要有牢狱之灾。

洛安。联想起之前绑架李沙沙的白痴，他顿时福至心灵。自己完全可以不动手，去挑拨和李相浮有牵扯的人，人一旦被愤怒冲昏理智，什么事都能做出来。

李相浮才和刘宇喝完下午茶，回到庭院继续侍弄那些花花草草。

过了两天安逸的日子，李安卿突然来到庭院里提醒他偶尔也上一下网。

如非必要，李相浮不是很喜欢玩手机，闻言心下一动：“是不是出什么事了？”

李安卿能动手的时候一般不张口，转发过去了两条链接。李相浮随便打开一个，是贴吧的热帖，才发了没两天，回复便有了一千多楼。

主楼是讲一个富家公子男扮女装和数名“富二代”的爱恨情仇。

李相浮一眼便看出了问题所在，翻到第三页，已经有人爆料追求者之一陈韩的身份，多半陈韩那边正在经历着周围人的嘲笑。

“这估计还是个开始。”

李相浮开口时微微蹙眉，下意识地打开群聊，筱筱的头像随着他上线不停闪烁着。

最近这个群已经没什么人说话，上一条信息还停留在他用温柔女声和群成员说晚安，如今看来格外讽刺。

李安卿：“你散播秦伽玉克妻的谣言，他拿筱筱这件事做文章，也算礼尚往来。”

李相浮打开另一条论坛链接，大概也是类似的内容。

“秦伽玉这是想让我成为众矢之的。”

李安卿：“自己多注意些。”说完，他转身回去了。

李相浮没了修剪花草的心思，预感这件事另有蹊跷。

他短暂思考过后，视线锐利起来，猛地扫向二楼，隐约可以透过玻璃看到一道趴在窗台上玩机器人的身影——李沙沙。

李相浮猜测秦伽玉是想最后搏一把，但不准备亲自出手。

他的眉头一直没有舒展开。秦伽玉确实出了一道难题，筱筱的身份前期用起来方便，后期是个麻烦。

能被这个身份骗到的多是容易色令智昏之人，行事冲动，保不齐犯傻时会做些什么事。

沉思许久，李相浮冲二楼招了招手，示意李沙沙下来。

“秦伽玉那边可能已经找到对付你的法子。”

李沙沙撇了撇嘴：“想必是用陨石做了个炼丹炉，准备把我炼制七七四十九天。”

收到李相浮投来的警告眼神，李沙沙放下机器人，正色道：“毫无疑问，是能量提纯。”

能量提纯是指将大部分能量注入一件器具中，譬如刀或者子弹等，确保能让他的内部结构一瞬间陷入紊乱，加速对方的吸收过程。

“这种事，防不住的。”李沙沙说出先前和李相浮一致的看法。

一个人躲在暗处琢磨着害人，总能找到突破口。

“爸爸，这其实是好事。”

李相浮颔首，秦伽玉这么着急动手，估计准备失败后直接和搭档切割。所以只要他们抓住了这个机会，让秦伽玉确定搭档复原无望，顺其自然地就会选择解绑。

一个声音打断父子俩的交流，李相浮回头，秦晋不知何时靠在门边。

四目相对，秦晋直起身子走过来：“放心，秦伽玉成不了事。”

风吹得院中花草垂首，像是在附和他的说法。

因为这句话，李相浮静观其变了几天，果然无事发生。

李相浮是边陶冶情操边等待，秦伽玉的处境可容不得悠闲，近来关于李屾的不利传言越来越多，才有起色的霄烁似乎又处在风雨欲来的状态中。

眼看在网上被曝光的受骗者没一个对李相浮不满，甚至连在外面说坏话的人都没有，秦伽玉无奈，只能亲自去试探一二。

他特意参加了一个酒会，提前安排好人当着受骗者的面哪壶不开提哪壶，然而对方根本不恼，搪塞地笑了笑。

这时秦伽玉走过去，表面上是解围，实则借机搭话。

受骗者之一叫黄牧，也曾是筱筱的迷恋者之一，攀谈了两句后，秦伽玉自然地转入话题：“关于那件事我也有所耳闻，你脾气可真好，要是我可能会上门找人打一架。”

黄牧大手一摆笑眯眯地道：“知道秦晋和李戏春的关系吗？”

秦伽玉嘴角一抽，那是迄今为止他听过的最离谱的传言。

“秦晋没有和我争抢市区的地皮，听说还注资了陈韩那边的度假村，还有小赵……我的一个朋友，秦晋帮他解决了一个小麻烦。”

说到这里，黄牧感慨道：“有个姐夫就是好。”

李相浮闯了祸也有人摆平。

秦伽玉面色微变：“这都是什么时候的事？”

“记不大清，反正有段时间了。”

“……”

秦伽玉走神的时候，黄牧提醒他：“你的手机在响。”

秦伽玉走到一边接起电话。

分明是悦耳的嗓音此刻听起来却格外招人恨，李相浮轻声细语道：“网上的帖子我看了，可惜秦晋说他早就一一安抚好这些人的情绪。”

说完他立刻挂断电话，留下秦伽玉面色铁青地站在原地。

周围人来人往觥筹交错，唯有秦伽玉的目光晦涩不明，缓了片刻他打电话给秦晋，接通后没有任何铺垫地直接说："你是怎么知道我会利用这件事对付李相浮的？"

他着实不能接受两个人之间的差距竟然有这么大。

一个多月前，那时自己都没想到会利用"筱筱的追求者"对付李相浮，而秦晋不但想到了，还提前做出了部署。

这已经不是人，而是神。

"我没想到。"

短短四个字让秦伽玉怔住。

秦晋："我只是帮他把一碗水端平。"

"……"

因为先前秦伽玉背后专门请团队运作，有关"富二代"男扮女装骗感情这事儿传播广泛，李老爷子的一位从事媒体工作的好友专门打电话告知了他。

"被骗了感情还说是因祸得福？"李老爷子回想通话内容觉得十分稀罕，让李怀尘打听了一下谁在背后帮着修复关系，得知是秦晋的手笔后大为惊叹。

当天他甚至对秦晋感慨："原来你才是精卫。"

秦晋无言以对。

"海王"李相浮也沉默了。

李相浮正坐在沙发上读报，隐隐觉得这句话有些耳熟。

李沙沙提醒："看见什么是空的，我就想顺手给补上。"他这是照搬李相浮说过的原话。曾经李相浮用这句话来搪塞长辈，作为不买短袖的借口。

李老爷子去庭院里逗猫。他是唯一一个能欣赏满院子花的人，其他人包括李沙沙俱嫌弃香味太过浓烈容易引起不适。

他一走，客厅的空间空了出来。秦晋这会儿也才回来不久，挂外套的时候说起秦伽玉下午打电话的事情。

"我还浪费半分钟致电嘲讽了他。"李相浮微笑道，话锋一转嘴角的笑意消失，合上手上的报纸，视线聚拢在虚空中的一点，"对他来说，已经到了该做出选择的时候。"

秦晋："那就再推一把。"

李相浮偏过头："秦伽玉前段时间疯狂买营销，想把'筱筱'推上风口浪尖，我们也可以效仿一下。”以其人之道还治其人之身，是李相浮相当欣赏的处事风格之一。

秦晋从无虚言，当晚就叫人放出一个小视频，视频来源于一位逃跑的偷渡客，画面一角放大后可以看见李屾正领着客人从小房子的楼梯进入，周围全是格子间，门口站着各种穿着大胆的女性。

担心李屾出事影响公司资源，评论里有洗地的人，有水军，也有路人帮着说话……

李相浮难得抽空看了下评论，摇了摇头：“我都快不认识‘风流倜傥’这个词了。”说完他掩着嘴打了个哈欠。现在已经凌晨三点，他有些困了。

秦晋：“你先去睡，明天直接看结果。”

李相浮摆手，透露要亲眼见证结果的意思。

第二轮证据就要确凿很多，阐明李屾从事灰色产业，因为用了不光彩的手段要挟供货商，导致被追杀失去生育能力。舆论战和真正的战争不同，一波三折往往比一鼓作气有效。从秦晋放出第二批猛料时，李屾便意识到不妙，连夜赶回公司，让人调查这些消息究竟是谁泄露的。

秦伽玉也被叫了过去。他很清楚是秦晋在背后搞鬼，先前李屾没听劝防备秦晋，现在亡羊补牢也来不及了。

可惜当局者迷，李屾还想着要弥补。从之前的交流，尤其是上一次通话过程中李相浮意味不明的笑容来看，李屾预感这事和李相浮脱不开干系，当机立断打电话给从前在国外的几名朋友，预备对陶怀袖实施一些措施，用来要挟李家人。

“要快。”李屾早没了风度翩翩的假象，握手机时太过用力，机壳似乎都有要被捏碎的趋势。

办公室内一片死寂。在场的人除了秦伽玉，都是一早跟随李屾打拼事业的心腹，一个个面沉如水，同样担心各自的未来。

秦伽玉雇的私家侦探早两天便把李屾那些过往事无巨细地发了过来，要不是知道对方有绑架陶怀袖的意思，自己准备趁机插一脚，逼李相浮在生母和李沙沙之间做个抉择，他早就和霄烁撇清干系。

“现在李屾没有余力，你可以和梨棠棠先登记，然后光速离婚。”系统说话都没什么底气，更别提能劝服秦伽玉。

时间一分一秒地流逝，李屾来回踱步，突然看了一眼下属：“打个电话问一下，为什么还没消息？”

“问过了，那边说派出去的人都联系不上。”

李屾猛地停下脚步：“什么叫联系不上？”

“……”

秦伽玉比李屾还希望绑架能够顺利实施，然而直到凌晨五点，不利的消息一个接一个地传来，目前已经不是道德层面的事件，而是跨国案件了。

李家。

找到名正言顺的理由熬夜的李沙沙搬了张小板凳坐下，一副随时准备大快朵颐的模样。

李相浮看得好笑：“需要去堵人吗？”

李沙沙摇头：“上次的残片已经让我解读出它的源代码，可以追踪到，不过最好还是拉近一下距离。”任务失败将造成能量亏损，虚弱期内对方也不可能绑定下一个宿主，正是他进行吞噬的大好时机。

李相浮做事喜欢万无一失，准备开车带他去霄烁周围等着。

李沙沙：“会不会太早？”

谁知道秦伽玉会什么时候解绑？

“不早了。”

李相浮垂了垂眼，打电话给梨棠棠，对霄烁目前遭遇的危机进行了一通冷嘲热讽。

梨棠棠根本没怎么关注新闻，只看了最开始的几条热搜。她从前被保护得太好，缺乏商业危机的嗅觉，并不知道事情会严重到这个地步。

“秦珏一向喜欢吃软饭，很快会弃你而去。”

梨棠棠的声音很软，骂起人来也没多少威慑力，她阴阳怪气地道：“让你失望了，谣言而已。”

“真情不怕磨难，”李相浮凝视今晚漂亮的星空似笑非笑地问，“敢不敢打个赌？”

不等对方说话他立刻又道：“要是我输了，我就公开发表一篇道歉信，阐明用筱筱的身份去欺骗别人感情的详细过程。”

一旦他写了这篇道歉信，绝对会成为圈子里的笑话。梨棠棠自从和秦伽玉在一起后，对李相浮可谓厌恶到了极致。原本准备怒挂电话的梨棠棠迟疑了：“赌什么？”

“就赌秦珏对你的感情。”李相浮闻着淡淡花香道，“你主动向他求婚，现在霄烁只是出了一点儿小问题，如果他拒绝你，就说明所谓的用情至深都是假象。”

李相浮打电话的时候，李沙沙正玩着魔方，偶尔抬头看他一眼，等他挂断电话后好奇地问：“她答应了？”

李相浮点头。

李沙沙不可思议地问：“秦伽玉不是还没离婚？”

李相浮试着用梨棠棠扭曲的爱情观去分析这件事：“和原配离婚当天娶真爱，一条龙服务。”

“……”李沙沙，“人间第一恋爱脑。”

“走吧，”李相浮转过身，“拉你去霄烁公司附近。”

毫无疑问秦伽玉会拒绝梨棠棠，解绑的事近在咫尺。

“我让人开车送你。”秦晋叫来的是有段时间保护过李相浮的外国保镖，防止出现突发情况。

一行人准备出门时，一个声音从楼梯口传来：“兜风？”

李相浮抬头，看到李安卿端着水杯站在二楼，居高临下地望着他们三人。

“二哥？”李相浮怔了一下，“你站在那里做什么？”

这人半夜三更突然出现，怪瘆人的。

“这话应该我问你，大晚上的怎么拖家带口地往外跑？”

“打牙祭。”李沙沙主动开口回应。

李相浮接话道：“带他出去吃消夜。”

车子已经在外面等着，随便应付了两句三个人便走出门。夜风吹得衣领不安分地立起，李相浮随手绑了下头发。

有秦晋在的时候，外国保镖通常会保持缄默。

最先打破安静氛围的是李沙沙：“梨棠棠会直接穿婚纱去吗？”

李相浮：“你问倒我了。”万事放在她身上，皆有可能。

霄烁附近早就蹲守着不少闻讯赶来的记者，李相浮他们混在其中算不上有多显眼。

“梨棠棠也住在这个区，这时候人应该已经进去。”

李相浮一边说一边降下车窗，仰头去看几十层高的大楼。公司内部灯火通明，这灯光对里面的人来说，大约犹如炙热的骄阳，烤得人内心煎熬。

感觉煎熬的不仅是员工，还有秦伽玉的搭档。

十分钟前，梨棠棠突然找到公司，只要不涉及恋爱问题，她还不算蠢到家，提着一份消夜放在李岫面前。

"先吃点儿东西缓一缓。"没有人比她更擅长装乖。

正在大发雷霆地责怪下属无用的李岫看到唯一的孩子，神情柔和了一些："下次晚上别一个人往外跑，不安全。"

梨棠棠点头，又望向秦伽玉，欲言又止。

横竖秦伽玉在这边也帮不上什么忙，李岫看了他一眼："你陪棠棠说会儿话。"

几乎是使唤的语气让秦伽玉眼神一寒，他迈步走了出去。

"阿珏，"走廊里，梨棠棠突然半蹲下身，唇瓣颤抖着，语气却很坚定，"我们结婚吧。"

正极度不耐烦的秦伽玉想，这女人是不是有病？

梨棠棠："晚上没有店开门，我就编了个草戒指。希望未来的每一天，我们都可以携手面对一切困难。"

秦伽玉冷漠地道："我和苏桃间还有些事情要处理。"

梨棠棠面上的羞涩神色退去一分，不久前李相浮讥嘲她的话语不受控制地在她的脑海中闪现："如果我一定要让你做个选择呢？"她步步紧逼，"你是要我，还是要苏桃？"

秦伽玉强行压住一丝厌恶情绪，除了身家，从各方面讲梨棠棠都远不如苏桃，至少后者不会在自己忙的时候来添乱："公司出事了，现在不是谈……"

"我不听！"梨棠棠难得强势一回，直接打断他的话，"登记结婚用不了多久，今天你必须给我一个答案。"

"既然你非要坚持……"

"冷静点儿。"系统冰冷的机械音略显急促，"你要是真拒绝了，等于变相拒绝完成任务。"

秦伽玉突然阴沉沉地笑了一声。

这一声笑得梨棠棠莫名其妙，她羞恼地道："你在嘲笑我？"

秦伽玉还真不是在讽刺她，而是笑自己的搭档。没破损和遇到天敌前的搭档何其张扬，不时便拿解绑威胁他，谁能料到真正到了自己提出解绑的时候，对方反而再三挽留？

"苏桃。"秦伽玉缓缓吐出两个字，目睹梨棠棠目中的期待一点点地支离破碎。

苏桃至少没山穷水尽，还有一个保险箱的财物可以应急，而梨棠棠这边别说翻身，他一旦沾染上便相当于半条腿陷入了沼泽地里。

“你……”梨棠棠无措地后退两步，竟一个字也说不出来。

秦伽玉却已顾不上她，在说出否定答案的那一刻，像是有千万根针同时朝大脑深处刺去，明白这是正在进行解绑。

梨棠棠连忙扶住他的肩头，又哭又笑地道：“我就知道，我就知道你心里还是有我的……既然这么痛苦，为什么你还要和我分手？”

秦伽玉费力地吐出一个字：“傻……”傻吗你？

梨棠棠抹了一下眼泪握住他的手：“我不傻，你才傻。”

秦伽玉：“……”

楼下。

李沙沙面色一变：“来了。”

外国保镖还以为是有敌袭，左右环顾没发现异常：“什么来了？”

李沙沙：“朝前开，快点儿。”

外国保镖一头雾水。

“照他说的做。”秦晋开口，外国保镖立刻踩下油门。车子一路飞速前进，李沙沙口中的方位不时调整，最后车子停在公园门口。

“它跑不动了。”

他？再三确定周围没人，车窗开了一半，不知道是不是因为夜风太凉，外国保镖感觉到一股寒意。

李沙沙无声无息地动用了一部分能量黑了公园附近的监控，随后说：“接下来的三分钟，需要你们闭上眼睛。”

外国保镖深吸一口气，看向秦晋。

秦晋点了点头，外国保镖只得闭上眼睛。

秦晋和李相浮也先后缓缓闭眼，看不见的情况下，听力格外敏锐，周围树叶簌簌作响，不远处似乎还有乌鸦的叫声。

以防万一，外国保镖时刻保持高度警惕，竖起耳朵捕捉所有的响动。

车门开了，李沙沙跳下车，望向天空中肉眼很难瞧见的小绿点，心下起了一丝波澜。终于……只要他吸收了这些能量，不但能补充先前的耗损，还有很多富余能量够自己在世上多待些时日。他张开双臂，扑向密密麻麻的小绿点，就像一部即将迎来死亡 30 秒的手机奔赴充电器。

能量，我来了。李沙沙一时情绪高昂，一面吸收着小绿点，一面忍不住放声高歌：“我真的——还想再活五百年！”

飙起的超高音随空气流动，乌鸦被惊走，灌木丛里的野猫被惊得喵了一声逃跑。

车厢内，三人的身子齐齐震了一下，魔音灌耳下，向来讲究服从性的外国保镖头昏脑涨，质疑道："老板，你是不是下错命令了？"为什么他们要闭眼？难道不该是捂住耳朵？！

/ 第七章 /

李相浮冷冷地道："你的歌声会让人觉得公园附近有连环杀人惨案发生。"

"连环"一词用在这里就很过分。

天空中的小绿点却没想到秦伽玉会这么干脆地解绑，依照它对那人的了解，至少他还要再挣扎一两天才对。

一部分绿点朝车子飘来，外国保镖敏锐地察觉到风速有所变化："老板，有人接近。"

秦晋："暂时不用管。"

刻薄的话语这时在车窗外响起，盖住了他最后的几个字："我曾经折磨过你，你不想报复回来吗？"

一句话包含的信息量巨大，系统想先保住命，只有活着，才有无限可能。

"哪里跑——"就在这时，李沙沙的声音由远及近地传来。

外国保镖眉头皱得极深，为什么他们放一个小孩去对付人？双方体力悬殊，除了噪声污染，熊孩子能造成什么伤害？越想越离谱，保镖尚在开拓想象力，骤然间面色紧绷。这一次他没询问秦晋的意思，直接睁开眼打开车门，一把拽住外面的李沙沙的衣领往旁边扔去。短短几秒，已经不够他有时间再做出下一步动作，连续两把不知从哪里扔来的小刀又稳又狠地扎在了他的腰背上。保镖身材高大，同样的位置放在李沙沙身上，伤到的恐怕就是脖子上的大动脉或者脑袋。保镖捂住伤口，锐利的目光扫过从树林逃走的黑影，止血的同时咬着牙道："比起同行，这些要杂技的人永远更叫人头痛。"什么缩骨术、飞刀甚至飞檐走壁……这些真实存在于现实里的技能，他碰到了就是麻烦。

李相浮也早就下车，以最快速度拨打急救电话。秦晋扶起李沙沙，低声提醒："抓紧时间。"

附近就有医院，李沙沙最多还有几分钟时间。李沙沙正色地点头，先看了一眼保镖的伤，确定没有生命危险，随后绕到车子另一面，整个身体如同抹了层荧光剂，悄无声息地吸收着四处逃散的小点。

霄烁。

头痛欲裂的感觉已经退去大半，无视在一旁垂泪自我感动的梨棠棠，秦伽玉身体几乎虚脱，索性直接以墙作为支撑。

手机铃声打断了她的啜泣声。梨棠棠泪水涟涟地望过去，来电显示没有注明是谁，秦伽玉顾不得疼痛强行站起身走远了一些。

"有人充当肉盾，替那个孩子挡了一下。"打电话的人正往火车站赶去，准备销声匿迹一段时间，边说话边默默吐槽现在客户提什么要求的都有，不但指定作案工具，还提前邮寄过来。

秦伽玉仰头闭上眼……最后一步也失败了。秦伽玉死死盯着天花板一角脆弱的蜘蛛网，自嘲地笑了笑："可惜了这千载难逢的好机会。"他和搭档间没有感情，只有互相利用，他所谓的可惜更是在可惜自己，白白被控制了数年最终还是落得个解绑的下场。

梨棠棠不知道发生了什么，准备走过来安慰他两句，却被秦伽玉眼底的阴狠神色吓退了一步："阿珏……"

他心底充满对搭档的不满，倘若不是它着急下任务，他又怎么会走到这一步？秦伽玉转念一想，自己的搭档强烈需要能量维持，恐怕也是没了办法。

"李相浮……"秦伽玉推开梨棠棠走到窗边，望着公司门口蹲守的记者，笑意不达眼底，"劫数。"

这个名字出现在他的生命里，就是三灾九难。

一辆救护车快速从马路上驶过。保镖平躺在担架上，失血状态下勉力支撑着眼皮子看了秦晋一眼，喊了声："老板。"

秦晋："我明白，加钱。"

保镖这才满意地闭上眼，没错，挡刀是另外的价钱。

保镖遭受的是人为伤害，救护人员忙问有没有拨打报警电话，李相浮点头后他们就准备拉人走。

李相浮以保护案发现场为由，没有跟去。

保镖突然睁开眼："老板，皮肉伤不要紧，你别来了。"想象着秦晋一言不发地板着张脸帮他办卡缴费，保镖不由得起了一身鸡皮疙瘩。

秦晋尊重患者意见："我让高寻去。"

得到承诺，保镖终于松了口气。

公园内重新恢复寂静，有一把小刀还插在保镖身上，另外一把因为伤口浅，被保镖自作主张地拔了出来。李相浮半蹲下身查看，再一瞧李沙沙一副敬而远之的模样，似乎对这东西很抵触。

"石头材质，"手电筒的光打在小刀上，李相浮没伸手触碰，稍稍歪着脑袋打量了一番，"看材质还是那些陨石制作。"

李沙沙没了高唱"向天再借五百年"的豪迈，快速伸手放在上侧感应了一下："能量很充裕。"这绝非一两块陨石含有的能量，秦伽玉那边成功做到了能量提纯。

"他这精神应该去搞科研。"李相浮站起身，摇了摇头寻思着那些陨石也是个祸患，秦伽玉的事情结束后得一并处理了。

只是天西古村那边如何解决还是个麻烦。

似乎知道他在想什么，秦晋开口道："当初秦伽玉先我一步拿到开采权，根据踩点人提供的线索，陨石总量不大，已经被分数次运送过来。"他停了下又道："前些日子我委托第三方收购了苏桃和秦伽玉的订婚酒店。"

李相浮目光微沉："原来如此。"

秦晋早前便说过苏桃那边没有做绝，不承想是通过这种方式进行，既能让秦伽玉看到苏桃的价值，又能得到酒店。举办婚礼的酒店地板下埋藏着大量陨石，如今秦晋一并拿了回来，可谓一箭双雕。

警车来得很快，李相浮做完笔录出了派出所大门，不免感慨道："这段时间，我几乎把市里各个区的派出所走了一遍。"

秦晋看了他一眼，没忍住低低笑了一声。

微博这会儿已经瘫痪，霄烁才被比喻成要浴火重生的凤凰，谁也没想到还没抖开翅膀，这只凤凰就要成为落地的野鸡。

有秦晋在背后不遗余力地推动，关于李屾的灰色产业链的新闻压都压不住。李相浮放回手机，谨慎地思考着接下来要如何做。

“苏桃手上还有钱，现在没人保她，一点点顺藤摸瓜地查下去，主动联系受害者讨要赔偿金，用不了多久她就会无力偿还债务。”

秦晋：“打蛇打七寸，苏桃这边咱们自然要联合人追责，但对付秦伽玉，可以用一个更快的法子。”

李相浮：“白箬。”

视线一对上，秦晋轻轻击掌，表示认同他的观点。

李相浮：“大部分人是败在一个‘贪’字上。”

倘若秦伽玉有壮士断腕的决心，跑出去避避风头，他们绝对要多费一番功夫。但秦伽玉习惯榨干身边人的最后一丝价值，哪怕放弃梨棠棠也会最后捞上一笔钱。

一旁闭嘴在心里唱歌的李沙沙突然说：“保险柜。”

李相浮摸了摸他的小脑袋：“还挺聪明。”

“白箬说过这段夫妻关系早就名存实亡，以前家里管钱的是梨棠棠的父亲，保险柜的密码他中途改过，只告诉了女儿并且命令梨棠棠不准跟她妈妈提起。”

李沙沙惊讶地问：“这你都知道？”

李相浮：“白箬想卷钱跑路时，向我抱怨过没办法带走家里的保险柜。”说是抱怨，实则她是看中李相浮曾经“混”过一段时间，想让他介绍厉害的开锁师傅。

下完最后一层阶梯，李相浮站在路边给白箬打电话。

白箬明显没睡，几乎是瞬间接通电话。

“别说话，听我说，”李相浮的口吻格外霸道，“霄烁出了大事，这次翻不了身，棠棠恐怕会和秦珏拿钱跑路，你防着点儿。”

“家里人不让我和你联系，别再打电话过来。”李相浮说完直接挂断电话。

白箬上网搜索完新闻，顿时明白李屾完了，秦珏那种吃软饭的渣男，能带着自己那个蠢女儿逃跑才有鬼，肯定想偷偷卷钱走人。

步入秋季后，早上天亮得越来越晚，快凌晨六点，天空仍旧是黑漆漆的。

白箬靠在窗边，不多时就目睹一个鬼鬼祟祟的身影，几分钟后，一层传来响动。白箬脱掉鞋子，踮着脚小心地走到门口，墙上的一幅画被取了下来。一楼的手电筒光束照在墙体嵌入的保险柜上，一个黑影正蹲在那里，小心地输入密码。

白箬的呼吸跟着急促了起来。

啪——伴随着轻轻的响声，保险柜被打开了，里面存放着现金、大量名表，还有翡翠和黄金等。

秦伽玉没拿现金，以最快速度将剩下的财物塞进黑包里，最里面还有一幅画作，想来也价值不菲。有了这些东西再加上苏桃手上的剩余资金，他就还有翻身的筹码。

微弱的亮光下，秦伽玉面上的笑容越发诡异。她一早就报了警，远处隐隐已经传来警笛声。

怕财物被拿走，白箬拿出常年存放在家中的电棍，心一横冲了下去。

秦伽玉真恨不得宰了白箬，可惜警笛声越来越近，他下意识地提起地上的黑包夺门而去。白箬常年养尊处优，跑下去时，秦伽玉的身影早就消失在茫茫夜色中。

天刚亮，学生在公交车站旁等着车，上班族脚步匆匆地赶着时间。

李相浮带着李沙沙，和秦晋坐在路边吃早餐，目睹清晨的热闹景象。

秦晋吃了没两口，一通电话打了进来。他听完对方的汇报后沉默几秒，对投来疑惑目光的李相浮说："先吃饭。"

一碗爽滑鲜嫩的豆腐脑下肚，瞬间暖和了不少，李相浮擦了擦嘴角，问："怎么了？"

"李岫被警方带走调查，秦伽玉成了通缉犯。"

"通缉犯？"

在李相浮的预想中，该是白箬提前叫来警察，来个守株待兔。

"正如你所说，很多人败在心贪上。"秦晋淡淡地道，"白箬当时和情人在家厮混，她想要钱又想把秦伽玉送进监狱。"

听完全过程，李相浮皱起眉头。原计划是秦伽玉被关进监狱几年，在此期间，再让他背上夫妻共同债务。

喝完最后一点儿汤，李沙沙放下碗说道："古训有说，上天欲其灭亡……"

李相浮打断他的话："能不能查到他现在在哪里？"

秦晋摇了摇头，好笑道："你还真当我是神仙了。"

他的语气带着笑意，李相浮却看出对面的人眼眸深处的一丝复杂神色。曾经互相依靠的亲人走到穷途末路，若论高兴，恐怕是没有几分的。

吃完早餐，三个人沿路边走着，李相浮近乎自言自语道："时间太紧，他不可能去找苏桃。"

作为夫妻，警方必定会第一时间去他们的住处搜查，试图通过苏桃的行踪锁定秦伽玉的动向。这个时候他去找她，等于自投罗网。

李相浮查了下航班："最早的国际航班是在八点半。"秦伽玉潜逃出国这条路子也断了。为防万一，他发了条信息提醒家里人注意安全，同时快速思索着秦伽玉究竟会逃到哪里。

还没走到十字路口，秦晋突然停了下来，缓缓吐出三个字："老房子。"

老工业区，别说摄像头，附近连红绿灯都没几个。

李相浮每次来这里，看到的都是同一幅画面：儿童追逐嬉戏，商贩大街小巷地吆喝。

三个人穿过巷子，前方有一幢老旧的居民楼。

李沙沙走在最前面，突然被扼住了命运的咽喉，回过头纳闷地望向拽着他衣领的李相浮："爸爸，有何贵干？"

李相浮松开李沙沙的衣领："这段时间以来，秦伽玉一直处在大起大落的状态中，他又性格极端，会不会在房间中布置下什么陷阱？"

李沙沙："比方说一开门拿着刀冲出来？"

"搏斗上秦伽玉不占优势，"李相浮想了想说道，"或者更直接一点儿……"

他没有一点儿预兆地突然起抬头。站在顶楼的人呆住，想躲已经来不及了。

李沙沙顿悟："这个疯子，想砸死我们。"

李相浮绕着外围走，确保即便秦伽玉跳下来也砸不到他们。

天台的风格外大，太阳还没出来，秋天的凉意正透过布料一点点渗入皮肤。站在楼顶的李相浮却像是丝毫感觉不到寒意，对视间秦伽玉突然嗤笑了一声："不愧是你，又一次识破了我的诡计。"他就站在外沿，稍微重心不稳都能摔下去。

秦伽玉松开手里的包，里面装着的财物坠地发出沉甸甸的响声。他挑了挑眉："我承认，你赢了。"

自始至终秦伽玉也没和秦晋说过一句话，甚至没看他一眼，不知道是不是藏着一丝自己也说不出的心虚。

“等等。”就在秦伽玉转身要纵身一跃的时候，李沙沙突然开口。

秦伽玉似乎有些惊讶他会出声：“我要是死了，你不是该第一个拍手称快？”

“生命很宝贵，”李沙沙的语气难得变得严肃，“我不知道你是不是该死，但你死了爸爸恐怕会有解不开的心结，他会觉得是自己间接逼死了你。”

秦伽玉讥笑道：“虚伪。”

他看向李相浮，缓缓道：“我们的起点就不一样，你只是比我幸运，没有摊上那样一个搭档。”

李相浮沉默不语，然后摇了摇头。

“梨棠棠今天之所以去找你，是因为和我打了个赌，赌你对她的感情。”片刻后李相浮终于开口，说起的却是另外一件事，“那你要不要最后再跟我赌一回？”

秦伽玉微怔：“赌什么？”

李相浮拨开被风吹在面颊上的长发，重新陷入沉默之中。

代替他说下去的是李沙沙：“不如我和你绑定，提供一个公平的战场。”

李相浮皱眉：“沙沙……”

“爸爸，我想证明不劳而获的人无论重来多少次，都是一样的结局。”李沙沙上前一步，望着秦伽玉，“恒心、毅力、关爱他人的精神……在你身上通通没有，哪怕有我的帮助，你也不会有大成就，所以你要赌吗？”

秦伽玉被这种虚伪的慈悲气笑了，再开口时笑容逐渐消失：“当真要绑定？”

李沙沙定定地望着他。

秦伽玉一直很好奇李相浮拥有的究竟是个什么搭档，前方是万丈深渊，搏一回也无所谓。他沉声道：“希望你不要后悔。”

李沙沙目光真挚又坚定：“来，把手给我。”

李沙沙相当注重自我保护，只是朝前迈了一小步，防止秦伽玉心血来潮直接将他拉下去。

见状秦晋眉头微不可察地皱了皱：“别做多余的事情。”

李沙沙摇头：“我和那个系统是两种截然相反的存在。”

李相浮似乎也犹有些迟疑，虚拉了一下李沙沙：“慎重一点儿。”

“探索精神才是成长的阶梯，”李沙沙摇头，“爸爸，你不能限制我。”说着他闪电般和秦伽玉的手掌接触。

双方指尖挨到一起的刹那，秦伽玉的脑海中出现一道提示音："十项全能系统正在向您招手，请问您是否选择接受绑定？"这一切都发生得太过突然，秦伽玉认为很多地方十分有必要再推敲一下，但看李相浮即将强行把李沙沙拉开，秦晋则拿出手机似乎准备报警。

深知错过这村就没这店，秦伽玉一狠心，选择接受。

"配对成功。"脑海中的提示音要比刚刚冰冷许多，"即将传送宿主去往另一个国度，启动十项全能培养计划。"

另一个国度？确保真的能摆脱警方追捕后，秦伽玉这才松了口气。

三、二、一……随着倒计时结束，天台上一大一小两道身影消失了。

秦晋漠然看了几秒，问："他们去了哪里？"

李相浮抬眉："去哪里都不知道，你还配合着演戏？"

秦晋："多少能猜出一些。"

从李沙沙说去往另一个国度时，秦晋联系李相浮平日里一些离奇的举动，很多事情似乎有了答案。秦伽玉和李相浮接触不多，对其不了解，否则必然会三思而后行。

李相浮叹道："那是一个奇特的国家。"多的他没说，制度和风俗两个因素叠加，只会产生难以想象的不幸。

秦晋忽然问："李沙沙什么时候能回来？"

李相浮闻言嘴角不由得一弯，这人面冷心热的程度比想象中要深。

秦晋偏头望着他道："迟了会耽误假期作业和下学期开学。"

"……"

李相浮不动声色地收回先前的评价。

根据李沙沙所说，他应该把人放下后很快归来。

这栋老楼只剩下一些租客，平时周围没什么人，谨慎起见为防止被过路的人注意到，误认为有人要跳楼，李相浮朝里面挪动了一些，坐下来耐心等待。

秦晋拿出一张纸巾，随便绕了几下，一朵形象的小白花顿时靠堆积的褶皱呈现出来。

李相浮看了一眼，实话实说："秦伽玉不适合用白色。"

秦晋摇了摇头："只是突然想起，快到我父母的忌日了。"

机场离这里倒是不远，远远地两个人能看见一架客机正从天空中飞过，云层中留下两条长长的白色痕迹。昨天一整夜没睡，李相浮头枕着胳膊，声音有些含混不清："秦伽玉值得去那个国度，也算是告慰你父母的在天之灵。”

秦晋放下小白花，站起身摇头：“如果他们真的知晓一切，也不会感觉到丝毫欣慰。”

他们估计只会难过。

伴随时间的流逝，太阳终于彻底从云层中冒头。

“白糟蹋我一点儿能量，”人还没出现，空气中先传来抱怨声，李沙沙站稳身子后勾了勾小拇指，“虽然只有这么一点儿，用在他身上已经很浪费。”

李相浮强打起精神，活动了一下肩膀：“送过去了？”

李沙沙点头，说：“有生之年不知道还有没有机会再次见到他。”

李相浮沉默了一下，忽然轻咦了一声：“裤子怎么烂了？”

李沙沙的裤腿处裂了一大道口子：“那厮抱着我的大腿死活不让我走。”纠缠挣扎的过程中，他一脚踹开对方，险些连鞋子都丢在那边。

李相浮和秦晋对视一眼，之后同时望向他，最终李相浮率先开口：“请问……秦伽玉当时正在遭遇什么？”那人本质是个疯子，能做出抱大腿的行为，着实无法想象当事人的经历。

李沙沙想了想，精准概括：“求生不得求死不能。”

“……”

李相浮接下来想要问的话被一阵急促的手机铃声打断。

“是白箬。”李相浮看了秦晋一眼，接通电话。

“喂。”

回应他的是一阵哭腔，白箬口中昨晚又是另一个故事：她被闯进来的秦伽玉迷晕，醒来后保险柜里的财物全都被洗劫一空。

“这可怎么办？”白箬显得十分无助。

李相浮：“现在到处都是监控，放心，他跑不掉。”

白箬说话的腔调格外可怜：“我担心在这之前秦珏已经把抢走的东西卖掉，拿着赃款销声匿迹。”她吸了吸鼻子，“你认识的人多，能不能想办法找人帮我私下留意一下？”

深知这才是其目的，李相浮口头应承下来：“好。”

论狠辣程度，白箬绝对不在秦伽玉之下。

李相浮垂眸静默，许久后说：“恶人自有恶人磨。”显然他是已经有了主意。

李沙沙的视线落在黑包上：“这些怎么处理？”

“自然是物归原主。”随后李相浮望向秦晋，“有没有办法神不知鬼不觉地将这个送去给失主？”

秦晋点头，低头看了下时间：“需要四十分钟。”

李相浮稍作沉吟后说道：“再晚一些，两个小时后送到她手上。”

不多时，外国保镖的双胞胎兄弟出现，戴着黑色皮手套，乍一看有几分动漫人物的风范。

秦晋发过去一条信息：“送去这个地址。”

双胞胎兄弟人狠话不多，提上东西就走。

三个人先回了一趟别墅，李安卿起得很早，在窗台边浇花，听到玄关处的动静侧过身道：“新闻上说人民的生活渐渐富裕起来。”

李相浮试着接话，纳闷地嗯了一下。

“从深夜吃到日出，你们是承包了几条街？”

李相浮琢磨片刻后正准备张口，在他唇瓣颤动的刹那，李安卿挑眉：“看来是想好怎么骗我了。”

“……”

没浪费时间听胡话，李安卿收起喷壶，上楼前提醒了一句：“庭院的花我已经浇过，别浇重了。”

李相浮略微僵硬地点了点头，等李安卿上楼后，冲了个澡洗去一身疲惫。随后看时间差不多，他站在窗边一面给白箬打电话，一面擦头发。

身侧的柠檬被浇过水，散发着淡淡的清香，令人神清气爽。

见是李相浮主动打来的电话，白箬迫不及待地问：“有消息了？”

“没有。”

隔着电话都能从呼吸中感觉到对方的失望，李相浮又道：“不过我已经拜托家里人联系了一些黑市卖家，提前通过风，现在没人敢收他的货。”

对不是友军的人，李相浮瞎话张口就来：“代价是以后我不能再跟你联络。”

确定通话已经结束，李沙沙好奇地问：“她就这么相信你？”

事实上什么黑市卖家，别说李相浮，李老爷子都未必认识，像他们这种不缺钱的人家想要什么，走正规拍卖渠道即可。

“我高中时期可是远近闻名的小混混。”李相浮笑着说，“什么离奇的谣言都有。”

一夜未眠，梨棠棠妆容有些花。后半夜李岫被警方带走，她才意识到事情的严重性。秦珏第一时间做出反应，主动要回去偷拿保险柜里的财物，承诺带她到其他城市生活，然而直到现在都杳无音信。梨棠棠尽量不往更坏的方面去想，秦珏已经答应自己的求婚，应该不会反悔。手机响起的瞬间，她大为欢喜，在看到来电显示后，激动的心情倏然冷却，犹豫了一下还是选择接通电话。

"听到了些有趣的消息，"李相浮说话一贯直白，"秦珏入室伤人后卷钱跑了。"

梨棠棠想也不想地反驳："你胡说！"

李相浮："警方布下天罗地网，我这边也在托人找，但都没有发现秦珏的踪迹。"

梨棠棠紧紧地握着手机："你到底想说什么？"

"白箬的心狠手辣你很了解，"李相浮逐字逐句地说得很清楚，"我如果是你，就会先回去看看财物究竟有没有遗失。"语毕他直接挂断电话。

警察早就取证离开，白箬一个人坐在客厅里清点剩下的财物。

门铃突然响了一下，她透过可视门铃看了眼外面的状况，一个人影都没瞧见，倒是地面上有一个黑包。手表、黄金……还有名作真迹，竟然通通回来了，心疼地望着几块被摔碎的翡翠，白箬不舍得扔，去找盒子装了起来，想着日后还能做成金镶玉。

"他这招还真是挺管用的……"白箬喃喃了一句。

正当她思考时，外面的门突然被打开了，梨棠棠匆匆走进来，看到满沙发的财物，心中咯噔一声。

"你把阿珏怎么了？"她看白箬的眼神就像是在看一个魔鬼，"你是不是像对爸那样，为了独吞财产杀了阿珏？"

白箬快速把东西塞回包里，一脸冷漠地说："说话前记得过脑子。"

今时不同往日，她当然清楚钱的重要性。梨棠棠一反常态没闹，而是说要去给李屾找律师。

"可以，你自己出钱。"白箬冷血地拒绝。

梨棠棠故意吼了一句："我自己去找！"然而一出门，她直接打车前往派出所，进去便说："我要报案，我妈妈在争吵中失手推了我爸下楼。"

梨棠棠手中有一份录音，内容大致是白箬在出事后紧张地让梨棠棠不要报案。她表示一直活在母亲的控制当中："我偷偷留存了证据，而且我看到妈妈换了爸爸出事时穿的拖鞋，那天楼梯不知为何比平时都滑，我真的很害怕……"

警车上路时，梨棠棠也坐在车上。她主动打开门，正在收拾行李的白箬极像是要畏罪潜逃。

梨棠棠不顾白箬的破口大骂，面无表情地道："妈妈，杀人偿命。"她假意低头抹泪的瞬间，余光从行李箱上瞥过，下定决心等晚上悄悄离开。霄烁破产，她身为大股东也得担责，阿珏估计已经惨遭白箬的毒手，这样一来也算给对方报仇。

这座公园没什么娱乐设施，日常只有一些老年人散步晨跑，李相浮坐在长椅上，刚拨开落在膝头的黄叶，余光便看到一道窈窕的倩影走来。

前些日子的天台事件闹得轰轰烈烈，苏桃现在无论去哪里都是戴着口罩和墨镜。

见周围没其他人，苏桃摘下墨镜在他旁边坐下，开口就问："秦伽玉呢？"

"苏小姐受刺激太大，你的丈夫叫秦珏。"

苏桃不忿地想要辩驳，然而偏过头时对上李相浮似笑非笑的眼神，顿时明白小把戏被拆穿。她面色紧绷，关掉了录音笔。

李相浮仍旧没有开口的意思，指了指她衬衫上的第三颗纽扣。

苏桃直接扯下这粒扣子掰成两段，里面散落出一些小零件，预示着这同样是一个小型窃听器。

"我争家产那会儿，这都是我玩烂了的手段。"

苏桃越来越觉得传言不可信，冷笑道："都说你当初为了争家产做了不少蠢事……"

他分明是个十足有心机的人，难不成脑震荡能让人间接性变蠢？

李相浮："尖子班的吊车尾学生或许在普通学生中很出众。"他很多时候的蠢是因为对手太强大。前有李怀尘，后有李安卿，头上还有一个喜欢找心理博士分析儿女行动的李老爷子，自己在陶怀袖的远程指导下孤军奋战，成功了才叫有鬼。

"而且愚蠢是指谋夺财产这件事本身的性质愚蠢。"李相浮淡淡地道，"所以谁给你们的自信，再三来招惹我？"

"……"苏桃微微张着嘴唇，一时找不到话来反驳，最终痛苦地睫毛颤动了一下，"我丈夫……还活着吗？"

李相浮点了点头。

苏桃的肩膀一下垮了，她放松地靠在椅背上，长舒一口气："我要怎么做才能见到他？”

没听到回应，苏桃认真望着李相浮缓缓地道：“我可以承认曾经犯下的罪过，主动赔偿受害者，之后完全接受法律的制裁，前提是你要放过他。”

换个人也许会对这些话动容，可惜李相浮心冷如铁：“该有的罪责你一个也逃不掉。”

他站起身似乎要离开，苏桃厉声道：“非法拘禁他人难道不是罪？”

“没拘禁，”李相浮回头看了她一眼，“你如果有耐心或许能等到他，不过奉劝你一句，畏罪潜逃后回来还是要进局子，一生不长，何必呢？”说完，他不再去看苏桃，头也不回地走出公园。

一直走到出口，李相浮才仰起头，微微叹了口气，许久后接起从刚才起响个不停的电话。

“爸爸，你什么时候回来？你爸爸有话和你说。”

“……”

电话那头，李老爷子从李沙沙手中拿过话筒：“沙沙要自导自演话剧，作为家长，你为什么不支持？”

没想到李沙沙会搬出长辈这座大山，听出对方话语里的坚持，李相浮开口道：“希望您看演出时别后悔。”

“小孩子哪怕是在台上睡着了，都是纯真可爱的。”李老爷子显然还在用世俗的眼光看待李沙沙。

知道他脾气犟，出言顶撞也是做无用功，李相浮凉飕飕地道：“好，我会配合。”到时候自己一定要找人在出口守着，去看演出的无论是谁，觉得多尴尬也别想逃。

回家路上，他顺手给李沙沙买了几本“五三”。李老爷子这会儿在睡午觉，李沙沙没了靠山，瞧着模样还挺乖巧。

看了下“五三”，李沙沙直接拒绝：“我还是个孩子。”

李相浮坐在旁边监督他做题，顺便说起苏桃的事情。

李沙沙不费吹灰之力地做完两套模拟题，和参考答案如出一辙，李相浮略微漫不经心地道：“挺厉害，继续保持。”

李沙沙一眼瞧出不对劲儿，问：“有心事？”

李相浮轻轻摩挲着指腹，似乎在考虑从哪里说起。

解决完秦伽玉，脑海中紧绷的一根弦跟着放松，先前他反感庸人自扰，懒得去思考当初看破秦伽玉的搭档的原因，近来无事，便下意识地寻思了一下。

听完他在考虑的事情，李沙沙静默了一下，缓缓地道：“系统间多少可以感知到彼此的存在。”

李沙沙深吸一口气，表情变得冷酷：“我绝对不接受自己是‘二胎’。”

李相浮面色平静地说：“如果当初我有你，秦伽玉同样能察觉。”

李沙沙摇头：“不一定，除非距离很近他特意去筛查，否则很容易被忽视。”

正如在苏桃的订婚宴上，他通过触摸秦伽玉的面庞探寻对方的大脑，之后能轻易锁定秦伽玉的搭档的下落也是因为破解了源代码。

想到这里李沙沙不免惆怅……果然，自己还是摆脱不了“二胎”的命运吗？

李相浮冷冷地发问：“你见过哪个……人混成我那样的？”

秦伽玉好歹风光了一段时间。

“……”李沙沙淡淡地说道，“确实说不通。”李相浮资质相当优越，无论得到哪一种辅助，都不该是那种人嫌狗厌的状态。

李相浮本来还要说话，突然闭上嘴。他听力一流，捕捉到细微的响动后扭过头，过了一秒钟，锁才正式传来转动的声音。李相浮见走进来的人是秦晋，眼中浮现异色：“这么早？”

按照秦晋往日的作息时间，七点前他一般不会离开公司，而现在还不到四点：“处理了一些事情。”

李相浮猜测：“关于梨棠棠的？”

遗留问题只剩下苏桃和梨棠棠，前者他早晨才见过。至于梨棠棠，白箬出事后，梨棠棠想出国却被限制出境。

“我听大哥说李屾太过自信，霄烁还没由亏转盈就先给梨棠棠过了股份。”

秦晋：“很好理解，霄烁一旦走上正轨，公司以前的元老肯定不会眼睁睁地看着股份旁落。”

李相浮更好奇他对这件事上心的原因。

秦晋：“梨棠棠其实并不完全算是恋爱脑，准确点讲是性格扭曲。”

这点儿李相浮在很早之前便注意到，高中时期梨棠棠不管不顾地到黑酒吧劝自己，更喜欢以拯救者的形象出现在别人身边，就连喜欢上秦伽玉，也是因为后者在婚礼上装作被泼酒的可怜形象。

他端起茶杯，问：“这人又做出了什么惊人之举？”

秦晋：“入室抢劫案中的受害者脱离危险后，她日日到人家床边送温暖，说要替母赎罪。”

“噗——”李相浮被水呛到，接过李沙沙递过来的纸巾掩住嘴，迅速恢复优雅饮茶的形象。

轻咳几声后他喝了一口茶润喉，诧异地望向秦晋：“真事？”

李沙沙同样歪着脑袋，“父子俩”眼睛睁得像猫眼一样圆。

秦晋轻轻点头：“路是自己选的，代价也得自己担。”他停了下又说，“不过那个青年罪不至此，我已经让高寻去提醒过他，顺便结了医药费。”

李沙沙这时终于插了句话：“我的理论库里有慕残心理、恋老症……唯独没有恋弱癖。”他是单纯站在学术角度去看待这件事，考虑抽空去图书馆充实一下自己。

“这段时间多亏你帮了不少忙。”李相浮突然对秦晋认真地道了声谢，“我有个礼物要送给你。”

前一句客气的话让秦晋皱了下眉头，直到他说完，秦晋的眉头才渐渐舒展，目光罕见地透出很直白的期待。

李相浮：“东西我放在庭院里，凌晨一点过去你就能看见。”

秦晋淡淡地嗯了一声，表面波澜不惊，一下午一晚上的时间却总是不经意地抬头看表。差两分钟到凌晨一点时，秦晋推开去后院的门，虚弱的喵呜声在万籁俱静中无限放大。他脚步一顿，紧接着迈步走过去，树下多出好几只小猫。

不过巴掌大的小黑猫窝在那里，母猫才生产完不久，听到脚步声有些暴躁，甚至表现出要咬小猫的趋势。但在看到秦晋时，受到的刺激慢慢平复，它在这里住了一段时间，秦晋不时会来投食，它对他有些浅薄的印象。或许野惯了，尽管有猫窝，无论是母猫还是红尘都经常跑出来，偏好在户外待着。此刻刚出生不久的小猫闭着眼睛，身子蜷缩在落叶堆中。母猫不愿意让人碰小猫崽，秦晋只能把猫窝移了过来。望着小黑猫，再看着站在不远处的白色红尘，秦晋露出满意的微笑。孩子绝对不是亲生的。

秦晋笑着摇了摇头……不愧是李相浮，礼物送得都这么与众不同。知道自己和红尘不对付，他专门让自己目睹非亲生的“证据”。

就在这时，手机响了。

“礼物看见了吗？”

“有心了，是我见过的最独特的东西。”

李相浮：“这样惬意的夜晚，要不要喝一杯？”

“今天就算了，我先想办法把猫窝移到室内。”秦晋嘴角缓缓勾起一抹弧度，“孩子果然不是红尘的。”

那边的人沉默了一瞬，随即是一阵低低的笑声传来：“你开心就好。”

通话结束后，秦晋抬头，只觉得今晚的月光格外明亮。微风送来阵阵花香，他一低头，突然怔住……庭院里那些白日艳丽的花，此刻竟然发着荧荧的光，在月光下圣洁高贵，连茎秆都挺得格外直。随着微风吹拂，花瓣微微颤动，打出一浪又一浪的波纹，堪称绝美。秦晋骤然间意识到什么，李相浮口中的礼物和猫没有干系。如果知道这只猫今晚要生产，以对方的细心程度，李相浮早该提前做好准备，确保猫在室内生产。他真正准备的礼物，是这片发光的花海。

秦晋只是稍稍迟疑，很快有了补救措施。他先将猫窝移到室内，随后从柜子里取出一瓶红酒，这是前不久回住处取换洗衣物时顺便捎来的，前年在拍卖会上高价入手的拍品。取开软木塞的刹那，酒香自动溢了出来，一切准备就绪，秦晋再次拨通了李相浮的电话，铃声很清晰地传来，与此同时，楼上还有一阵响动。

最先跑下来的是穿着棉拖的李戏春：“听说红尘生了。”

秦晋冷言提醒：“红尘是公的。”

“都一样，”李戏春浑不在意，问出比较关心的问题，“亲生的吗？”

秦晋开口前，她已经冲到猫窝旁，长松一口气：“不像亲生的。”

李戏春着实无法想象那只老猫会有发情期，它平时都是懒洋洋地窝在一处，佛性得让人无法直视。

除了李安卿，人陆续都下来了。李老爷子也来凑了个热闹，余光瞥见桌上的红酒，乐呵地挑了挑眉：“不错，是该开瓶酒庆祝一下。”

秦晋沉默地转身，从柜子里多拿出几个酒杯。

李老爷子摆手：“之前家里有一瓶打开没喝完的酒。”

秦晋把红酒往前推了一些：“别折腾了。”也不知道他是在自言自语，还是说给对方听。放着好好的夜光花不看，他为什么非要去和一只猫过不去？

李相浮只是隔着一段距离看了眼小猫崽。他有些害怕这些刚出生的生命体，仿佛任何一个不经意的举动都能给对方造成伤害，是以对其多抱着敬而远之的态度。走到桌边端起已经醒好的酒，李相浮好笑地开口：“经商奇才，关注点也新颖。”

李沙沙个头小，挤在几个大人中间不容易被注意到，不过“小李飞刀例无虚发”的作风不改，张嘴就能噎人：“此情此景，让我想到书里‘满地都是六便士，他却抬头看见了月亮’那句话。”

满院子都是花海，秦晋却低头看到了巴掌大的不显眼猫崽。

李沙沙：“我要把这句话写进日记里。”

秦晋：“……”

折腾了大半宿，家里没养过动物，后半夜大家都在搜索如何养新生的小猫。

李相浮冲着逐渐被边缘化的秦晋挑了挑眉，转身走去庭院。两个人并肩欣赏了片刻美景，虽然室内不时传来人声，但对比寂静的夜晚，多出几分难言的热闹感。

天一亮，朝九晚五的上班族要继续上班，李相浮难得久睡了一会儿，醒来后发现一层楼只剩下李沙沙。

张阿姨在下面收拾桌子，看到他左顾右盼，说道：“父子俩去爬山了。”

李怀尘要上班，这个“父子俩”指的自然是李安卿和李老爷子。

“爸的精力都比我充沛。”李相浮闻言摇了摇头，透过玻璃窗上的影子看到自己因为没睡好残留的一点儿黑眼圈。

感慨间人已经站在电梯口，李沙沙趴在二楼：“爸爸，你要去哪里？”

“地下室。”

李沙沙顶着面瘫脸，像条小尾巴一样跟上来：“我也一起。”

他来这么久，还没到过地下室。和想象中的阴暗潮湿不同，别墅的地下一层十分宽敞，感应灯在他们进来的那一刻自动亮起。靠墙处放置着一排椅子，正前方是投影，甚至可以当私人影院使用；尽头有两扇门，一扇打开后通往更深处储存酒的地窖，另一扇门后就要杂乱很多。

“后退。”李相浮戴上早就准备好的口罩，拉出一个大纸箱，地面上扬起灰尘。

吸尘对李沙沙来说没影响，但他还是掩住口鼻，主要是不喜欢这股味道。

李相浮打开净化器，费力搬起箱子放在长桌上，一次性将东西全部倒了出来。

李沙沙从中捡起一本书籍，是生物课本：“找这些做什么？”

“初一下学期开始，我真正步入放荡不羁的岁月，”李相浮翻找东西时说，“在此之前，顶多算是顽劣。”他想要查找一下当时的杂物或者笔记，看能不能发现端倪。

李沙沙从外面拉进来两把椅子，坐下和他一起看。

李相浮不太爱做笔记，书本都很新，比较吸引人的是同学录和一堆贺卡。

李沙沙扬了扬同学录："不像是你的作风。"

"初中那会儿挺流行的。"李相浮翻看起同学录来，对很多人名已经记不清了。正当他生出些怀旧情感时，视线突然定格在一行字上。

"寄语：祝愿你成为伟大的冒险家。"

"施灿……"他看了一眼写下这句话的人名。

李沙沙："爸爸，原来你初中时就已经生出一颗躁动的心。"

李相浮摇头："我那时的愿望是当老师。"

"……"祖国的花朵又做错了什么？连初中时候的班主任的全名都记不清，更何况这位十几年前的同学，李相浮是丝毫印象也无。

李沙沙缓过神问："有没有同学群？"

李相浮："我没加过群，嫌吵。"当时他图清净和方便，现在得迎来双重麻烦。他首先想到了刘宇，再一想他们高中才在一个学校认识，贸然打听消息对方说不定转手就和别人八卦这事。最终李相浮打电话给李怀尘，询问认不认识施姓的人家。

那毕竟是私立学校，大部分同学家境不错。

"没印象，为什么问这个？"

李相浮："突然翻初中同学录，有点儿事想找她打听。"

"男生女生？"

"女生。"

李怀尘："那你应该去问爸，门当户对的适龄女孩子，他都有所了解。你留学那几年，他成日给我和安卿介绍对象。"

李相浮愣了一下："是不是夸张了点儿？"

"二十岁以上，三十五岁以下，爸全看过来了。"

"……"

李相浮抱着将信将疑的态度去找了李老爷子，问话比较委婉："爸，你认识的朋友里有没有施姓的？"

李老爷子一时想不起来。

李相浮换了关键词："女儿叫施灿。"

李老爷子拍了下手："哦，老施家的女儿！前几年她也去国外留学，跟你不是一个地方，最近正好要回来。"他目光灼灼地望着李相浮，都没问对方为什么打听，"想见一面？"

李相浮："……"

李老爷子是个行动派，还没等李相浮说什么，直接打电话给朋友。那边的人也在为儿女终身大事操心，两个人一拍即合，直接把见面时间都定了下来。

李相浮看得颇为头痛，忽然有些庆幸出去念了几年书，要是在家里，自己也免不了被催婚的命运。生怕待在客厅里被继续念叨，他去到庭院里偷闲，盘腿坐在长椅上沐浴余晖。

结束一日的工作，秦晋的下班时间经常比员工晚一个小时。他不喜欢太过艳丽的花朵，但在看完月光下晶莹剔透的发光花瓣后有所改观，回来后先去庭院看了一眼。他刚一推开后门，浑身放光芒的李相浮猝不及防地映入眼帘。

秦晋无奈："这唱的是哪出？"

"我爸给我安排了一场相亲。"

秦晋做出判断，加了形容词："一场你无法拒绝的相亲。"

李相浮说起同学录的事情，末了道："也不是无法拒绝。"他要个电话就好，只是有些事情在电话里讲不清，而当面察言观色往往能获知更多有用信息。想到这里，他先心血来潮地观察了一下秦晋的面色，没看出任何异常之处。

秦晋："见面时间约在哪天？"

"一个星期后施灿才回国，听说近期很忙。"

秦晋："你这一个星期会很忙。"

"嗯？"

"依照你父亲的作风，他大约想趁热打铁，在这一周内再帮你组其他相亲局。"

李相浮评估一番，认为这有可能。

张阿姨喊吃晚饭，他和秦晋先后回室内，身后落叶和怒放的鲜花随风形成强烈的对比，最终组合出同一幅画卷。

可惜家里最会画画的人此时无暇提笔，李相浮正坐在饭桌边听着李老爷子连续不断输出另外几个人的推送。生怕城门的火殃及池鱼，没人制止李老爷子，李怀尘不厚道地寻思着最近催婚火力集中在小弟身上，自己便能获得喘息之机。李戏春亦是一脸庆幸的样子。

李相浮不好打断长辈的絮叨，居然点了下头："好，我去。"

见他这么配合，李老爷子大为满意。

饭后李老爷子上楼，李戏春一脸狐疑地问："这么听话？"

李相浮放下碗筷，道出八字真理："一劳永逸，堵不如疏。"

李相浮的相亲局持续了三四天，李老爷子都是介绍朋友家的孩子，格外关注进度，然而他的笑容逐渐消失。

"老李啊，我家孩子回来一直夸你家儿子舞跳得惊艳。"

这句话一出，电话两头的人同时沉默了，自从苏桃的私人宴会后，李相浮多了个"电动小陀螺"的称号。女孩的家长暗想，自家孩子难不成是因为爱情盲目？先前梨棠棠的事情广为流传，如今圈子里不少人生怕家里再出一个类似的恋爱脑。

"我觉得孩子还小，谈终身大事早了，"女孩的家长继续说，"我准备实现她的读博梦想，不再阻止她，多读点儿书挺好的。"

至少孩子不会为只见过一面的人睁着眼说瞎话。

第二天相亲对象的家长听完孩子的反馈，表达出了差不多的意思。

在李相浮第三次被夸舞跳得惊艳绝伦后，李老爷子直接把人叫过来，古怪地盯着他："你天天在饭桌上起舞？"

"饭后在广场上跳的。"

"……"

李相浮："爱一个人，就得接受他的全部，我在展示自己。"

李老爷子不知道的是，李相浮在别人面前展现的是正常的古典舞，还能引起围观群众的一阵喝彩。目睹过两次小儿子跳舞，李老爷子思想陷入误区，虽说恋爱自由，但至少儿子得找个眼神好一点儿的，这种上来就夸跳舞惊艳的，是不是另有所图？不说别的，做人至少要诚实一点儿。又或者说，对方用"惊艳"一词是在阴阳怪气地嘲讽？

李相浮："没什么事的话，我先上楼了。"

李老爷子独自坐在沙发上琢磨。家里也没其他人，他打电话让李安卿下楼来，说了李相浮的相亲反馈信息："找一个实诚点、眼神好的姑娘怎么就这么难？"

"格局小了。"

李老爷子："格局？"

李安卿看了看时间，陪他在沙发上坐了片刻，一直到秦晋进门，李安卿突然问："你觉得相浮跳舞如何？"

秦晋想也不想地道："惊人。"

李老爷子不由得赞赏地看了秦晋一眼，难怪他能把生意做这么大，说真话乍一听又像是在表扬人，这就是情商。李老爷子在催婚这件事上已经心灰意懒，一时兴起拿出没喝完的半瓶酒："来，一起喝一杯。"

向来不被李家人待见的秦晋有些发怔，走了过去。

红色的液体倒入杯中，因为酒杯灌得太满，丧失了几分意境。

李老爷子豪爽地举杯，一口气灌下一大杯酒后，嘴角弧度扩大："我以前对你存在诸多偏见，这一杯算是道歉。"接着他又倒了一杯，要和秦晋碰杯。

秦晋："一杯就够了。"

今早李相浮没有抚琴，大清早已经换好一身外出的衣服，拧开水龙头浇花。这时手机响了一下，李相浮看完后发出一声轻飘飘的叹息。

秦晋早上醒来会在院子里活动一下身体，捕捉到叹息声，问："一天才开始，叹什么气？"

"陈韩实在执着，"李相浮盯着手机屏幕新进来的信息摇头，"能拒绝的理由我全部用了一遍，人又来了。"

对方每日都约他出去赛马，偏偏人家排了号，自己还不能拒绝得太死。

李相浮说到这里，细长的眉皱了皱："搁在平时赛一场马无所谓，但我今天是真的有约。"

"和施灿？"

李相浮点头。

秦晋想了想说道："陈韩那边我帮你解决，你去见施灿就好。"

"那就麻烦你了。"

两个人都出了院子，说话声渐渐远去。

一晃多年，去见个老同学却被组成了相亲局，李相浮觉得不大礼貌。是以他过去时特意带了一把新绣好的团扇算是赔礼。双方约在一家高级茶餐厅见面，有服务生引路去提前订好的位置，不存在认错人一说。

施灿从来不会在约会时故意迟到，甚至先李相浮一步到，看到他手上拿着的盒子，好奇地问："这是……？"

"礼物。"李相浮打开盒子，露出里面精致的团扇，"我绣的。"之后他道明来意，直说了今天他来是想打听点儿事情。

施灿摇了摇扇子，发现好像熏过香，愉悦地道："和你相亲原来还能解锁这种福利，值！”

李相浮开门见山地道：“我不久前翻同学录，看到你写的祝福语，说希望我成为冒险家。”他用一句话做引子，“是不是因为一些古怪的事，你才写下这句寄语？”

施灿正在摇扇嗅香的动作一滞，她有些不自然地道：“那么久远的事情，你还记得呢？”

没料到对方真的会接话，李相浮很好地掩饰住眼中的惊讶之色，半真半假地说：“就是记不太清，所以来问你。”

施灿苦着脸，等到服务生上齐了餐品才说：“其实我这些年偶尔也怀疑过，当初那件事是不是臆想。你爸打电话来那天，一听是你我立马答应了。”她多少也是抱着一起谈论些往事的心思答应的。施灿小口咬了下点心边缘，将点心咽下去后说：“我们初一时的班主任是个刚毕业不久的大学生。”她抬起头，“这你还记得不？”

李相浮低头拿起叉子，瞧着像是在点头。

施灿不禁松了口气，似乎终于能将缠在心头多年的郁结情绪倾吐出来：“那时候我们是班上成绩最好的两名学生，好学生总是比较受老师偏爱。”

李相浮轻轻嗯了一声，在他开始叛逆前，每回考试都是名列前茅。

“学校每年会举办一次夏令营，知道我们爱好天文学，那天老师特地私下跟我们说，晚上他领我们去山上看流星雨。”

李相浮闻言挑了挑眉，发出意味不明的笑声。

施灿同样笑道：“现在想想真是扯。”

流星雨哪里是想看就能看见的？甚至大部分时间靠肉眼很难察觉。施灿说的这些，李相浮没一点是有印象的。他用小勺搅着杯子里的花茶，总结出一条规律：秦伽玉不是特例，与其说自己是忘了和秦伽玉有关的记忆，不如说是将和系统密切关联的人与事忘了个一干二净。因为秦伽玉的系统，他连秦晋都不记得了。不知眼前这个他没有半分印象的初中同学和所谓的班主任，是不是也和系统有关？

“女生和男生是分开住宿，那天晚上我先到了，”施灿紧紧皱起眉头，“不过我到之后，老师的脸色不是很好看，像是受到刺激一样来回踱步，说着奇怪的话。”

“什么话？”

施灿神情复杂——

“你知道我有多么拼命的，我也不想失败。

“我不要变成傻子。

“我可以补偿，一定给你找到符合资质的人。”

说到这里，她忍不住打了个寒战：“然后这时你过来了，老师突然在月光下激动得手舞足蹈，像是刚进化完的原始人。”

“……”很形象生动的比喻，李相浮喝了口茶，“后来呢？”

施灿：“我害怕地问你老师是怎么了，谁知道你突然捂着脑袋蹲下身，也开始自言自语……但我没听清你在说什么。

“之后一段时间我能感觉到你上课心不在焉，经常做精神测试题，又开始对灵异志怪的事感兴趣。我问你原因，你说是想了解各地都市异闻，以后一一去冒险玩。”

现在她想来这不过是一句敷衍的话。施灿纳闷地望向李相浮：“老师解释说那天晚上是故意逗我们玩的，可我总觉得奇怪。”主要那时候她年纪小好骗，等心智渐渐成熟已经是高中，早忘了这件事，直到偶尔不经意的瞬间想到，才越发觉得怪异。

李相浮对演戏驾轻就熟：“我也是突然想到这件事，细思恐极，才来问问你，想知道是不是记错了。”

施灿愣了一下，四目相对，两个人都忍不住笑了起来。到底是经年往事，施灿现在提起来比较轻松，开玩笑道：“说不定当时老师是被鬼附身了。”

李相浮郑重地点头：“然后鬼发现我细皮嫩肉，转而附到我身上了。”

“我的皮肤也很细腻！”

在和她聊天的过程中，李相浮旁敲侧击地问了很多关于初中老师的信息。之后他专门去了一趟学校，借口感恩打听老师如今在哪里，却得到一个意想不到的结果。

“唉，他精神出了问题，现在躲在山里不敢见人。”这种事至少在未来十年内，都能成为同事间的谈资。

李相浮又聊了一会儿，下午还专门被校长请吃了顿饭，试探他们家有没有捐栋楼的意思。李相浮随便应付了几句，整理了一下八卦得来的信息，开始在地图上搜索。确定那是市郊的一座山，他便打电话给秦晋，盛情邀请他去转一转。

秦晋应了下来：“我工作结束最早也要到六点半。”

李相浮看了看时间，现在是五点多，不需要等多久，报出自己的方位后道："那我在附近转转。"

说是六点半下班，实际六点秦晋已经到了。

李相浮挑眉："翘班？"

秦晋："偶尔也得享受一下老板的权利。"

负责开车的是外国保镖，经过一段时间的休养，他腰上的伤早已好了，迫不及待地上岗。山林里阴森森的，还有废弃的电网，几只鸟雀飞过，隔着段距离都能听到翅膀扑扇的声音。保镖警惕地盯着两边，看了眼后视镜说："老板，这座山特别大，最好再叫上几个人。"

得到秦晋的允许后，保镖打电话给亲弟弟，叫他尽快带人赶过来。

八卦信息有限，李相浮也说不准那位老师具体住哪里，只能让外国保镖沿着陡峭的山路在外围转悠，看看周围有没有房屋。秋季末，天黑得又十分早，能见度不足，车速放得更慢。

李老爷子见李相浮突然外出不归，秦晋也没有回来，打了通电话过去："你在哪儿？"

担心说在深山老林里让对方不放心，李相浮扯谎道："在外面吃消夜。"

李老爷子："开个定位，咱爷儿俩共享一下实时位置。"

"……"现代科技害死人。

李老爷子连珠炮似的又问："秦晋是不是和你在一起？"

李相浮担心说不在他会再打电话让秦晋共享位置，坦诚地道："是的。"

"你们两个人到底在哪儿？"李老爷子深吸一口气，赶在李相浮说话前缓缓地道，"说实话。"

李相浮只得实话实说："我们开车进山了。"

李老爷子冷笑："你以为我会信？"

李相浮这次主动分享了定位，确实是在荒山野岭。

"老板，前方好像有东西。"

外国保镖突如其来的一句话让李相浮抬头跟着望去，只见密林掩映下露出半截墨色的屋檐，幸好是秋季，树叶稀疏，搁在平时单靠着车灯照亮，他们未必能注意到。

"爸，我回头再跟你说。"李相浮挂断电话，看了秦晋一眼，后者明白他的意思，点了点头，对保镖说："开近点儿。"

车子又往前行驶了不到十米，突然重重一晃，保镖从口袋里拿出便携式手电筒，首先确定两侧没有其他人，之后下车检查。

“车轱辘被扎破了，地面有钉子。”保镖一面说，一面取出日常备用的轮胎。

李相浮见状挑了挑眉：“够专业的。”

秦晋淡淡地道：“我的支票数字也很专业。”

保镖举起手电筒照了照前方：“地面每隔一段距离有人为放置的钉子，建议步行。”要是车轮胎再被扎破，可没有供他们继续更换的了。

秦晋没有异议，保镖在最前面带路，因为要注意脚下的钉子，一行人步行速度很慢。

“这是造了什么冤孽，这人这么有警觉性？”保镖小心看路，同时摇了摇头。

终于，一行人抬头可见屋子的全貌。现在这种小平房在电视上才能见到，至少这座寸土寸金的城市里，几乎所有的平房都已经被拆除。一位中年便已头发灰白的男子，正站在门口高举手机，似乎是在找信号。

李相浮双目一眯，很好，对方还知道玩手机，说明外人所说的精神失常有很大的水分。

“孔永贵。”李相浮试着叫了声打听来的名字。

男子回头，一脸纳闷警惕地盯着他：“你是……？”

不久前见面，施灿的三言两语透露了很多信息，李相浮对这位毫无印象的老师并无太好的观感。

“我是李相浮，”他故意死死注视着对方的脸，不放过任何一丝神情变化，“老师，你不记得我了吗？”

早在他开口说第一句话时，孔永贵就像是见了鬼一样不住后退，“你……你来做什么？”

李相浮微笑道：“算账。”他本想诈一诈对方，谁知话还没说完，孔永贵便快速冲进屋内，再出来时肩上扛着一把弩箭。

保镖眼皮一跳，近身搏斗他可以，躲避弩箭也可以，但要同时让箭矢不射中身后的两个人，是天方夜谭。

好在李相浮和秦晋都挺能打，这东西似乎是自制的，准头和射程都不行。

孔永贵紧张过头，像是拿着一把大刀在胡乱甩，一连按了几次扳机。他害怕的是李相浮，数发箭全冲着李相浮射过来，耳边两道嗖嗖的风声闪过，但第三发箭李相浮没来得及调整角度避开。

秦晋拉着他往侧面一倒，保镖趁机一脚踹翻了惊慌失措的孔永贵，回过头问：“老板，没事吧？”

秦晋望了眼自己被蹭破的口子，估摸着伤口不深，应该不用缝针。

保镖在这里守着防止人跑掉，李相浮负责开车带秦晋去医院。

两个人走到半路，李老爷子的电话又打过来，李相浮看了一眼，因为在开车直接按断了。

事发突然，他忽略了一件事，手机还处在分享位置的状态。别墅内李老爷子盯着地图上的小红点，眼睁睁地看着他们从荒山野岭进入了市区，最终停在第五人民医院门口。

“……”李老爷子打了五六个电话，无一不是被挂断。

李相浮不方便接听，秦晋一只手按着胳膊上的伤口，同样暂时没办法做抬起胳膊的动作。

李老爷子换鞋的时候引起了李戏春的注意：“爸，这么晚了你去哪里？”

“医院。”他显然无心过多解释，见李戏春有跟上来的意思，摆了摆手，“晚上你就不要去了。”

最终是李怀尘拿起了车钥匙：“我来开车。”

这个点儿医院人不多，只能挂急诊，但该有的流程还是不能少，李相浮去窗口缴费时才发现定位一直开着，连忙手动关闭，扫码付钱。伤口无论大小，只要见血了都挺吓人，医生看出是被利器划伤，询问道：“怎么伤到的？”

秦晋没说实话，面不改色地道：“碰上了个玩危险器具的熊孩子。”

医生顿时一脸同情之色。

处理伤口的过程瞧着就很疼，医生驾轻就熟地包扎好伤口，秦晋刚放下袖子，李老爷子的身影猝不及防地出现。李老爷子看到坐在医生面前的是秦晋，猜测受伤的是他，已经放下一半心。不是自己的孩子不心疼，李老爷子很好地贯彻了这句话。

李相浮很清楚他在想什么，不好让秦晋白白遭罪，解释说：“他是帮我挡了一下才受的伤。”

“挡？”李老爷子闻言微微一怔，“这是伤在哪里？”视觉死角，他看不到秦晋胳膊上的伤口。

科室里不方便说太多，两个人来到走廊上，李相浮才继续开口道：“我听说初中时的班主任独居深山过得很不好，便想着去看看，谁知道他精神失常兼有被害妄想症。”

李老爷子听得头痛，谢师恩差点儿被老师打死，这都是什么糟心事？

为保险起见，秦晋打了破伤风针，只是不知是不是受凉，回去的路上

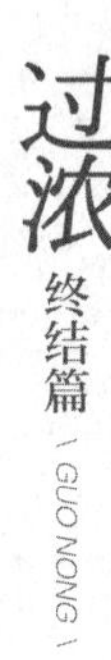

开始微微发热。

李相浮还不知道孔永贵那边是什么情况，现在也无暇顾及。

耷拉着眼皮，似在闭目养神的秦晋突然眯着眼说道：“不用管我，那边人也到齐了，你想问什么现在是最好的时候。”

车得有人开回去，只载了秦晋一人，双方说话不需要太顾忌。

李相浮看了他一眼，皱了皱眉：“不急于这一时。”

“夜长梦多。”秦晋双臂交叉靠在后座上，说出这四个字，随后道：“就在这里把我放下，我坐后面那辆车。”

李相浮最终还是采纳了他的建议，虽说是孔永贵伤人在先，但是让一群保镖始终把人看在那里，也不合适。

李怀尘的车在后面，目睹李相浮掉头走人，李怀尘不禁挑了挑眉。

秦晋招了招没受伤的那只胳膊，用前方有电子拍照为由没让李相浮打电话，此刻面色憔悴地站在路边，箭矢划破的衣袖被夜风吹得鼓动，一时间竟显出几分狼狈的样子。

“怎么回事？”李怀尘把车停在路边，问话的却是李老爷子。

“他临时有急事。”一阵风吹来，秦晋握拳抵着嘴咳嗽了好几声。

这样强势的人物一旦显露出几分孱弱，总是更容易激发人的同情心。李老爷子在这点上不能免俗，秦晋好歹是为了救自家儿子受的伤，如今临时被撇在半路上，他这个当爹的还真有几分愧对之意。

一步三咳嗽，手指轻轻在太阳穴上按揉，秦晋这种状态一直持续到回别墅。

李沙沙正在看教育频道，一抬眼瞧见对方这副模样，眼睛一亮：“这演技好，话剧绝对能成功。”他显然还在想着那个卖身葬父的话剧表演。

秦晋淡淡瞥他一眼，坐下前先扶了下椅背。

李老爷子这次没有站在孙子这边，不赞同地说了句：“别闹，他这伤可是为了救你爸受的。”

“……”李沙沙恨自己长了一双慧眼，却没有在李相浮的“点化”下修来被佛光普照过的心肠。可惜他那人间清醒的爸爸这个时候并不在家，这些吐槽李沙沙只能憋在心里。

李相浮这时已经重新回到了山林里，前方有一处很明显的光源，驱散了夜间山林的恐怖气氛。

孔永贵被人看守在屋内，虽说没被束缚住手脚，但旁边站着两个壮实的保镖，他一动也不敢动。见到李相浮来了，他立时抖得跟个筛子一样。

不做亏心事不怕鬼敲门，李相浮意识到自己在对方心里就是这个“鬼”。从精神不稳定的人嘴里一点点套话，过于劳心劳力，且多说多错，万一被发现自己没了那段记忆，指不定还要被钻空子。

李相浮：“凭你之前的所作所为，够在精神病医院里度过美满的下半生。”他一字一顿，特地强调了一下“美满”二字。

孔永贵嘴唇颤抖，仿佛李相浮的威胁下一刻就会作数。

目光在屋内转了一圈，李相浮从柜子上取出纸和笔，随后放在孔永贵面前。

“学生时代犯错，老师都会让写检讨，”他微微一笑，“你也写一份，反思得好能让我感觉到你在诚心悔过，可以既往不咎。”

孔永贵将信将疑地道：“真的？”

李相浮神情一冷：“如果自我剖析做得不到位，风里雨里精神病医院等着你。”他一向守诺，只是这个既往不咎的“往”，只截止到初中时期，先前对方妄想用弩箭伤人就是另一笔账了。

李相浮在这里，孔永贵的胳膊一直抖着写不下去。

李相浮见状只好出去，琢磨着当初自己是不是做了一些事，在对方心中留下了不可磨灭的阴影。预计一时半会儿孔永贵也写不完，李相浮没有继续守在这里，临走前对保镖交代道：“他写的东西不要让任何人看到，包括你们。”

保密性和服从性是这个行业基本的职业道德，外国保镖点了点头：“放心。”

一番折腾下来，李相浮回到家中已经快要过零点。客厅内十分安静，众人瞧着已经歇下了。等他上到二楼，微弱的光芒正从李沙沙的房间门缝里透出来。

李相浮敲了敲门。

“请进。”

“这么晚不睡在干什么？”

李沙沙抬起头：“写话剧剧本。”涉及文字理论的东西，他一向追求十全十美。

李相浮走过去，拿起剧本看了看，当即嘴角一抽：“好歹把字写得有棱角些。”过于四四方方的宋体，乍一看就跟打印出来的一样。

李沙沙虚心接受建议，点了点头。

他想了想，问道：“我们什么时候排练话剧？我想把它当作我的银幕处女作。”

“……”

“天才儿童的名声让我以后可能要管理集团，为了逃脱命运，我必须在其他行业崭露头角。”

想到卖身葬父的剧情，李相浮头痛：“大概演演就行。”

“不能将就，”李沙沙认真地道，“爷爷很支持我的导演梦，说等到话剧表演那天，会请一堆亲朋好友过来捧场。”

“……”李相浮突然就想辞演了。

/ 第八章 /

秦晋的烧在第二天就退了。他没有再心血来潮地继续装柔弱，因为赶上周末在庭院里休息，神情中透露出一丝惬意。任何东西有了特别的意义后，看着感觉也就格外不同。从前秦晋和其他人一样，嫌弃过分浓艳的花朵，如今瞧着嘴角却能勾起一抹微笑。

李相浮搬琴下来时，视线在脸上有着淡淡笑意的秦晋身上多停留了一秒。

两人都没开口。

静谧的氛围被一阵铃响终结。

秦晋坐直了些，几乎没说话，只是随便用了单音节的语气词推动对面的人说下去，不超过一分钟，主动结束了通话。

见通话主动权全部掌握在他手里，李相浮以为是保镖来电，便问：“孔永贵那边有消息了？”

不知道在想什么，秦晋反应慢了几秒，后知后觉地哦了一声，说：“还没有，中途他还想着借上厕所逃走。”

李相浮听了这话也不觉得着急，孔永贵不像是心理素质好的人，用不了几天估计就会放弃挣扎。

秦晋在他面前不会特意掩饰情绪，眼中因为赏花聚的光散去不少，取而代之的是有些骇人的阴郁。

李相浮问："公司出了问题？"

这话说得他自己都不信，前几天他才在新闻上看到秦晋的公司新开发出一种计算手段，市值预估会再增30%。

"是我母亲。"

"……"

秦晋从未提过生母，李相浮一度认为秦晋的母亲已经去世，才会让他闭口不谈。感同身受的前提往往是同病相怜，李相浮很快明白在秦晋的成长过程中，母亲这一角色并未占有多少比重。一时间他不知道是该继续问下去，还是肤浅地转移话题。

"没什么可避讳的。"秦晋的语气很平淡，简单得就像是在探讨今天天气如何，"她酗酒，搞过传销，还喜欢赌博。后来和我爸离婚时，她要走了家里的全部财产。"

李相浮怔了怔："你爸也乐意？"

秦晋点头："条件是她放弃我的抚养权。"其实这根本不算是条件，以那个女人的自私自利，她绝对不会要一个拖油瓶。

闻言李相浮几乎不用想，就能推测出对方打电话的目的："问你要钱？"

秦晋嗤笑了一声："不然还能为什么？"

李相浮啧了一声："你发家早，她竟然才找上门。"

"之前她隐瞒婚史，嫁了个富豪，"秦晋缓缓地道，"私下张口被我拒绝几次后，担心两头占不着，就没怎么纠缠。"

李相浮听到"之前"这个限定词，颇为同情地道："现在呢？"

秦晋眉峰一动，偏过头看他，对视间，两个人竟同时笑着摇了下头。

不外乎是财产被挥霍一空，她现在又想捡起这头。再浮躁的心思在悠扬的琴音下多少能得到纾解，李相浮开始弹一首《解新愁》，意境阔达，秦晋坐在一边微眯着眼，渐渐被代入琴音打造出的世界。

"问君能有几多愁……"李沙沙听到琴音，负手走入院中，以一首诗为引子，开始了他的长篇大论。

秦晋原本可能只有一分无奈，在他各种引经据典地灌输心灵鸡汤下，再看天空都是灰色的。

李相浮斜眼望过去，李沙沙语调逐渐减弱，随后彻底终结这个话题，将两本打印好的小册子分别放在二人面前："这是剧本。"

两个人随手一翻，忽视剧情其他方面都很合格，连个标点符号都挑不出错。

以李相浮和秦晋的记忆力，演出前一晚他们再背台词都没问题，但李沙沙来自然不是为了只给剧本。

一来秦晋并未明确答应过参与表演，趁着李相浮在，李沙沙料想他会给几分薄面，事实佐证了这个猜想。

秦晋并未把剧本扔回来，李沙沙便当作对方是默认参演，再者他就是为了“拉赞助”：“爸爸，我需要专门定制的演出服装。”

“好。”他答应得这么干脆，倒让李沙沙变得不确定了，“你是不是在外面做了对不起我的事情？”

搭档多年，哪怕他是面瘫脸，李相浮也能一眼判断出李沙沙在想什么：“本月零用钱减半。”

“是要用来养弟弟妹妹吗？”

李相浮：“减三分之二。”

“西塞罗曾说每个人都会犯错误，但只有愚人知错不改，爸爸，我知道错了。”

李相浮起身准备把琴放回去，回头说：“你可以去换鞋了，现在出门还能赶上吃午饭。”

李沙沙等他离开庭院后，仍旧处于站在原地不动的状态。良久，他看向秦晋：“我观你天庭饱满，未来感情应该会非常顺利……”

秦晋：“说重点。”

李沙沙：“我想要零花钱。”

秋季天凉，李相浮将薄外套换成了风衣。他身材修长，刚好能撑起来，没有被过长的风衣压个子。

出门时李沙沙脚步轻快，李相浮看了下他鼓囊囊的口袋，挑眉嗯了一声。

“就两千块。”李沙沙连忙道，“现在都刷卡，秦晋也没更多现金给我。”

李相浮没没收他凭本事要来的零花钱，叹了口气，提起服装的事情：“我二哥推荐了一个不错的裁缝，只接量身定制的活计，正好我也要定一套正装。”家里唯一的一套正装布料偏轻薄，不适合秋季宴会穿。

李沙沙问：“有重要活动？”

李相浮：“都是没意思的私人宴会。”最近这样的宴会多了起来，老一辈人逐渐淡出公司管理层，顺理成章地开始牵线搭桥让小辈们交流。还有一部分人则是纯粹喜欢热闹，显示一下存在感。李相浮忽然想到秦晋当时没有打包多少行李入住，便打电话问他需不需要定做衣服。

说了会儿话后挂断电话时，李相浮注意到李沙沙的眼神："怎么了？"

李沙沙："我没见你这么关心过别人。"

李相浮收起手机，看向前方的一栋建筑说："到了。"

非工作日，秦晋索性开车准备回去拿点儿东西。远远地他就瞧见一个女人正在被保安往外面赶："你要再这样，我可就报警了。"

"你知道我是谁吗？我可是秦晋他妈妈！"

保安无动于衷。他在这里干过多年，早就习惯扮恶人。这年代谁家没几个极品亲戚？住户不方便应付的都提前跟保安打过招呼，以管理森严为由不让外人进入。

秦晋很早以前就说过"我没亲人"，只四个字保安就明白该怎么做。

女人还想大吵大闹，余光看到一辆豪车下意识地消停了。

秦晋并未掉头就走，反而将车子开过去摇下车窗。保安这时已经识趣地回到值班的房子里，女人看到秦晋激动地叫了声："儿子。"

秦晋的长相随生母多，女人名叫蒙琼，很漂亮，不难看出年轻时也是个大美人。她这些年保养得不错，扒在车窗上，露出来的手腕纤细白皙。很难想象就是这么柔弱的身躯，当年她会喜欢拿棍棒打人发泄，有一次秦晋险些被她打断腿。

秦晋懒得浪费口舌，直言道："我会按照最低标准将赡养费打给你，其余时间勿扰。"

从他眼底的冷淡神色知晓打感情牌无用，蒙琼低声道："你现在可是名人，如果我把这件事报给媒体……"

"随意。"秦晋重新将车子往前开，蒙琼险些摔倒，花容失色下骂骂咧咧，然而回应她的只有车尾气。

从后视镜里瞥见蒙琼追着车子骂的身影，秦晋眯了眯眼。对方好歹当了多年的阔太太，基本仪态还是能装出来的，不至于公然骂街。他打通秘书的电话："帮我找人调查一下，是谁在背后怂恿我母亲来闹。"

秘书言简意赅地道："好，我尽快。"

蒙琼的出现并未在秦晋的生活中激起多少水花，单是偶尔的饭局和工作已经占用他的大部分时间，最近他还要想办法让孔永贵那边开口。唯一能算上空闲的，反而是今天的晚宴。

李相浮同样受邀前来。寄请帖的人很聪明，邀请函是发给李老爷子的，主语是“您及家人”，说白了谁有空谁来。对方这么客气，李老爷子自然也得买几分薄面，因为平日交集不多，直接打发家里最无所事事的李相浮过来。

李相浮偶尔和人碰一下杯，状态有些游离。

室内温暖如春，外面夜风却吹得人有些冷。

蒙琼有些紧张，所幸查验邀请函的人只是匆匆一瞥。毕竟她长相气质佳，又有人专门置办了行头。

“祝您有个愉快的夜晚。”侍者微微欠身说道。

蒙琼松了口气，进入内场前，脚步放缓看到新来的转账短信，原本的迟疑神色逐渐变得坚定，丢人哪有拿钱实在？雇主打来电话，蒙琼小心走到角落接通。

“闹得越大越好。”那边的人只说了一句话。

蒙琼感慨现在年轻人做事不顾后果，自己当年都比不过。反正让她出一大笔钱只为了给人难堪，她自问做不到。被她吐槽的人若是知道她的想法，估计只会发出轻蔑的笑声。这人敢这么做，自然是知道名下的财产很快会被冻结，还不如赶在这之前彻底发泄一下心底的郁气。

蒙琼提着裙摆步入内场，或许母子间真的存在某种心灵感应，至少正在被恭维的秦晋似乎感觉到什么，抬起头看了这边一眼。然而他就跟瞧见空气一般，不以为意地移开了视线。

蒙琼本担心被赶出去，准备大吼大叫立马开始行动，这一下反而有些被动。不过想到事成后的尾款，她当即心一横，绕过碰杯的人冲了过去，粗俗的举止让差点儿被撞到的人直皱眉。

“秦晋！”心虚让她有些底气不足，她只能用尖厉的声音撑起气势，“可真有你的，连亲妈的死活都不管！”蒙琼看向周围的人，“你们都看看，这位大名鼎鼎的秦氏集团创始人，每个月只给自己的亲生母亲一千块钱。”为防止秦晋开口解释，她一口气又说了很多话，泪水模糊了妆容，“你小时候我还偷偷去看过你不少次，因为和你父亲的协议，才一直不敢露面。”

有一个人在这时主动站出来说：“只生不养，阿姨，秦先生已经很仁慈了，要是我的话就是一千块钱也不愿意出。”

晚宴举办人走过来亲自给秦晋道歉，表示外面的人工作不到位，同时感叹："听我太爷爷说，当年他的母亲为了让他求学，一个人兼职三份工，这是何等不易伟大？同样为人母，您该感到汗颜。"

"……"

晚宴举办人想让保安把人请离，又觉得不太合适，毕竟她还是秦晋名义上的母亲。一个"地中海"特别有眼力见儿，主动道："正好我要去外面接个人，顺便送她出去。"

蒙琼起初不愿意走，李相浮靠近在她耳边轻声道："得罪一个人不要紧，你把这里的人都得罪光了，估计以后的路会很不好走。"语毕他直起腰向人借笔写下一串数字，用平日里的声调说："太晚了路上不安全，这是我司机的电话，他可以送你回去。"

一出门，被冷风吹过，蒙琼身上起了一层鸡皮疙瘩。直到现在她还处于半失神状态。急促的呼吸下，蒙琼突然拉住旁边一脸不耐烦的"地中海"的袖子："你们不觉得他不孝吗？他连亲妈都不管。"

"地中海"是个没什么文化的暴发户，开口直接称呼她为大婶："那你来这里做什么？还不是为了要钱？"

蒙琼想反驳又没话说。

"只要能和他合作上，他怎样都跟我没关系。""地中海"满面红光地说，"大婶，众生平等，你自己是个见钱眼开的，也得允许我们是这样的人。"

"……"

蒙琼一个人站在原地，礼裙单薄，她被冻得直哆嗦，准备走一步看一步，先回去再说。

她拨打李相浮留下的司机的电话，结果屏幕上突然跳出秦晋的名字。她再一核对，这就是秦晋的电话。

"畜生。"

内场。

宾客心中不可能没有惊疑，但均刻意地收回打量的视线。

李相浮淡定地和秦晋说着话。

秦晋眼底的一丝阴郁之色随着蒙琼的离场而消退，他挑眉笑道："我怎么不知道你还有个司机？"

"御用的，价格很贵，平时不轻易露面。"

秦晋意味深长地看了他一眼："是吗？"

李相浮点头："当然。"

先前的闹剧在众人的识趣下逐渐淡去，按照晚宴的流程，众人有目的地进行着搭讪。

右边有来宾在弹钢琴，两个人并肩走到近处，钢琴声掩盖住了说话的声音。

李相浮在阴谋诡计上也是相当通透的，轻而易举就看出蒙琼是受人指使，否则不会闹出这么大的动静："猜猜幕后指使者是谁，梨棠棠还是苏桃？"

秦晋没立刻回答，先问："赌注是什么？"

李相浮沉吟片刻说道："赢的一方可以任意向另一方提出一个要求。"

具体范畴他没多说，双方都是有分寸的，自然不可能说出"把你的公司给我""当众学狗叫"这种不入流的条件。

秦晋："先手权在谁那里？"

拿到先手权的人毫无疑问更有优势。

摇色子李相浮不是秦晋的对手，他想了想试探地问："尊老爱幼孔融让梨，年纪小的先来？"

秦晋看着他没说话。

李相浮轻咳一声："猜拳吧。"

今晚的幸运女神站在了李相浮这边，都不需要第三局，前两轮他绝对压制。

"梨棠棠。"

秦晋目光一动，以李相浮的洞察力，不会看不出苏桃的可能性更大。

不知是不是出于上次被秦晋让了一回的缘故，李相浮故意挑选了极可能输的答案，微微仰着下巴，一副难得高傲的姿态，仿佛在说"让给你"。

秦晋失笑摇头。

"早几天我已经让秘书去查，很快会有答案。"

不过两个人心中已然有了结论，应该是苏桃没跑。

此刻，苏桃一个人待在封闭的房间中。

她没特别遮掩和蒙琼的联系，甚至隐隐期待秦晋早些发现，然后对自己展开报复，试图从近乎自虐般的举动中获得一种快感。

"十年，还是二十年……"她望着墙壁喃喃出声。

目前苏桃欠着不少外债，那天和李相浮交谈完，她便知道短时间内见不到秦伽玉了。既然如此，哪怕是坐几年牢她也无所谓。李相浮成日里宅在家中，她不好对付，能给秦晋添堵也挺有趣。手机屏幕亮起，打断了她的自言自语。

“失败了。”蒙琼的第一句话就给了苏桃当头一棒。

倒不是蒙琼不想编个谎话圆过去，奈何参加宴会的人多，苏桃随便一打听也知道具体发生了什么。

苏桃脸色一沉：“你被保安发现了？”

“倒不是，就是不管我怎么闹周围的人都无动于衷。”蒙琼无奈地道。

“……”

孔永贵那边有秦晋负责安排，李相浮乐得做个甩手掌柜。

按道理他本应过上悠闲自在的日子，最近却被困于人情往来。

从早上起，有段时间没联系的卞式沁打来电话，很不好意思地提出能不能请他暂时扮演一个月的男友，这已经不是李相浮第一次接到类似的电话。

他干脆地拒绝道：“抱歉。”

卞式沁就知道他的决定，八面玲珑地道：“别放在心上，我就是随口一提。”

“好。”

一前一后的两声叹息先后发出。

李相浮愣了一下，一抬头，瞧见刚刚发出叹息的另外一个人。

“是不是画廊有什么问题？”

李戏春摇头：“同一个世界，同一个爸妈。”

李相浮顿悟，父母催婚的兴致随着儿女年龄的增长也在与日俱增。

“你可以好好和爸谈谈。”

李戏春耸了耸肩：“没用，这次我妈也加入了阵营。”

李相浮打从记事起就没见过几次李老爷子的第一任夫人，陶怀袖似乎还挺欣赏对方，称赞过一句“很有事业心，也很有野心”。总之，那必然是个很强势的女人。想到这里，他有些同情地看向李戏春：“怎么不去催二哥？”

李戏春耸了耸肩：“老一辈人的想法，她怕我以后想要孩子的时候过了年龄。”偏偏对着母亲，她不能像对待父亲一样据理力争。

李相浮知道她这是在顾忌什么。他原本还应该有个姐姐，可惜那个孩子得了一种罕见的疾病，没活几岁，从那之后，李老爷子的第一任夫人时不时就要去做一次心理疏导。

李戏春无奈地在他旁边坐下："你主意多，有没有想法？"

李相浮现在是泥菩萨过江，正要摇头，忽然抿了下唇，重新考虑起来："其实只要显露出态度就够了。"

李戏春感兴趣地问："什么态度？"

李相浮小声说了句话。

李戏春惊讶地道："比武招亲？"她连忙摆手，"这可不成。"年轻人容易冲动，万一真闹出事才叫麻烦。

李相浮摇头："舞。"说着他伸展胳膊比画了两下。

李戏春嘴角一抽："比舞招亲？"

李相浮点头。

李戏春狠狠地闭了闭眼，脑海中浮现对方极速旋转上演信仰之跃的画面，张开嘴却死活说不出一个字。

"我身边正好也有不少受催婚困扰的朋友，这个活动刚好能满足不少抗拒相亲又想交朋友的人。"

李戏春嘴角一抽："你确定有人会参加？"

李相浮："我前一次的舞蹈给他们留下了深刻的印象，这活动听着就不正经，符合娱乐性质。"找不到合眼缘的人可以推脱说是去凑个热闹而已，又不损失什么，何乐而不为？说着他仰头看了看头顶的水晶吊灯，觉着"电动小陀螺"这个称号着实不太文雅，是时候摆脱了。

"不如就举办一期以狂热探戈为主题的舞会？"

李戏春感觉一言难尽："现实点儿，有理智的人都不会到场。"

李相浮微微一笑，拍胸口承诺："交给我。"他停顿了一下又道："等到舞会快结束时，作为主办方我亲自献舞一曲，就跳高难度的优美古典舞，有了前面那些'群魔乱舞'，我能惊艳全场。"

气氛突然有些凝固，良久，李戏春才动了几下唇瓣："小弟。"

"嗯？"

"别让爸白发人送黑发人。"

她怕李相浮在现场被活活打死。

李相浮在图谋着"洗白"计划，深山野岭中，孔永贵却在被迫写悔过信。早在两天前他就已经受不了被人盯着的生活，敷衍着写了一封。

保镖第一时间通知了秦晋，看出其中的敷衍之意，秦晋不带情绪地轻笑了一声，坐在桌边的孔永贵只觉得浑身发凉。

看完通篇不足三千字的悔过信，秦晋目光转冷："既然你静不下心来，那就写自传好了。"

事到如今，孔永贵哪能看不出来对方是在戏耍折磨自己？他当即拍案而起："不可……"

秦晋平静地打断他的话："制作弩箭故意伤人，够吃几年牢饭？"

孔永贵没了先前的气势，软趴趴地坐下。

秦晋准备离开，外国保镖见他才进屋子又出来，愣了："老板，要我开车不？"

"不用，我不回公司。"

保镖再次进行确定。以秦晋的身份，他出门在外还是带个保镖稳妥。

秦晋转过身："我去彩排话剧，不需要人跟。"

保镖愣了愣，壮着胆子问了一句："请问您在剧里扮演什么角色？"

"被银子意外砸死的国师。"

"……"在哪里？他愿意花钱去看。

剧目还需要不少群众演员，是要演因为被李相浮的美貌惊艳到砸银子想买尸体的，纸糊的金元宝等道具都已经做好，十分逼真，奈何群众演员还没下落。

秦晋难得没主动揽事情，直言道："和我有仇的人太多，你来找。"他怕在台上被砸死。

李相浮想了想："'筱筱'的追求者们可以派上用场。"

秦晋："……"

傍晚，趁着全家人吃饭的工夫，李相浮缓缓地说出了比舞招亲一事。尽管早有耳闻，李戏春听了仍旧眼皮一颤，下意识地去看秦晋，然而对方并无特别的反应。

举办活动自然要用场地，李相浮准备就在家里办，省钱。

考虑到比舞招亲的"亲"字，这本质就是一场大型联谊活动，李老爷子同意了，并且特意叮嘱李怀尘等人："到时候你们都得参加捧场。"

李怀尘淡淡地道："大型探戈舞会，爸，你确定？"

"有什么不确定的？我觉得挺好。"虽然一想到李相浮旋转的画面，李老爷子备感头痛。

李相浮和李沙沙有着相似之处，做事前喜欢未雨绸缪。为了确保活动顺利进行，李相浮先是联系了刘宇，让对方帮忙吆喝一嗓子，随后又找了卞式沁，“小公主”的称号不是白来的，她答应来参加后，吸引了不少年轻俊杰，甚至有托关系主动问李相浮要邀请函的。

“搞得还挺正式。”李戏春看到桌上堆着一沓邀请函，挑了挑眉，“居然舍得花钱弄定制。”

邀请函做得十分体面，漂亮的镀金字印在卡面上，显得很有质感。她打开一看，顿时乐了：“玩法介绍？”内部除了客套的邀请词，详细介绍了比舞的玩法：每名来客进门时都会拿到一个小篮子和两朵玫瑰花，舞会上收到玫瑰花最多的人就是“舞王”。

今天事情不多，核对完邀请函，李相浮抽空去了一趟山里。

孔永贵看到李相浮，下意识地眼神闪烁，不知曾经做了多少亏心事。本子上的字迹很潦草，有些似乎是有意为之，写得让人看不懂，李相浮翻了两页，坐在孔永贵对面。孔永贵因为警觉身体僵硬，对面的人和秦晋对比更令他害怕。秦晋那种冷是骨子里透出来的，李相浮却很生动，往往上一秒还在温柔笑着，下一秒就开始给人挖坑，关于这点儿孔永贵很多年前便领教过。

李相浮一时半会儿没有说话，空气都随之安静下来。在那些潦草到模糊的字迹中，有些词句足够引人深思，譬如“减轻处罚”“转移宿主”等。沉思片刻，李相浮突然一言不发地起身离开，这种状态更叫孔永贵捉摸不定。实则李相浮是想到一种更直接的法子，与其让孔永贵天天写小作文，不妨领李沙沙过来见他一面，兴许会有不同的发现。

回到车上，电话刚一接通，李沙沙抢先一步夺过话语权：“爸爸，早点儿回来和我对台词。”

李相浮轻叹一声，打消了立刻接对方来的想法：“知道了。”考虑到李沙沙如今全身心投入在话剧上，这次见面还是定在话剧表演结束后比较稳妥。

一晃多日过去，快要接近秋季尾声，白天越来越短，人们还没有察觉时间便已经流逝了大半。今晚李家豪宅布置得张灯结彩，远远瞧着颇为喜庆，不知道的人还以为是在过年。

“不是我说，爸的审美永远很传统。”李戏春穿着一袭红裙，裙摆刚好过膝盖，望着比裙子颜色更艳丽的红灯笼，很是无奈。

李相浮同样失笑：“我们早该有心理准备。”记得小时候李老爷子过年还会给李戏春绑红头绳，让家里的男孩穿着绣满“福”字的红袄子。他现在想来，那小袄子像极了寿衣，简直是人间的噩梦。

活动八点开始，七点半左右人差不多已经来齐。外面的停车坪上停满了豪车，俊男美女浅笑着交谈，在临时雇的侍者的引领下走进大门。比舞招亲的场地定在庭院里，位置足够宽阔，李老爷子临时找人又安了两个音乐喷泉。喷溅出的水流在绚丽的灯光下呈现出立体效果，音乐一旦切换，水柱造型也开始千变万化。最吸引人眼球的要数左侧的投影，来自李相浮提前录制好的一段跳舞视频，单人上演激情旋转的斗牛舞。

“……”来宾看得目瞪口呆。

刘宇说道：“不愧是他。”

李相浮的这一招很妙，活动的本质还是联谊，众人到底有些尴尬，尤其是以探戈为主题而不是传统的华尔兹，大家心中也有几分害怕出丑的担忧和不悦。然而这一切全部轻而易举地在重复播放的投影上被化解：那在半空中来回交叠的双腿，和屏幕左侧“舞出我人生”的几个大字，让人再也找不到比这更值得吐槽的内容。

“欲扬先抑，心太黑了。”自认已经看穿一切的李戏春发现宾客一个个松口气的样子，啧了一声，“天真。”

作为活动的举办人，李相浮一出现，立马有人起哄：“来一支开场舞！”

李相浮伸出一根手指摇了摇，半开玩笑道：“你们先来，我殿后。”

李相浮话锋一转，继续说道：“玩法已经在邀请函中说过，就看今晚是哪位‘勇士’来开场？”他本以为要等半分钟，不承想一个声音随之传来——

“借过，让我装一下。”刘宇嘻嘻哈哈地走到最前面，“我来。”

整个过程丝毫不带犹豫的，他上来前已经邀请了一位相熟的女士做临时舞伴跳开场舞。在众多交际舞中，探戈以热情和多变闻名，但跳这种舞有着一些无形的要求，技术、身材、穿着……甚至发型都会影响到观感，哪一方面稍微逊色了些，容易从奔放转到喜剧效果。刘宇足够放得开，虽然有些街舞的底子，但确实不擅长跳探戈。和他跳舞的女伴身材窈窕，还算标准，一来一去凸显出了刘宇的滑稽。他越是搞笑，起哄声越多，还有鼓掌和吹口哨的声音。一曲结束，刘宇从容地摆了摆手，还扭了两下身子，起到了很好的暖场效果：“请把花献给我！”

开场舞效果加持，他真收获了十几枝花。

一旁的李怀尘见状都不免摇头："这人已经具备一个成功商人的素质。"

李戏春就站在他身边，问："精明？"

李怀尘侧过脸，摇头道："脸皮够厚。"有些人虽然过于圆滑，让人不敢深交，但用处很大，就拿这个活动来说，没有人暖场气氛会降至冰点。

很快又有一个小胖子在起哄声中争夺"舞王"。年轻人血气方刚，硬是将探戈玩出了夜店的氛围。刚开始大家还有点儿样子，到后面跳成什么形象的都有，有像蹁跹蝴蝶的，有似扑棱蛾子的，还有人闹笑话直接被自己绊倒的。单人环节大约持续了半小时，获得花枝最多的是刘宇。他在众多艳羡的目光下邀请了卞式沁，后者也给足了他面子，没有拒绝。

房子隔音效果再好，也经不起这么闹腾，李老爷子今天没早睡，索性过来凑热闹。为了不让年轻人觉得不自在，他始终站在很外围的地方，并且催促李怀尘也去跳舞："看看安卿，都换了好几个人聊。"

李安卿早有先见之明，避免被念叨，一早就和人在一边说话。

李怀尘一语道破："估计是没人能坚持和他说上三句话。"

李安卿的语言艺术，着实无法形容。

李老爷子刚要说他两句，突然皱眉，视线四下游移寻找李相浮的身影："你弟弟人呢？"

李怀尘耸了耸肩，表示不知情。

李老爷子下意识地朝秦晋看去，然而李相浮也没跟他在一起，秦晋旁边站着的是李沙沙。

此刻李沙沙踮着脚，颇有翘首以待的意思。

丝毫没有被热闹的气氛感染到，秦晋倒是多看了李沙沙一眼："这么激动？"

几分钟前，李相浮说要上楼换身衣服，估计是为了跳舞做准备，从那时开始李沙沙便一直处于暗暗搓手的状态。

"你不懂。"李沙沙一脸憧憬。他自己虽然十项无能，但具有极高的审美能力。

言谈间李相浮终于再次出现。他换了一身很飘逸的衣服，长发用发带束着，看着松垮实则系得很紧。秦晋主动朝那边走了两步，看出对方是准备崭露头角，不禁似笑非笑地问："不怕被打死？"

李戏春如果在场，兴许会一改立场将他引为知己，这句话简直问出了她的心声。

“他们只会有无尽的遐想。”李相浮看准时机下场，夜风一吹，衣角飘起，显得人格外具有仙气。

场上的音乐换了，节奏感鲜明的舞曲换成了一首大气磅礴的古典音乐。先前跳得口干舌燥的宾客从旁边的餐车上取走饮料，准备边聊天边看表演。

秦晋今晚第一次认真关注人跳舞。他抬眼望去，视线竟然一瞬间有些模糊。白衫长发，李相浮的舞蹈刚柔并济，肢体每一次舒展就像是植物破土的瞬间，脆弱又充满力量。美本身是有限度的，不至于让每个人都目瞪口呆。可李相浮做到了，场上的人几乎个个心神失守。失神片刻后，秦晋很快清醒过来，拍醒了旁边一脸陶醉的李沙沙，正色问：“这是怎么回事？”

李沙沙才不管他能不能听懂，敷衍地说：“爸爸有一个‘永不谢幕’的称号。”

知道大意了，得尽早亡羊补牢，秦晋幽幽一叹，视线扫了一圈走到李老爷子身边：“太晚了容易扰民，沙沙也要调整作息时间，活动是不是该结束了？”

话音落下他久久没有听到回答，再一看对方压根没听他在说什么。李老爷子看得热血沸腾，像是在酒吧蹦迪的小年轻，高举双臂想要让气氛更加热烈：“儿啊，浪起来！”

“……”

月光和灯光交错，除了庭院里的人影，墙上还多了一只猫影。老猫眯着的一双眼终于睁开了，它双脚着地站了起来，胡须跟着节拍一抖一抖的，瞳仁里满是舞者的影子。

这只猫有够肥。

一首曲子不过三四分钟，秦晋特地查了一下时长，具体为三分四十秒。他略一迟疑，终究没去关掉音响，毕竟对正在跳舞的人来说，这有点儿不礼貌。

曲目终于到达尾声，李相浮清俊的容颜在月亮的光辉下，周围人看得目光灼热呼吸急促，迷乱人心智的舞者却从容不迫，画面极具讽刺感。

李相浮淡淡一扫，知道效果达成，从此之后他将彻底摆脱“电动小陀螺”的马甲，改被称为“白月光”。他跳完舞，借口身体不适提前离场，委托李安卿帮自己收尾。

李安卿走上前，漫不经心地说道：“我弟弟刚才在跳舞时被蚊子咬到脖子，他皮肤敏感，得回去擦药。”他有条不紊地进行着收尾工作，“让我们再次恭喜今晚的舞王，刘宇先生。”

掌声稀稀拉拉地响起，连刘宇本人都不在状态。他只模糊听到了掌声，身体本能地做出反应点头示意，直到活动结束真正坐进车里，才清醒过来。

已经洗完澡、松垮地穿着浴袍的李相浮轻喃了一句：“真是一个美好的夜晚。”月光太亮，今夜几乎瞧不见星星，它在独美，就和自己一样。被颇为自恋的想法逗笑，以至于有人敲门他去打开门时，唇边依旧泛着浅淡的笑意。

心智过于坚定的人，基本不受“永不谢幕”的影响。秦晋曾经遭受过折磨，在某方面可谓心冷如铁，没有被今晚的舞蹈迷惑心神。

李相浮见是他，转过身朝窗边走去，没有关门，传达出可以说上几句话的意思。

秦晋顺势走了进去：“收买我母亲的人已经找到了，是苏桃。”

李相浮并不意外，意外的是他还愿意用“母亲”这个称呼。

似乎看出这个想法，秦晋没什么表情地道：“好歹她给了我一条命。”

过去的人生中，他遭受的磨难不少，但也并非全是坎坷，有些细微之处的美好是流动的，可以填补一些沟壑。

“苏桃……”李相浮念了一遍这个名字，无奈地摇了摇头。

苏桃摆明了不怕被报复，更不畏惧坐牢。她的软肋是秦伽玉，如今这软肋也被自己送走了。

“看来你只能吃个哑巴亏。”李相浮失笑说。

秦晋：“已经有艺人在共同诉讼，外面也不乏催债的人。”

可以预计未来很长一段时间内，苏桃能消停些。

李相浮低笑了一声，问道：“赌约赢了，你想做什么？”

根据不久前的赌约，赢的一方可以向输的一方提出要求。

秦晋说道：“下个月我休年假，出去旅游如何？”

李相浮：“沙沙要开学了。”熊孩子没人看着不得上天？

秦晋：“那换个条件，不旅游，把李沙沙扔进寄宿学校。”

对心机和手段，秦晋向来运用自如，很清楚李相浮会做出什么选择。

李相浮没舍得把李沙沙扔进寄宿学校，同意了他的真正目的：“还是去旅游好了。”

目的达成，秦晋眼中还未浮现笑意，忽然皱了下眉。

李相浮听到一些异响，下一刻就听到李沙沙义正词严地喊道："爸爸，抓贼！"

李相浮愣神的工夫都不曾有，他快步走了出去。

书房内传出惨叫声，李沙沙正拿着棒球棒，很有气势地说："哪里来的鼠辈？"

对面的人没有还手，只是躲避，可见这人不是小偷，也没有什么作恶的想法。

李相浮看到这一幕，皱眉道："你怎么在这里？"随后他又凝眸问："你又怎么在这里？"

他认出抱头躲的人是今晚的来客，也是刘宇的朋友之一，上个月还被刘宇带到家里来吃过饭。至于李沙沙，也不该大晚上的出现在书房里。

李沙沙解释："我来练习话剧台词，就看到一个人在这里鬼鬼祟祟的。"

那一声抓贼音量不小，李家人几乎都在一分钟内赶了过来，李戏春手上还拿着把大剪刀。

刘宇的友人尴尬到无地自容，恨不得找条地缝钻进去，连连摆手说："我不是坏人。"然后他看了一眼李相浮："我就是一时脑子发热，想来和他说两句话。"话音刚落，他便注意到对面站着的几个人个个面色不善地盯着自己。

刘宇的友人心中狂呼冤枉，他真的就是心血来潮准备追一下星……巧就巧在李相浮是个安全意识极强的人，主卧有独立卫浴，因为要洗澡，他将主卧的外门从里面反锁上了。

这简直是冤孽！

窦娥冤！

刘宇的友人被刘宇接走了。

李家。

法治社会，私生饭罪不至此。

最终李相浮还是配合秦晋，检查了房间里的每个地方。房间面积很大，比一般人家的客厅和卧室加起来还大，秦晋知道他很讲究隐私，出于尊重，每次打开某个柜子前都会征询他的意见。

谁知李相浮反而没那么多讲究，随意地摆了摆手："又不是上下级，你不用打报告。"

说着，他拉开了放内裤的抽屉。

秦晋："抽屉里藏不了人。"

"有缩骨功就不一定了。"李相浮很有经验地道，"民间真有这样的高手，练习过程很残酷，要从小经常让身体脱臼。可笑有的人为了偷香窃玉，竟然真的妄想来个中年大器晚成，结果偷鸡不成蚀把米。"

该检查的地方都看得差不多了，李相浮看了眼外面的天色："早点儿休息吧。"

临走前，秦晋弯腰帮他检查了一下床底。

正准备躺上床的李相浮忍不住笑了："在有些地方，只有父母才会在小孩子面前检查床底，再说一句确定没有妖怪，可以放心睡。"

秦晋问："你也对李沙沙这么做过？"

李相浮摇头："他的床下面全是机器人。"

"……"

后半夜下了场小雨，直接导致李相浮第二天醒来的时间要比往常晚一些。他躺在床上，窗帘只拉了一半，黑沉沉的天气无形之中让人更加惫懒。他在犹豫要不要睡个回笼觉，嗡嗡的响动便自床头柜上传来。

李相浮定睛一看，有几十条未读消息。

除了陈韩等人发来的，还有数条好友验证信息。连沉寂已久曾经梨棠棠用来养鱼的群都有人又开始发言，并且@了他。

李相浮粗略一数，好家伙，一共有十七条消息问候早安，五条消息叮嘱天气冷了多加件衣服。他叹了口气，起身捧着冷水洗了把脸，好不容易将这些事抛诸脑后，一出房门，迎面碰上了李老爷子。

经历过一晚沉淀，对方热血沸腾的状态有所缓和，李老爷子看到他时开口说："天还没亮，就有两个好久不联系的朋友突然给我打电话，想要让我带着你去做客。"李老爷子顿了顿，补充道："听说他们的孩子昨天都来参加舞会了。"

两个人正说着，楼下的座机又响了。

李老爷子预感又是约小儿子出去参加宴会或者吃饭的电话。

同样有这种不祥的预感，李相浮双手合十地道："麻烦您帮我推了，就说孩子开学，我最近很忙。"

李老爷子犹豫了一下，考虑到确实快要进行话剧表演，答应了下来："下不为例。"

他下楼后，李沙沙的声音从后面传来："现在的人的意志力着实太弱。"

李相浮没回应，也算是默认。“永不谢幕”按理达不到这么强烈的效果，放在以前，顶多让人有些念念不忘，远不至于这么疯狂。否则他当初哪里需要学习其他技能，日日跳舞就好。

今天张阿姨特地多做了两个菜，饭桌上，李沙沙不时低头扫一眼小本子上抄的台词。

见状李老爷子关心地问：“准备得怎么样了？”

“差不多，就是有点儿紧张。”李沙沙说的是实话，饭后他也是一直保持低头看剧本的状态。李老爷子心想这样下去对他的颈椎和视力都不好，暗示性地瞥了李相浮一眼，让李相浮赶紧劝两句。

“穿好衣服，跟我去爬山。”李相浮直接提出要求。

雨后的空气很清新，考虑几秒钟后，李沙沙合上了剧本依言照做。下午他又带着李沙沙去学校看了下舞台，一天的时间很快过去。

翌日是个好天气。

李怀尘负责开车，把一家人拉到学校。

今天有不少学生家长到场，校园里到处都是人，为了确保绝对安全，后台严格要求除了演员和化妆师，一般人不能进入。

看着那些脸蛋被涂成红苹果的小朋友，李沙沙再次庆幸没有参加大合唱项目。

化妆间很热闹，因为晚会最后请了杂技团来表演，成年人不少，李相浮在其中也不显得突兀。

“梦回千年前啊！”刘宇穿着绸缎做的衣服，头戴一顶高帽，完全就是古代富户的形象。

除了他之外，陈韩也来了，李相浮还邀请了沈烟。这部话剧群众演员人数很多，虽然刘宇另带了人来，但远远不够，所以李沙沙早在几天前，就把主意打在了李家除李老爷子外的人身上。看了一眼穿平民衣服仍显富贵逼人的李怀尘，李相浮逮住李沙沙问：“你是怎么说服他的？”

“别问，”李沙沙，“问就是相亲相爱的一家人。”

“……”

随着主持人登台，周围的灯光突然暗了，底下的交谈声也随之减弱。

专业的主持人妙语连珠，节目刚开始看还挺有意思，但到中间已经有人有些疲软。李老爷子全程可谓盼星星盼月亮，终于等到合唱曲目结束。

幕布自动合上，再拉开时台上的布景已经完成。

李沙沙披麻戴孝，跪坐在地上，被灯光聚焦。

台下观众目不转睛地看着，李老爷子却有些看不懂了。道理他都懂，但古代卖身葬父的人不是该很贫穷，用席子裹着人？可舞台上放着一具棺木，上面还蒙了一层白布。都有棺材了，蒙布做什么？想到这里，李老爷子摇了摇头，小孩子演的话剧，不能吹毛求疵。

凄苦的背景音乐响起，配上灯光效果还不错。

李沙沙因为是面瘫脸，不好做出表情，便一直低着头，不停靠抖肩膀做出自己在啜泣的假象。

表演难度不大，开场几分钟他只需要在旁白的引领下做出对应的动作。

"街道上人来人往，可怜的小男孩跪坐在那里，无人关注。就在小男孩不停抹眼泪时，终于有人停下了脚步——"

旁白是李相浮提前录制的，他擅长变音，念得极富感染力。

停在李沙沙面前的正是秦晋。

出于人设，秦晋粘了胡子，化妆师利用精湛的技巧，又画出了皱纹等，让他显得老了好几岁。

秦晋放下银子，要领男孩回府。

"拉钢丝。"

"鼓风机准备——"

后台提前被交代好的工作人员有条不紊地指挥着。双重安排下，白布顺利地被掀飞，周围的百姓掩面挡风。风停，透明的水晶棺材暴露在世人面前。

"啊！"有人失声叫道，"快看！"

旁边的人下意识地跟着望去，立时张大嘴巴："怎会？……世上怎会有如此让人惊艳的容颜？"

"我要买他！"富商打扮的老爷立刻反应过来。

"不，里面的人是我的！"

李沙沙连忙护住棺材："不可以，这是我要下葬的爸爸，是另外的价钱！"

台下的李老爷子："……"

带着最后的倔强，他咽了下口水强行和朋友低语："也不是没可取之处，至少这棺材就很别致，很有童话的味道。"

话音刚落，因为有人急着买"尸体"，直接把钱扔了过去。没过一会儿，众人跟风，一个个挥袖，天上瞬间下起了元宝雨。噼里啪啦，金银珠宝如冰雹般砸在水晶棺上，李相浮躺在里面，暗叹还是秦晋考虑得周到。

躺着护不住要害，为了避免砸伤他，秦晋早在几周前专门花重金定制了水晶棺材。然而秦晋本人不得不服从角色命运，遭遇了一通银钱攻击，算好时间脑袋一歪，倒在地上扮演被银子砸死的可怜人。

台下观众："……"

校长："……"

一位家长依稀透过妆容看出了秦晋的影子，回头小声问李老爷子："这是秦晋吗？"

李老爷子僵硬地应了一声。

比起秦晋竟然会来演小孩子的话剧，家长更惊讶的是另外一点："就这么死了？"他来都来了，戏份未免也太少了。

李老爷子强行解释："他没带资进组。"

"……"

"我的！"

"是我的！我出了一百两银子！"

"我二百五！"

台上的声音彻底淹没了台下的交流声，群演十分卖力，疯狂地朝棺材拥去。这个场景，远看妥妥地像丧尸围城，水晶棺材就是他们要攀爬的制高点。

背景音乐应景地跟着换了，变成极其激昂的乐曲，硬生生把儿童话剧演出了歌剧的感觉。混乱中，李安卿早早假装被人群甩了出来，倒在地上装晕，力求眼不见为净。

又是一阵妖风起，幕布合上，再次被拉开时，水晶棺材消失不见了。

旁白："一道黑影闪过，尸体凭空不见，刚刚的一切有如梦幻泡影。这个故事告诉我们，千万不要盲目跟风，追求虚无缥缈的目标，任何时候都要学会坚守本心，认清当下。"

故事圆上了！

观众一脸蒙，这居然还能给圆上！

旁白圆故事时，声音低沉，这种播音腔通常只能在教育频道听见。

尽管故事已经结束，灯光暗淡，但悲怆的音乐没有停下，演员就还在卖力地出演。

"不，我的美人！"

"老天，你怎能如此狠心，让我见到他又失去他？"

剧终。

众人震撼。

短短的七分钟里，他们不知道是该尴尬还是该笑，总之一切发生得太突然。

“对这个故事，你怎么看？”老友一脸复杂地侧过脸，问李老爷子。

李老爷子面部线条僵硬，拍了拍手，用不太标准的外语说：“因吹斯汀（interesting 的发音，有趣）。”

“……”

因为来的人多，今天李怀尘开的是一辆加长豪车，在夜幕下也能够一眼找到。

回去的路上，李怀尘透过后视镜瞥了眼李老爷子：“爸，你还好吗？”你的朋友们都还好吗？后一句话他没有问出，只在心里念叨了一下。

李老爷子出乎意料地平静，还夸了李沙沙一句：“节目不错。”

话音落下，数道意味不明的视线瞬间集中在他身上。

李戏春更是直接问：“是不是受的刺激太大？”怎么人都开始说胡话了？

李老爷子摆手：“刚开始我是觉得这节目很离谱，但再看后面的节目，突然就觉得乏味。”他顿了顿又道：“不止我这么认为，后面可是有观众连打了几次哈欠。”

从某种程度上说，话剧很成功。

只是听说校长晚上临时开会，要求以后的任何节目都要经过审核。

迎新晚会结束，有些事却才刚刚开始。

当天现场拍照、录视频的家长不少，李沙沙的话剧先被人发到朋友圈，之后更是有家长上传全过程的视频到社交平台上。

李家人没太把这件事放在心上，谁知道竟然引发了不小的关注度。

许多网友赞美小孩子天马行空的想象力，另一部分人则十分较真，批判剧情狗屁不通。

随着话题讨论度飙升，陆续有学者下场：“这部剧本质上可以归属荒诞剧，类似风格的作品以前不是没有，足以说明这孩子的天赋。”

“呸！剧情的创作者思想肯定有问题。”

网上的人吵得昏天黑地，李相浮担心李沙沙压力过大，端着果盘去了他的房间里。

李沙沙正在低头写东西。

李相浮递过去一个枣，问："写什么呢？"

"论文。"李沙沙头也不抬地说，"有关艺术的价值和争议，这也是我演话剧的目的之一。"论文能让他在辩证思想中完善更多理论。

"如果我没猜错，很快还会有公司联系我，想给我立天才导演人设，之后再请大明星拍 MV 制造噱头。"

今天是难得的一天，秦晋没去公司，李沙沙则在新学期伊始请假。

秦晋准备休年假，最近只用做交接和工作安排。至于李沙沙这边，李相浮已经在考虑以"自学"为由，让他只去半学期。

"货车。"楼梯下到一半，李沙沙顿住脚步。

"嗯？"李相浮顺着他看的方向望去，只见落地窗外停着一辆大货车，有两个人从车上下来，正在拆卸东西，不是别的，正是那口水晶棺材。

昨天天色太晚，只能搁置一天，这东西不可能长时间放在学校里，今天一早秦晋便雇人拉回来了。

门一开，两个人抬着棺材进来。

"放哪里？"

秦晋在他们之前进来，去开后院的门："庭院。"

眼睁睁看着棺材"落户"，李沙沙错愕地问秦晋："爷爷同意这东西进门？"

李老爷子有几分迷信，从对方的思路出发，他应该会觉得这东西不吉利才是。

秦晋轻点了下头，算是回应。

原因很好理解，无所谓吉利不吉利，李老爷子认为都可以归为孙子的演出道具，值得收藏。

李沙沙咳嗽了一声，说道："我们是不是该出发了？"

李相浮点头："走吧。"

秋天窗户半开着，吹进来的风很舒服。李相浮眯着眼，上车没多久便陷入半梦半醒的状态。

"我想拍一部恐怖片，"行驶到一半，李沙沙说起对下一部作品的构思，"出租屋频频发生命案，原来是镜妖作祟，他会吸走每一个照镜子的人的精魄，直到主人公住进去，镜妖拿他没有办法。"

秦晋面无表情地接道："因为主人公太美，从来不敢照镜子。"

没料到会被直接看穿套路，李沙沙皱眉喃喃："果然还是要改编自真人真事。"靠自己想出来的剧情根本不入流。爸爸才是他最好的素材库。

李相浮依稀感觉到什么，自睡梦中清醒地睁开眼和他对视。

李沙沙正色道："未来我拍的所有电影，都要写一句话，谨以此片献给我最爱的父亲。"

/ 第九章 /

山路颠簸，因为李沙沙发自内心的感谢，李相浮彻底丧失睡意。

深知他有继续说下去的征兆，李相浮并未把话语权交出去，提起孔永贵，头一回道出自己的揣测："目前来看，当初他似乎是任务失败，想要靠给系统找到合适的新宿主降低惩罚。"

他说完眉头却没舒展开："系统是地摊货，这么普遍？"秦伽玉、自己，现在连初中老师都有？

李沙沙终于从对未来的畅想中收回心思："是挺奇怪的，明明该是珍稀物种。"

李相浮偏过头看他。

李沙沙想了想，说道："也有可能是一种无形的力量，如同自然规律，拥有系统的人总是容易互相吸引。"

"……"李相浮一向是命运无用论的支持者。

深山野林里也有意境，可惜孔永贵挑选的居住位置根本看不出任何闲云野鹤的感觉。

李沙沙老远看到屋檐一角，便十分感兴趣："日后我拍恐怖片可以来这里取景。"说完他又主动提议，"不如我先单独会会他？"

小孩子总是容易让人卸下防备。

“要是你被挟持，更麻烦。”李相浮摆手。

李沙沙：“不会，我特地穿了能防身的鞋子，靠门保持距离就好。”

“而且审讯是一门技巧，我有经验。”他像倒豆子一样阐述理论，“首先要让对方卸下防备，营造出无害的第一印象，这时嫌疑人最容易开口，话多八分假两分真，之后……”

“让他去。”秦晋打断李沙沙的长篇大论。

车轱辘碾碎地面的枯树枝，响动声惊走了树上聒噪的乌鸦。

换岗中，外国保镖正在门口逗蚂蚁玩，看到一辆熟悉的车子开过来，连忙站起身。

李沙沙第一个下车，径直朝房间走去。

五分钟后，一声凄厉的惨叫突然响彻天空。

——是孔永贵的叫声。

门没锁，孔永贵瘫坐在地上，跟见了鬼一样死死盯着李沙沙。

李相浮将李沙沙叫到小树林里，静静倚着树等着对方主动交代。

“前些日子我领悟了先发制人的重要性……”李沙沙心虚地抬眼，说出自己的策略。

几分钟前，李沙沙一进门便疾步朝孔永贵走去，丝毫没有保持安全距离的意思。

孔永贵一脸蒙，不过几秒钟人已经走到面前，大脑还没反应过来可以挟持，就见面前的人一双眼睛突然变绿，明亮的眸子顷刻间化为指甲盖大小的电子屏，老虎机一样翻滚着不同的数字图案。

李沙沙恢复原有的机械音：“你是不是曾经妄想给李相浮转移系统？”

孔永贵的失语，被当作默认。

“说，那个垃圾现在在哪里？”他只能是独生子女，必须干掉“头胎”。

冰冷的机械音不断质问，孔永贵后知后觉地回过神，跟见了鬼一样发出一声惨叫。他反射性地一把推开李沙沙，自己也身子一软倒在地上。

…………

“事情就是这样。”李沙沙摊手，“估计他是没见过世面，被我的电子眼吓傻了。”

李相浮却觉得没那么简单。孔永贵好歹曾经是绑定过系统的人，对此类东西肯定有所了解，不至于惊慌失措到那种地步。盯着李沙沙看了片刻，李相浮想了想说：“走，跟我一起去见他。”

门被死死关着。

保镖先是用力拍了几下门，让里面的人自觉打开门，然而没有任何回应。意识到事情不对劲儿，他一脚踹开大门，只见一眼就能望穿的屋子里空荡荡的，孔永贵不知去了哪里。

李相浮没什么表情，进去看了一圈，直接停在衣柜边："打开。"

保镖打开衣柜，柜子里露出一扇门，用力可以推开门，从外面看却是平滑的柜面。

现代社会，谁能想到还有这一出？

保镖愣住，连忙说："我们去追。"

李相浮摇头："不用了。"

论对这片山头的熟悉，他们肯定没有孔永贵厉害，对方既然留了后手，肯定早就规划好最直接的逃跑路线，说不准还在沿路设了一些陷阱，就像那晚路上扎破轮胎的钉子。

保镖费解地问："他之前怎么不跑？"

平心而论，孔永贵的自由度很高，他们日常只是确定人在写东西，也没有武力胁迫他，更像是来收债的，偶尔在门外吆喝两句。

李相浮没回应，保镖只能看向站在一边的秦晋："老板……"

秦晋倒是没怪罪他："费用照结，你们现在去公司找高寻报销。"

保镖这才松口气离开。

等人都走了，李相浮开口道："孔永贵之前不跑，是觉得事情有缓和的余地。"如今他却选择仓皇出逃……李相浮的视线落在李沙沙身上。如果孔永贵见自己像老鼠见猫，那见李沙沙更像是掉进大海被鲨鱼追赶的猎物。

李沙沙对着镜子，好奇地问："我长得吓人？"

李相浮捏了下他的脸，只觉得手感很好。

三个人坐回车上，李相浮敲了敲车窗："茫茫人海，找起来很费劲儿。"

秦晋淡淡地道："费点儿小钱而已。"

"……"

"短时间内他不会离开这座城市，"秦晋补充，"屋子里的日常用品不多，证明人不是一直住在山里的。"

说着他看向李相浮："精神失常说不准只是个幌子。"

"你的意思是，孔永贵假装过得悲惨，好让我听到消息后放过他。"

秦晋似笑非笑地说道："对待精神病患者，正常人都会选择避而远之。"真被惹急了，人家光脚的不怕穿鞋的，事后还有张"免死牌"。

有关孔永贵的下落，李相浮丝毫不急。他主要在考虑另外一件事，孔永贵听到李沙沙的声音，竟然会有那么大的反应，实在是引人深思。回到别墅，他短暂占用了李沙沙玩魔方的时间。

“在我之前，你绑定的是哪个宿主？”

李沙沙摇头：“解绑时程序会自动清理内存。”

这样一来可以保证运行流畅，其次是方便和新宿主建立联系，避免产生“你是我带过的最差一届宿主”的念头，促使双方合作顺利。不过在退休后程序便自动停用，之后绑定秦伽玉时，也不需要清理有关前任的内存。

李沙沙相当睿智，明白他在想什么：“爸爸，你该不会认为我的前一任宿主就是那人吧？”

李相浮觉得好笑：“搁在十多年前，孔永贵也是意气风发的。”

当时私立学校的老师可不好当，对方能在刚毕业不久顺利留下还当了班主任，肯定有可取之处。

“施灿提到孔永贵曾说过这么一句话……我不要变成傻子，”李相浮继续说道，“任务失败和解绑恐怕对他的智商影响也不小。”

李沙沙提出异议：“我们是在国外进行绑定的。”

李相浮垂眸沉默半晌，冷不丁地问：“如果两次绑定同一个人会如何？”

“好比病从口入，一点点侵蚀着身体，不到最后根本感觉不到。”说到最后，李沙沙似乎想到什么，失神道：“难怪我这么短命……”

李相浮轻咳一声：“也不一定，如果我们先前绑定过，我早该十项全能。”高中几年，他给外人的印象从来是不学无术的纨绔。

李沙沙默默走到一边顾影自怜，摊开手掌：“得十个机器人才能哄好我。”

李相浮眼皮一跳：“这么多你往哪里放？”

李沙沙：“可以拆开，头放进……”骤然响起的手机铃声打断了逐渐向恐怖故事过渡的言辞。

“你在调查初中班主任的事情？”刘宇似乎早早开启了今天的夜生活，所处的环境格外吵闹。

当初自己回国，刘宇是第一个找上门的。李相浮知道他是个消息通，但没料到这消息早就不局限在圈子里。

“施灿和我一个朋友认识，说你们相过亲。”

李相浮闻言按了按眉心，体会到了共同好友的力量。

刘宇：“我也就是好奇，才多问了两句。”

施灿说得含糊其词，表示李相浮只是为了打听初中班主任的一些信息，显得有些不对劲儿。

但刘宇打电话的目的显然不是聊八卦，他不再嬉皮笑脸，而是正色道：“我最近惹了点儿小麻烦，想托人说情。”

毕竟是找人帮忙，刘宇照实说了情况，归根到底是因为管不住嘴，把一个大佬被“绿”的消息搞得一堆人知晓。

“……”

李相浮按了按眉心。他不轻易找刘宇打听消息的原因就是这个，很容易尽人皆知。因为先前欠了几个人情，最终李相浮还是应了下来：“我跟家里人说一声。”

刘宇松了口气，礼尚往来地说道：“打听消息的事情包在我身上。”

如今对方已经知道他在打听孔永贵的事情，李相浮也没再拒绝。

挂断电话前，刘宇好奇地问：“这人以前得罪过你？”一声冷笑传来。

“他没经过我的同意做了些事，讨一笔账罢了。”

这是刘宇第一次听李相浮用这种口吻说话，轻柔的语调中掺杂着一丝阴狠，听得人毛骨悚然。

一天时间流逝得格外快，直接跳过了黄昏，今日天早早地就黑了。

“妈的，那玩意儿居然还在！”孔永贵点了杯烈酒，靠着辛辣的入喉感暖身体。虽然系统化作了人样，但那声音他永远都忘不了。一杯酒下肚，孔永贵恨恨地想到，人不为己天诛地灭，自己当初的选择有什么错？

“他们家再厉害，总不可能只手遮天……”孔永贵眯了眯眼，寻思着日后的出路。

“孔永贵？”

听到有人叫自己的名字，孔永贵下意识地回头，却没看见什么人，大家都忙着玩耍。孔永贵意识到不妙，连忙结账匆匆离开酒吧。

翌日是个好天气。

秦晋只剩下最后一点工作交接，特意提早去了公司。他从车库出来，看到公司外的墙壁上靠着一个乞丐，身体佝偻，衣衫破烂，不过隐约有些熟悉。

“是我……”脸被打肿了，导致这人说话不清楚。

秦晋皱眉：“孔永贵？”

孔永贵连连点头。

作为全国都知名的企业，秦氏集团的位置很好找，孔永贵一早就守在这里，含混不清地道：“我再也……不跑了。”他每说一个字，腮帮子都扯着疼。他开始控诉昨晚的遭遇，“一晚上，我都在挨打！李相浮好歹毒的心，居然说我曾经对他动手动脚。”

孔永贵永远忘不了昨晚，一出门就被拉到暗巷里。

“就凭你也配碰他？”

伴随阴森森的声音，孔永贵还没反应过来，便被打了一拳。

刚开始他还一头雾水，直到去酒店的路上第三次被打闷棍时，才知道原因。

刚开始孔永贵还试图记住打人者的样子，到后来人太多了，他根本记不过来。这还不是最惨的，打完还有人主动去投案，愿意给赔偿。这行为侮辱性极强！

“有男有女，口头威胁和拳头都有。”孔永贵目眦欲裂。

这事起因在于刘宇。刘宇帮忙打听消息的过程中，提到了李相浮的那句话。

——他没经过我的同意做了些事。

同样一句话，传到第三个人耳中就变了味道。

舞会后，李相浮成为不少人心中的白月光，众人当即大怒，发动所有力量去找孔永贵，还有的纯属脑残粉行为，不动手，但也凑热闹地故意警告一番。

孔永贵一晚上过得着实惨烈，极端愤怒下彻底不管不顾了。

“人找到了，在公司。”

秦晋交代过前台，李相浮直接被带去休息室。

“你怎么才来？”孔永贵靠着墙，听到脚步声抬头，沙哑的嗓音透露一股嗔怪的味道。

“……”

李沙沙将手插在口袋里，明明个子小，却像是居高临下地在俯视对方，而后对李相浮说：“爸爸，他是真疯还是装疯？”

李相浮一时也无法判断。他再擅长察言观色，也没办法从一张肿着的脸上读出微表情。

孔永贵一张嘴脸就被扯着疼，做了个口型，大概是说脏话，但没发声。

李沙沙不用机械音说话时，孔永贵还要好一些，可过往让他早就有了创伤后应激障碍，不敢太猖狂。

前台人员准备回到工作岗位上，临走前问有没有其他需要。

李相浮摇头。她走后，李相浮坐在侧面的沙发上，开门见山地道："当初为什么要把系统转到我身上？"他虽是试探，用的却是笃定的语气。

孔永贵心虚地别开眼，试图转移话题搪塞："我已经这么惨了，你就不能高抬贵手？"

李相浮没说话。昨天孔永贵逃走后，他将对方写的东西带回了家。通过那些潦草到看不清的字迹，他多少还是能知道个大概。孔永贵假期时练车，不小心栽进了河里。系统便是在这个时候出现的，表示孔永贵想要活命就必须选择绑定。同样的出场方式，同样的言论，想到这里，李相浮斜眼瞄着李沙沙。

李沙沙感叹："原来我也有做渣男的潜质。"

有关转移系统的部分，孔永贵的字彻底绕成了麻花，语句也读不通，李相浮只能从当事人口中获知信息。

孔永贵语气压抑地道："完不成任务，就会变成傻子，我也是没办法。"

李相浮挑眉："什么变成傻子？"

孔永贵瞪大眼睛："你不知道？"

李相浮望向李沙沙。

李沙沙冷酷地道："任务失败我得不到能量，如果小心剥离不伤到脑神经还得倒贴能量。"他离开的方式难免粗暴些。

李相浮回忆道："可我记得你对我说的是'什么时候完成任务，什么时候才能回来'。"

"每一个生命是平等的，但每一个平等的生命不可能做到平等对待所有生命……"

李相浮："说人话。"

李沙沙一直有个小秘密，初次见面就对李相浮印象很好："其实就算你最后完不成任务，我也会一次性耗损所有能量，尽全力将你送回来。"只是对此他仅有五成把握，还是完成任务比较稳妥。

李相浮陷入沉默之中，孔永贵脸部肌肉抽搐："你还是人吗？"

"亲，并不是呢。"李沙沙道。

孔永贵气得喘不上气，声音尖锐，不停咒骂着不公。

“宁愿当时去死吗？”李沙沙确认道，“你真的这样想？”

孔永贵哑然。哪怕是在任务期间，他也有无数机会选择死亡，甚至可以当作死前的一次狂欢，吃顿山珍海味慷慨赴死。

李沙沙：“三年内都有反悔期，如果你选择放弃，可以随时回去，接受原本的结局。”

李相浮愣了一下：“还有这种事？”

李沙沙点头：“我没和你说过，是因为觉得活着很重要，就算你完不成任务，我也可以尽力一试送你回来。”当然他同样没有对秦伽玉这么说，只是出发点截然相反。

情绪过于激动，导致孔永贵嘴都有些歪，他胸口剧烈地起伏了几下，突然抓起桌上的杯子猛地朝李相浮砸去。

两个人距离太近，李相浮侧身躲过，但衣服上还是不免被飞溅的液体留下浅浅的痕迹。

李相浮皱了皱眉，就连李沙沙也很纳闷，直接问：“偏心的是我，你为什么砸他？”

孔永贵手抖个不停，一晚上挨打，又在对比中受到伤害，他一气之下居然晕了过去。

确定他心跳平稳，为保险起见，李相浮还是拨打了急救电话。

等待救护车来的过程中，李沙沙摇头：“看来他的智商真的因为解绑降低不少。”

李相浮颔首。

但凡这人用脑子思考一下，也该知道李沙沙不会无缘无故地对人好。虽然李相浮不知道那时发生过什么，但他的处事方式必然获得了李沙沙的认同。

救护车到之前，孔永贵其实已经醒了，但实在是太累了，又饿又累又气，没有拒绝上担架。

李相浮重新坐下，考虑是等秦晋一起走，还是先带着李沙沙回。

“你那边什么时候结束？”

秦晋边整理文件边接电话：“快了。”他暂时停止看文件，喝了口茶，“问得怎么样？”

“没问完，人进医院了。”

“……”

最后同秘书交代了一下，秦晋又去见了其他几位高管，彻底安排好了年假事宜。

蹭车回去的路上，李相浮才开始提起前因："他的伤是怎么回事？"

秦晋没理由叫人打孔永贵，他的形象同样代表着企业形象。

秦晋："我记得你的房间里有一幅字。"

——要留清白在人间。

李相浮点头，不明白他为什么突然提到这个。

秦晋握着方向盘："外面有点儿闲言碎语。"

给足他做心理准备的时间，又过了一个十字路口，秦晋才继续开口："你的脑残粉们，误以为孔永贵当年试图对你行不轨之事。"

"……"

短暂沉默后，李相浮闭上眼，再睁开时缓缓吐出一个名字："刘宇。"

孔永贵如今再也没有逃跑的意思，只想安静地住两天院，心想打人的人总不能跑到病房里行凶。

本着人道主义精神，李相浮没再步步紧逼。

他刚进小区，李怀尘打来电话："刘宇得罪的人叫马良吉，我已经从中周旋，你让刘宇再去请他吃顿饭就好。"

李相浮将原话转告给了刘宇。

刘宇不好意思地说道："能叫上你哥一起吃个饭不？光是我和马良吉，有些尴尬。"

李相浮冷笑，能不尴尬吗？他把人家被"绿"的事情传了半个圈子。

李怀尘光是每天工作已经很忙，李相浮不想再麻烦他，看了秦晋一眼。

似乎知道他想说什么，秦晋看了眼后视镜，点了点头。

"我和秦晋过去。"

刘宇笑开了："择日不如撞日，就今晚？"

他相信，马良吉不会错过和秦晋结交的机会。

吃饭地点定在当地一家有名的天台餐厅，既能享受美食，又可以俯瞰城市夜景。

四周的玻璃挡住了大部分凉风，这原本就是刘宇家开的餐厅，当天只接待他们几个人。

马良吉见到刘宇冷哼了一声，刘宇只能干笑，好在没多久李相浮和秦晋一起过来，气氛缓和了很多。

马良吉主动走过去和秦晋打了声招呼，对李相浮的态度也热络。

玻璃门里，厨师的一举一动都能看清楚，李相浮何其眼尖，瞬间就瞧出了有些食材难得。

“今天中午才空运来的。”刘宇说了句，展现自己的诚意。

李相浮看到厨师用盐水混合浸泡食材的行为，忍不住皱了下眉，这道食材的料理程序出了差错。

见到好的食材，他一时技痒起身说：“相聚就是缘分，我来做道菜庆祝一下。”

刘宇自然没理由阻止。他向来是搞气氛的能手，主动举起酒杯。

马良吉喝了几口酒，本身也是比较豪放的性格，反正在座的人都已经知道他被“绿”，索性主动说起惨痛的情史。

“我掏心掏肺，却换来这么个下场。”马良吉很痛苦，“到底有什么恋爱诀窍？我愿意花钱学。”

刘宇耸肩：“我被甩了足足五次。”

说着他一脸艳羡地望向秦晋，话里有吹捧之意，但也是真实想法：“秦先生肯定不知道失恋的滋味。”

秦晋却回应了马良吉的那句问话，轻轻晃了下红酒杯：“找共同话题。”

马良吉苦笑：“可我的前女友喜欢舞蹈。”

他一个五大三粗的人，怎么找话题？

这时李相浮端着菜上桌。

秦晋吃了一口，认真评价：“鲜嫩可口。”随后他用勺子舀起汤汁，“可惜汤汁有些浓稠了。”

作为追求完美的人，李相浮立刻看了眼汤汁的流动性，点头：“我低估了酱油的浓度。”

刘宇和马良吉的注意力很快集中在食物上。

马良吉贪杯贪食，将食物吞咽下去前，甚至是屏息状态，直至放下筷子，还有余香在口中蔓延。

“太好吃了！”

然而等他慢慢回味完，再次低头时盘子已经空了。

李相浮讲究精致摆盘，食材用得不多，马良吉遗憾的目光几乎将盘底灼烧出一个洞。

“我再去做一道好了。”李相浮好笑地说道。

马良吉连忙摆手，要是一般熟人也就罢了，以李相浮的家世，马良吉不敢要求对方做什么。

李相浮解释：“我是单纯技痒，今天这些食材确实不错。”就像画师看到难得的自然景观，也会想留在笔下。食物不一定是料理越久越好吃，李相浮这次速度很快，仅仅做了一道干煎银针鱼。

秦晋尝了一口：“辣椒粉配不上你的手艺。”

李相浮颔首：“有一种微微发甜的辣椒，更加适合这道菜。”

马良吉迫不及待地品尝美味，刚下筷子便见李相浮正沉默地注视着自己，好像明白了什么，这一次细嚼慢咽，然后说出一个食客最真实的感受：“好吃炸了，但是似乎有一丝淡淡的酸味。”

李相浮认同：“材料处理环节出了问题。”

先前厨师在除腥时，浸泡时间过长。

见自己竟然提到了点子上，马良吉顿时如同打了鸡血，更想要找出问题。

“这种感觉……太妙了。”他低声说了一句。

之后马良吉开始和秦晋一起指指点点，李相浮微笑着鼓励，刘宇又不好什么都不说地干坐在一旁，渐渐加入了讨论中。

一顿饭吃得宾主尽欢，刘宇逐渐迷失自我。

“以后还是少接触，差点儿被洗脑了。”他喃喃了一句，转身往回走。

别墅里一片黑暗。

凌晨一点，客厅里这个状态很正常。

进门的瞬间，李相浮敏锐地察觉到哪里不对，连忙按下灯的开关。他按下的是亮度最低挡，橘色的光源丝毫不刺眼。

“回来了？”一道幽幽的声音从前方传来。

李沙沙抱着红尘，对比老猫眯着的一双眼，那清亮的眸子更像是猫瞳。

李相浮知道他在计较什么：“普通聚餐，所以没带你去。”

李沙沙走过来，鼻尖动了动：“银针鱼的味道，你亲自料理的。”

说完他伸手在李相浮的纽扣上抹了下，沾在那里的辣椒面黏在指腹上，他用手指搓了搓：“下等辣椒，可惜了好食材。”

秦晋听得挑眉，在文化方面，恐怕还真的找不到可以和李沙沙媲美的人。

“无论如何，你们背着我去偷吃是不争的事实。”

李沙沙重新坐回沙发上，脚步放得很轻，像是飘过去的一样。

李相浮一语点破他的目的：“是想让我继续帮你在学校请假，还是买机器人？”

李沙沙脚步一顿，转过头目露期待地问：“可以吗？”

“二选一。”

学校那边李相浮还没去协商，现在就彻底宣告李沙沙可以只去半学期，这熊孩子绝对会彻底放飞自我。

自由和机器人中，李沙沙选择了后者。

打发他回房间睡觉，李相浮推迟一步上楼，询问秦晋：“先前你说要趁年假去旅游，准备去哪儿？”

秦晋：“不急，先等孔永贵那边的事情结束。”

李相浮点了点头：“可以考虑天西古村。”

旧地重游，总是别有一番滋味。

秦晋笑了下，显然早就将其纳入考虑范围。

入夜，李相浮躺在床上回忆晚上做菜时的步骤，检讨需要改进的地方。在技能上他对自己向来苛刻，复盘中连空气湿度都考虑进去了。因为始终保持大脑清醒的状态，以致他没了睡意。凌晨三点，李相浮从床上起身，准备去庭院散步。楼道里并不如想象中黑暗，李沙沙的房间门缝中还透着微光。李相浮眼皮一跳。夜深人静不方便直接敲门，他打了电话过去，压低声音道：“开门。”

半分钟后，一扇房门被打开，从里面探出半个脑袋。李相浮抓住门扉，直接大步跨入，看到根本没有打开的被褥，问：“你又在整什么幺蛾子？”

李沙沙：“秦伽玉刚从商城里兑换了气质加成，我也是被吵醒的。”

秦伽玉居然还活着？李相浮原以为对方坚持不了多久，但没继续追问，反而先扫了一眼床铺：“吵醒？”

李沙沙这才意识到被子还是叠着的状态。

李相浮在书桌旁坐下，敲了敲桌子，等着他自己先开口。

“其实我是想试着恢复一下数据。”李沙沙老实交代，“看能不能复原有关前一个宿主的内存。”

李相浮微微凝眸，孔永贵之前绑定过李沙沙，根据他的说辞，任务失败后将系统转移到了自己身上。

照这样算，前一个宿主就是自己。

李沙沙："我想弄明白我绑定过你又解绑的原因。"

他们第一次绑定时，李相浮留给外人的印象一直是不学无术，要说唯一的成就，就是炸了秦伽玉的系统。其中令人费解的地方着实太多。

李沙沙抬头，根本没在他眼中瞧见多少好奇之意。李相浮似乎没多少探究的意思，问起其他方面的事："恢复内存是不是会造成身体负担？"

李沙沙闻言有些心虚："会有些后遗症，思考问题的速度降缓0.1秒，还要浪费一丁点儿能量。"

前一条可以忽略不计，李沙沙运转的速度远超人类，李相浮听到后一条时眯了眯眼："一丁点儿是多少？"

大概是李相浮的目光越发冰冷，李沙沙举起手："我发誓，这是最后一次。"儿子当久了，李相浮不苟言笑时，李沙沙还真有些害怕。

"我记得上次你推演损耗自身时，跟我承诺过下不为例。"

李沙沙顿时明白这件事不好善了。

李相浮什么都没说，从床底下抱起他那堆机器人就往外走，李沙沙连忙拦在门口："我可以写检讨，面壁思过……"

然而无论他说什么，只是换来一声冷笑。

李相浮很是残酷地带着他所有的"积蓄"离开。

后半夜电闪雷鸣，窗外不时闪过一道银蓝色的光芒。

翌日吃早饭时，李沙沙垂头丧气，李相浮没心软，意外注意到秦晋眼底的疲惫，半开玩笑地问："你该不会是怕打雷吧？"

秦晋失笑摇头："只是关于雨夜有些不好的记忆。"

不知想到什么，李相浮收敛住目中的笑意。

"秦伽玉做决定时，也是这样一个雨夜，"提起往事，秦晋的语气中多了一分阴冷之意，"那个声音不断在给我回放当初的场景。"

"删除回忆也需要耗费能量。"李沙沙突然开口。

李相浮："那岂不是很不划算？"

无冤无仇，对方仅仅是为了折磨一个毫不相干的人。

李沙沙："它的本质是不劳而获，自然讨厌白手起家的人，一旦秦晋精神崩溃，秦伽玉就是合法继承人。"

那个时候是最好的时机，秦晋刚刚发家，他的生母还不知道这一切，秦伽玉只要按部就班地继续壮大即可，否则秦晋真正构建出商业帝国，他反而没有直接接手的能力。

都是些陈年往事，现在探讨起来也多是唏嘘，但李相浮上了心，天气预报预警，最近一周多雷雨天气，秦晋有这方面的心理阴影，硬扛过去的话滋味必然不好受。

外面的天空自午后便阴沉沉的，一场暴雨难以避免。

傍晚时李相浮在庭院里站了一会儿，由衷希望今晚的雷电不要打得太过分。

坐在床边聆听外面的雷雨声，李相浮思前想后，还是决定去看看秦晋。

“夜宴上，他借口离开，独自到御花园透气。忽然之间，他被月光吸引，站上一块巨石张开双臂，三千青丝被风吹起，似要奔月的仙人。在花园里散步的女皇意外看到这一幕，忍不住停下脚步，阻止身边要去呵斥的女官……”声音从秦晋的房间断断续续地传出。

李相浮推开虚掩的门，正好看到李沙沙在给秦晋讲睡前故事，画面别提有多怪异。

吱呀的响动吸引得李沙沙回头，他叫了声：“爸爸。”

秦晋正面无表情地听着故事，看到李相浮，神色柔和了些。

“这是在干什么？”李相浮疑惑。

李沙沙总结：“我有故事，他有机器人。”

说白了就是李沙沙给秦晋讲某人在“那个国”惊艳四方的传奇故事，通过转移注意力的方式，帮助对方治疗当初留下的心理阴影。至于秦晋，则需要给李沙沙买机器人，治愈他昨晚被没收所有财产的心灵创伤。

“……”

吃完早餐，李沙沙背着书包去上学。

而李相浮吃过午饭，确定一时半刻不会下雨，抽空去了趟医院。

医院的床位最近很紧张，孔永贵只是皮外伤，经过几天休养早就没有大碍，已经几次被委婉提醒可以出院。

孔永贵恍若未闻地不停刷手机，思绪却完全不在上面。他的生活和上流圈子是两个世界，很多消息得费力打听，李相浮外出冒险出事，后来被家人送出国，算是社会新闻。当时孔永贵着实开心了好一阵子，尤其得知和他同去冒险的失踪人员是秦晋的弟弟。如此一来，哪怕李相浮日后归来，也没空折腾自己。

“日子过得不错。”

熟悉的声音飘来，孔永贵有些艰难地抬眼。

李相浮随便往那里一站都是最亮眼的存在。

邻床的病人好奇地看过来，李相浮走过去放下从外面买来的果篮，里面还塞着一个小红包：“我有话想和朋友单独聊聊，您看方不方便回避一下？”

拿了钱，病友麻利地腾出空间。

李相浮坐在病床前，开门见山地道：“详细说说我从前都是怎么对付你的。”

孔永贵立刻面露狐疑之色，自己做过的事情，李相浮为什么要再来问他？

“我有些放过你的心思，但不确定报复有没有到位，”李相浮状似苦恼地又说道，“毕竟这么多年过去了。”

说罢他认真地注视着孔永贵：“都具体说明一下，好方便我查缺补漏。”

孔永贵神情一僵，一字一顿地问：“你、是、人、吗？”

这哪里是人能说出的话？

李相浮无比平静：“机会只有一次。”

他也不算完全蒙骗对方，如果过往对付得差不多了，这笔恩怨可以了结，但如果还不够，他得继续落井下石几次。

孔永贵恨不得用目光将对面这张可恶的面孔剜了，终究选择深吸一口气，愤愤不平地说起往事。

“李沙沙对我的折磨也不少，当时你不愿意接受绑定，他就把怒火宣泄在我身上。”

听到第一句话时，李相浮心中便是一动，绑定也要经过本人同意，显然自己当初没有乖乖就范。李沙沙想要折磨一个人有诸多法子，代价是耗费些能量。他是个蔫儿坏的，想必当时孔永贵的滋味也不好受。

孔永贵越说越气：“你还时不时带着那些狐朋狗友搞事，后来我去其他地方应聘，都会被拒之门外。”

李相浮冷笑一声：“你选择教书的目的是什么？”

根据秦晋后来打听的消息，对方在学校时因为成绩优异，曾有知名企业抛来橄榄枝。孔永贵坚持选择当教师，说白了是因为小孩子好拿捏，可塑性高容易实现绑定转移。

孔永贵闻言心虚地避开对视。

李相浮面色不变："继续说。"

孔永贵再次开口时，气势明显弱下去很多。

他陆陆续续道出不少事，几乎事无巨细，想证明这些年经历的磨难已经够多。

李相浮听完一言不发地起身，当面没说什么，直到走出病房才发出一声嗤笑。

说起来孔永贵所谓的磨难更多源于疑神疑鬼，因为剥离绑定留下神经脆弱的后遗症，以致时不时幻想李相浮会如何利用家世对付他。

"被害妄想症……"李相浮摇了摇头，觉得乏味。

他一路头也没回地走出医院，身后的建筑在光影切割中仿佛彻底被剥离开。

一直到路口，李相浮才终于停下脚步，闭了闭眼："过去，再见了。"

他和孔永贵的对话结束，同样代表着他彻底不想再追究往事。

手机嗡嗡振动个不停。

"喂。"李相浮接通电话。

"爸爸，我恢复数据指日可待，到时候就可以给你讲过去的故事了！"

"……"孽子。

回家前李相浮给秦晋发了一条短信，言明孔永贵的事情已经结束，休假旅行可以提上日程。

不料秦晋很快打来电话："你在哪里？"

"医院附近。"

"我过去接你，晚上去外面吃。"

李相浮在路边站了没多久，便看到一辆熟悉的轿车。他坐进副驾驶座，简短地提了一下孔永贵的事。

"太便宜他了。"

秦晋说话从来都是很有分量，李相浮明白话里的意思，摇了摇头："孔永贵胆战心惊多年，荒废了人生的黄金时期，没必要继续计较。"

秦晋用余光留意了一下，确定李相浮是真的放下了，便也不再提。

车速逐渐降缓，李相浮微微睁大眼睛："这家酒店……"

等到车停到门口，他确定是刚回国不久和秦晋吃饭的地方。

秦晋弯了弯嘴角："当时你不是还在小心地向我请教发家之道？"

李相浮轻咳一声，盖过这个话题。

秦晋提前订好了包间，可以免受外面打扰。

包间倒不是先前的那一个，里面只摆放了一张长桌和几个蒲团。普通包间多是大圆桌，不太适合两个人共进晚餐。

酒店最近主推小火锅，李相浮也没搞特殊，随便点了几道菜。

用完餐两个人从旋转门先后走出，没了火锅的烟熏，外面的空气格外清新。

秦晋去倒车，到李相浮身边时，见他正仰头看天边明月，便降下车窗也看了一眼。

“快中秋了。”

说话时，李相浮嘴角有些弧度，讥笑和玩味大概各占一半，似乎是想到什么荒唐又有趣的往事。

“在想什么？这么开心。”

李相浮拉开车门，坐上去的同时说：“我在那个地方的时候，中秋是一年中仅次于春节和清明的重要日子。”

秦晋闻言目光微动。

秦伽玉在天台接受绑定，事后李相浮提起过那个地方的事情，但也是寥寥数语，秦晋倒是从李沙沙那里听到了不少事。

对过往，李相浮一直没有做好当故事讲的心理准备，今天或许是受环境影响，挑了件趣事娓娓道来。

“府内权力最大的是老府君，中秋家宴更像一个大型的才艺展示环节。”因为家大业大，众人聚在院子里吃茶赏月。

“我擅长舞技，其余几个兄弟削尖了脑袋想要超过我，便弄出了各种花样。”

秦晋没立刻开车，安静地听他说下去，凭借对李相浮的了解，猜测对方绝对不会老实地跳舞。

“那次弄了很大的排场，轮到我时，我向老府君呈上了提前做好的冰皮月饼，那个地方可没这玩意儿，”李相浮说着像是自夸一样满意地点了点头，“我能感觉到在场所有人都充满好奇，伸长脖子想要一窥全貌。

“毫无疑问我又一次技惊全场，打了园子里想要看我笑话的人的脸。

“歌舞看多了吵闹，老府君没什么兴趣，我却能在吃食上下功夫，更加坐实一片孝心。”

秦晋听完沉默片刻，摇头道：“你比李沙沙更适合当导演。”

心机、手段他都不缺，更重要的是，故事还有剧情。

“二者有什么区别？”

“嗯？”

李相浮：“沙沙的话剧，也是取自我的经历。”

作为素材库，他从来没有骄傲。

“……”

最近都是阴雨天，天空一片阴沉，丝毫瞧不见太阳的影子。

李老爷子醒来时几乎以为还是黑夜，一下楼，有人正好从外面进来……是刚结束晨跑的李安卿。

“别换衣服了。”李老爷子看到他说，“陪我出去走走。”

直至快走到公园，李安卿才问：“您是有什么烦心事？”

他终于问了。李老爷子在心里骂了句逆子，一路都不知道吱一声。

“还不是操心你们的终身大事？”他几乎竖起眉毛，叹了口气话锋一转道，“主要还是关于你弟弟。”

李安卿神色淡漠地说：“小弟不缺追求者。”

“就是不缺我才愁，”李老爷子突然停下脚步，“最近已经不止一个老朋友和我提这件事，我实在不好全部回绝。”

李安卿平静地开始回忆，确定在半个月前，对方还在为儿女没人追求发愁。

“你老子我没那么自讨苦吃。”

家里有两张面瘫脸，一张李沙沙，一张李安卿。

时间久了，李老爷子已经快要练出一双火眼金睛，一眼看出他的想法：“猜猜，最近来提联姻的有多少人？”

李安卿：“三个。”

李老爷子冷笑：“你少说了一个二十，数字还在持续增长。”

李安卿的面色终于有了一丝异常，蹙眉问起原因。

李老爷子重新迈开脚步：“他妈妈在海外新交了一个朋友……”

听出语气中的一丝不爽之意，李安卿问：“男朋友？”

李老爷子冷哼了一声：“对方着力发掘有潜力的技术人才，以陶怀袖的名义搞资助，没想到真就挖到一个宝。她靠着原始股，身家和地位今非昔比。”

李相浮如今真成了有两份豪门财产要继承的人，哪怕是当初的梨棠棠，都比不上他。听完前因后果，李安卿颔首：“需要把业务往海外拓展的公司，有些想法也正常。”再者说，大家族里最不缺的就是子嗣，更别提部分家族还存在私生子，推出一个联姻再正常不过。

李老爷子叹道："儿女都是债。"追求者太多，他还得想办法怎么推拒能不得罪人，多一个朋友总比多一个敌人要好。

李安卿："简单做一下表面功夫。"

李老爷子点头，显然也是这个意思。

作为"温室里的花朵"，李相浮目前对此还毫不知情。

不过最近约他的人较以往确实多了，个人邀请目的性显得太强，发来信息的多是打着聚会的名义邀他。

李相浮一一婉拒，理由是不善交际。

李沙沙给出建议："偶尔参加一下社交活动挺好，利于突破自我。"

李相浮的思想已经逐渐与现代社会接轨，但相较于当代年轻人，他依旧算保守。

"去酒吧蹦个迪？"李沙沙撺掇。

李相浮没什么特别表示。

有脚步声传来，秦晋走了过来，对李相浮说："老师已经找好了。"

老师？李沙沙心头涌上不妙的预感。

李相浮点头，让不妙成为现实，看着李沙沙道："以后每晚一个小时，会有人来教你散打。"

李沙沙多次被当作软柿子绑架，李相浮早有此意，他学点儿防身术锻炼反应能力总不会错。

深知对方已经开口就不会收回，李沙沙垂头丧气地走去一边。

"被没收的机器人在我房间的柜子里。"李相浮突然开口。

李沙沙眼睛一亮，决定着眼于眼前的快乐，故意板着一张脸，只是上楼时的脚步十分轻快。

"订后天的车票？"

冷不丁的一句话，令李相浮下意识地接道："去天西古村？"

秦晋淡淡地道："环球旅行，你觉得如何？"

世界旅行必然是个不切实际的计划，秦晋稍作思考的时候，李相浮半开玩笑地道："不知道做何选择时，就选最贵的，费用我全包。"他说得颇为豪气。

秦晋："私人月球旅行。"

"……"

秦晋："总体花费不会超过一百亿人民币。"

李相浮："闭嘴。"

“好。”

李相浮感觉喉咙有些干涩，站起身准备去倒杯水，意外看到李戏春站在楼梯口。

“聊完了没有？”

“姐？”李相浮看到她有些惊讶，“你什么时候来的？”

“从你们一言不合讨论奔月开始。”

李相浮失语。

李戏春下楼取了一瓶冰可乐，拧开瓶盖时说：“你知道嫦娥奔月的下场吧？”

李相浮点头。

“知道就好。”

听出她说话有气无力，再想到换作平时这个点儿她已经去画廊，李相浮皱眉拿过她手上的冰可乐：“是不是身体不舒服？”

“心情不太好罢了。”李戏春没什么表情地说道，“有人喜欢玩追悔莫及的戏码，影响到了我的生活品质。”

李相浮闻言脑海中很快浮现一个人名，但没有点出来。

大概是觉得静下心来更容易胡思乱想，又磨蹭了半个小时，李戏春最终还是决定去上班。

客厅因为面积大而显得空旷，李相浮瞧外面暴雨骤停，决定出去遛会儿猫。

红尘的身材已经快要看不出曲线，需要严格控制体重。

树枝上偶尔坠下几滴雨水，老猫抖了抖身上的毛，突然后退一步。

李相浮放缓脚步，前方似乎有人正在争吵。

“地上有个坑，我踩了一次难道还要踩第二次？”

“冷静一些，我来不是为了吵架。”高寻叹道，“你应该了解我的为人，从各方面来讲我们都很适合。”

李戏春朝后拨了一下头发，呼了口气。她当然了解高寻，忠诚有上进心，然而这一切都是建立在牺牲自己的事业的基础上的。

“话不投机半句多。”

高寻拉住她的胳膊：“有什么问题，我们可以重新探讨。”

“探讨？”李戏春觉得可笑，过去自己想要探讨时，得到的回应永远是“工作很忙下次再说”。

李相浮没有去打扰两个人，带着红尘离开。

大约走了二十分钟，红尘像是入定一样，一动都不再动。

前方长椅上坐着一位长发女子，正在看书，听到猫叫声抬起头，脸上露出一抹笑容。

肩膀如果再斜三十度就好了，李相浮面无表情地想着。

他再观周围元素，才下过雨，椅子的木板返潮，人在树下光线也不好，这怎么看都是一场人为制造的偶遇。

这其实是他擅长的项目，李相浮下意识地开始找不足之处，简单挑剔了五处后，才满意地转身。

“你……”女子微张着唇，准备好的话都没说一句，李相浮已经走远了。

完成运动量，李相浮带着红尘原路返回。客厅内空无一人，秦晋住的客房门敞开着，人不知去了哪里。

手机响起，是刘宇打来的电话。

“喂。”

刘宇直接省去了客套的流程：“我给你发了份可能会用到的资料。”

李相浮挑了下眉，打开邮箱……是几张照片，其中有几人被单独用笔圈出。邮件内容写得很明白：这几个人喜欢不择手段地往上爬。

李相浮在其中看到了一张熟悉的面孔，正是不久前散步的路上偶遇的女生。

“未来这样的事指不定还有……”手指在沙发上轻轻敲着，他开始和秦晋有一样的想法了，旅游计划得尽快提上日程。

/ 第十章 /

林氏集团的继承人今天带了他的孩子过来吃饭。

林氏是老牌豪门，不至于做巴结的事。当初李相浮归国，还曾去参加过林家小儿子的婚礼，也是在婚宴上才和秦晋正式碰面。

饭后李沙沙漫不经心地教着小孩子玩魔方，李家其他人不在，李老爷子也没掺和饭局，早早出去散步。

今天过来吃饭的是林家的大儿子林绍东，冲着李相浮微笑着点头，显然有事要说。他很干脆地拿出一张照片，缓缓说道："我同父异母的妹妹，你遇到的话最好留个心。"

"多虑了……"李相浮对此没太放在心上，"我后天一早就要出发去旅游。"

"我知道，去天西古村。"

李相浮眯了眯眼。

林绍东："这消息不少人知道，在他们眼中这是个机会。"林绍东点到即止，出门时刚好碰到陪李老爷子一同回来的秦晋，双方仅点头示意了一下，算是打招呼。

一天的时间很快过去，两个人出发去天西古村这日天气阴沉。天气不大好，但并不影响坐火车。火车也在更新换代，这一次他们坐的终于不再是绿皮火车。列车上的人不多，李相浮竟然看到了林绍东同父异母的妹妹，不久前散步他也“偶遇”过对方。

“好巧。”长发女生林雪率先打了一个招呼，尽可能显得矜持。

火车上能利用的琐碎时间很多，秦晋不时帮李相浮接水、倒垃圾，难免给别人留下钻空子的时机。

林雪靠着话术，已经完成了基本的交换姓名环节。

两个人正说着，秦晋刚好洗完水果回来，林雪状似热络地问：“要一起不？”

秦晋居然十分平淡地回应：“没那种福气。”说完他走到前面一个车窗旁坐下，独自看起风景来。

林雪巴不得如此。

时间流逝，经历漫长的旅程，下车时大部分乘客第一反应是松了口气。

沧阳是著名的旅游目的地，林雪独自站在火车站出站口，失神地望着天空。做街边采访的网红看到这一幕连忙走过来：“方不方便接受个采访？”

林雪没有说话，他便当作默认。

“临近中秋，请问你来这里是旅游还是探亲？”

林雪淡淡地说：“出家。”

“……”

这段采访视频当天就火了，在无比伤感的背景音中，有无数网友为她加油打气。

“姑娘别冲动，什么苦难都会过去的。”

“成年人的崩溃就在一瞬间，很难想象她承受了什么。”

“只有我觉得路人小哥哥好帅吗？”

…………

镜头里，李相浮一闪而过。因为点击量太高，视频还上了新闻，即便只有短短一两秒，李老爷子也一眼就看到了匆匆走过的李相浮。如果他没记错，上次李相浮去天西古村便上了几次新闻，这次被采访的虽不是本人，但他总有种不祥的预感——潘多拉的盒子被打开了。

抵达时已经是黄昏，秦晋先去订了一家酒店，准备休息一晚再走。

一个年轻人提着行李，有意放缓脚步在他们之后进来。秦晋办理入住手续时，年轻人竖起耳朵去听他们的房间号，心中感叹终于等到机会。

乘坐火车时，李相浮一直在和林雪说话，他买的床铺位置又比较远，不好刻意接近，只能等到下车后再行动。

“标准间，402。”前台人员核对信息。

秦晋点头。

两个人先后洗完澡，讨论了明天的路线计划。

翌日一早，两个人乘车前往天西古村。

年轻人就住在他们隔壁，六点不到便醒了，听到开门的响动，连忙也收拾了一下跟着出去。他想好了诸多计划，然而李相浮并没有在天西古村转太久，直接雇了辆车准备去雪山。年轻人见机会来了，主动凑过去：“请问你们是要去雪山吗？”

李相浮点头。

“太好了，我也要去，不如一起结个伴？也好有个照应。”

旅游时他乡遇故知很正常，但李相浮有感对方是有备而来，正想推拒，秦晋忽然道：“他没拿多少东西，正好多一个人提行李。”

他的声音不大，但年轻人也能听见，勉强勾了下嘴角附和：“出门在外当然是要互相帮助。”内心却暗暗不爽，秦晋的语气就像是在说：带个小厮方便些。

现在这个季节只有峰顶有雪，半山腰以下他们穿得厚实点儿就好。秦伽玉在时，曾经雇人在这边开采过陨石，稍微往里走一些，地上便有陨石运输时掉落下来的残渣。

山间天气多变，天边突然传来一声闷雷。李相浮早就想来转转，雷越打越大，他也没有回去的意思，反而低头捡起一块乌黑的石头。和周围的其他山石比，陨石的色泽显然不同。

“这石头……”

秦晋看到他蹙起眉头，问：“怎么了？”

有外人在，李相浮不方便说。他能感觉到这陨石发挥的效果在雪山远比运出去强烈得多。

秦晋和半路遇到的人明显没什么异样，李相浮却感到头昏脑涨：“莫非这就是解绑的原因？”李相浮自言自语了一句，声音低得几乎让人听不见。

为了炸掉秦伽玉的系统，他不得不和李沙沙解绑一次，不然很难进入陨石密集的区域？猜测间，一道惊雷打在山头，狂风呼啸，李相浮像是一块磁铁，周围细碎的石子全部开始围着他打转。李相浮面色一变，李沙沙虽说目前绑定了秦伽玉，但从来没有明确表示已经和自己解绑。该不会李沙沙在退休状态下可以绑定不止一个人吧？李相浮头一回在心里骂了句脏话，连忙转身往山外跑。

年轻人一脸惊恐。他确定没有看错，有一瞬间那些石头围绕在李相浮的周围。

秦晋陪着李相浮边跑边说："磁场作用下，总能诞生出一些比较独特的地方。"

李相浮点头。陨石在这里的效果发挥了十成十。

"为什么……为什么石头会围着你打转？"年轻人惊慌失措地说道。

李相浮冷冷地道："你看错了。"

电闪雷鸣中，秦晋和李相浮的脸色一个比一个显得阴森，年轻人一不留神，被绊倒滚出了一段距离，头撞在树上晕了过去。

"赵成一的承受能力，怎么就这么差呢？"

赵成一就是那个年轻人。

秦晋缴费时，李相浮正坐在一边吃烧饼。

因为办住院手续，两个人不得不翻找年轻人的身份证，才知道对方的名字叫赵成一。

秦晋："受环境影响。"

雪山勉强算一个相对封闭的地方，加上恶劣的天气，这人精神上受点儿刺激也正常。

李相浮将外包装袋扔去垃圾桶，起身走到秦晋身旁："难怪沙沙最近总说，快要找不到人与人之间最基本的信任了。"

瞧瞧这赵成一，前一秒似乎还对自己很好奇，现在却在病房中叫嚷着自己是妖怪。

秦晋来是旅游，没心思一直当保姆。进去病房，他直接把充好钱的就诊卡扔到床上，神情冷漠地说："好自为之。"

赵成一有些恍惚，目光掠过秦晋望向后面的李相浮，手指死死攥住被子。圈内公认李相浮归国前后，性格、气质有着强烈的反差，如今赵成一觉得细思极恐。

"妖怪……"他喃喃道，"狐狸精。"

"没你说的那么优秀，"李相浮竟没生气，对着镜子摸了摸脸，"还缺了一双丹凤眼。"

护士进来换药，视线在李相浮身上多停留了几秒。

李相浮看了她一眼。意识到这样紧盯一个人有些冒犯，护士不好意思地解释道：“觉得你很眼熟。”

李相浮：“见过？”

护士点头：“先前你不是因为那什么症状来就诊过？还有后来的强盗受伤后，也住这里。”

天西古村不大，就一间比较正规的医院，李相浮这样的容貌让人看一眼能记很久。再说当初强盗入户盗窃反被打事件，在本地也闹得很大。

李相浮面带微笑地道：“原来是这样。”

给赵成一换药时，护士开口说：“上次满手扎着玻璃片的人，也住过这间病房。”

李相浮被勾起回忆，想到了偷鸡不成蚀把米的绑匪。

护士走后，赵成一望着他发抖地说道：“原来你不是第一次……”

在此之前，已经有人被送进过医院。

感觉到自己不受待见，李相浮体贴地说：“我们走了。”

临出病房时，他微侧过身：“小龙卷风罢了，瞧你这点儿胆子。”说完他头也不回地离开。

赵成一愣住，再一想当时的狂风，好像也有可能是龙卷风。

距离他们上次离开，天西古村变化不大。

继赵成一的住院事件之后，路上再未有任何奇怪的邂逅。不夸张地说，打如意算盘的那些人恨不得连夜逃离这个地方。

“游玩的景点有限，能做的似乎只有徒步。”李相浮抬头询问秦晋的意见。

秦晋想了想，说道：“正午不适合徒步，可以先去看场电影。”

上一次两个人看电影还是在度假村，当时李家人也在，他们讨论着秦伽玉的事情。

出乎意料，这个点儿看电影的人还挺多。

同时间段只有两场电影可供选择，一部恐怖片和一部文艺片，秦晋自然选择前者。

两个人坐在第四排中间的位子，灯光一暗，银幕上跳出几个血红的剧名——《人皮客栈 5》。他们听名字就能判断出剧情浮夸，烂片预定。

开局毫无新意，作死的旅客住进一家客栈。到了中间的递进环节，客栈老板并未直接扒皮，而是先在客人的皮肤上作画。

李相浮来了兴趣，身子坐直了一些，轻声道："导演是个讲究人。"至少这画画的步骤，他挑不出错误。

"皮肤容易造成晕染，选择抽象画很取巧。"

李相浮从专业角度出发认真看画，画作完成的刹那，低头作画的老板后脑勺上突然长出一张人脸。

"啊！"配上恐怖音乐，这一幕确实叫人猝不及防。

坐在他们前面的那对情侣，女生别过脸闭上眼，死死握住男友的手。

李相浮："好画！"

秦晋："……"

多长出一张人脸的老板拿着斧头追赶逃跑的女主角，愤怒地道："别跑！一流汗画就毁了。"

秦晋默默掏出手机，将亮度调到最低，给电影打出一分评价：剧情垃圾，只会靠大尺度画面博人眼球。

两个人作息很规律，翌日七点不到便已经起床洗漱好。

可惜季节变迁，现在天亮得晚。走到庭院活动时，周围又静又黑，透过天际的一丝亮光，李相浮的注意力被中间那条焦黑的沟壑吸引，只见树缝内盛开着一排小花。

这个季节不该有怒放到极致的花朵，他忍不住走近观摩，触碰下发现是纸花，指腹上还沾有细细的粉末。

"荧光剂。"秦晋主动开口解释。

李相浮喜欢这种衰败和新生交替间的感觉。被雷劈过的大树并没有彻底死亡，枝头还挂有几片黄叶。

注视片刻，李相浮突然拨打视频电话，等待期间对秦晋说："让我姐瞧瞧，兴许能为下期的画展提供灵感。"

"有事？"信号缘故，镜头还很模糊的时候，李戏春先一步提出疑问。

等到一切终于清晰，她一眼便看出花是假的，让李相浮把手机往旁边移动，问秦晋："你的手笔？"

秦晋正注视着远处的雪山，随便应了一声。

"别整这些花里胡哨的，"李戏春看他的目光有些复杂，"你也是个成年人了。"

她还有事，说完主动结束了视频通话，李相浮陷入沉思之中："我姐刚才在骂你？”因为这些纸花，她觉得秦晋太过浮夸？

“不清楚。”秦晋回道，“但她好像是在侮辱我。”

街上的早餐馆现在才营业。

李相浮偏爱豆浆，这家铺子就老板一个人，客人都是要自己去端东西。

他端着餐盘回来时，秦晋正边看手机边皱眉。

“怎么了？”

“昨天的影评。”

见他不准备细说，李相浮用手机登进平台，秦晋的评论已经被顶到了最上面。“剧情垃圾”“大尺度”……李相浮扫到这些关键词，头顶险些要缓缓冒出一个问号。这就是一部普通的国产恐怖片，哪里来的大尺度？底下的回复有二百多条评论，显然大家和他持同一想法——

“你有病，白瞎老子三十元！”

“硬是忍着从头到尾没睡着！”

“严重怀疑这不是水军，就是导演本人，骗票。”

李相浮一脸复杂地抬起头问：“大尺度？”

秦晋起身取来糖罐：“我脑补的。”

李相浮沉默了一下，说：“沙沙以后拍话剧，你一定要去当影评人。”也许秦晋能从一颗苹果，发散到世界毁灭的终极奥义。

街道上行人的步伐不像城市里那么匆忙，李相浮快秦晋一步吃完，感叹两边的风景：“生活惬意，民风淳朴。”他正说着，就看到前方发廊一个有着大波浪鬈发的女人在冲他招手。

李相浮擅长变装伪音，一眼辨别出对方其实是男人假扮的。

“看什么呢？”见他紧盯一个方向，秦晋问道。这个年代的发廊基本都是正经的，哪怕招手动作略风骚，但用特殊职业形容肯定不对。而那人满手过长的红指甲，显然也不是理发师。

李相浮想了想说：“看打工人。”不知道对方的职业的时候，他就用统称。

秦晋鸡蛋里挑骨头：“通常一个人看另一个毫不相干的人不会超过两秒。”

刚刚李相浮看了对方五秒，事后搪塞说明心里有鬼。然后他扭过头，就后悔了。距离不远视力极佳的状况下，秦晋清楚地看到了对方下巴上的胡楂及浮粉。李相浮耸了耸肩。

秦晋吃东西的速度慢了些。

“这位哥……”那人这时走过来，带来一阵香风。他直接把昨天拍到的照片放在桌上，“巧了，我昨天拍风景时意外照到了你们。”一句话洗清偷拍的嫌疑后，他又说，“照片里二位特别帅气。”

见没人接话，他便自顾自地说了下去：“这么帅气的照片，你们不想永久保存吗？”

原来这人是推销照片的。李相浮从前在一些景区也遇到过这样的人，守在大门口悄悄给过往的人拍照，再巧舌如簧地卖出去。他问出心里的疑问：“偷拍游客，你不怕被打吗？”

“好事啊，那一个月的房租就有了。”

“……”最终李相浮买下了照片，扫码时报出了刘宇的电话号码，“你们会有很多共同话题。”

男人卖了照片不再打扰，干脆地走了回去。

天西古村景点有限，他们早就转得差不多了，雪山李相浮又不敢再去。

秦晋：“最后两天可以到沧阳转转。”

李相浮同意，目中露出和红尘一样的慈悲之色：“出发前，让我们最后关爱一下受伤的老乡。”

赵成一并不想被关心，看到李相浮对自己嘘寒问暖，假惺惺地问住院费够不够用时，呼吸都有些发紧，好似一条毒蛇正缠在脖子上。

“挺好的，谢谢你……”记不清说了多少客气话，一直到李相浮离开病房，赵成一才长松一口气。

“我又被误解了。”走廊里，李相浮无奈地说，“看他那样，恨不得躲在你背后。”

秦晋还没说话，便听到一个小护士换班时和同伴议论：“苏桃被判了，不知道是不是缓刑。”

“活该，以前她手下的艺人真可怜。”

侧耳捕捉到一些讨论，李相浮不禁失笑，古村的人“吃瓜”速度比自己还快。

他上网一查，“苏桃判决”果然上了话题榜。

李相浮突然停下脚步：“先前苏桃收买你母亲闹事，会不会有后患？”

从负债额来看，哪怕财产没被冻结，苏桃手上也剩不下多少钱：“一般是先付定金，再打尾款，后来计划失败，你母亲真正拿到的钱应该不多。”

秦晋似笑非笑地说：“你还挺了解行情。”

“估计她会再纠缠一段时间。”

“已经在纠缠了，”秦晋面上的笑意逐渐消失，“不过她占不上理，媒体那边闹不起来。”

李相浮只见过蒙琼一次，对其可谓印象深刻。

陶怀袖再不靠谱，业务能力很强，当年销售额全公司第一，后来机缘巧合下和李老爷子认识。至于蒙琼，纯粹是利己主义者。想到这里，他不免有些同情秦晋。

秦晋：“不要用慈父般的眼神看我。”

李相浮轻咳了一声：“抱歉。”

回民宿收拾好行李，两个人坐着网约车直接出发前往市区。路上秦晋挂断一通电话，李相浮想起吃早饭时对方边看手机边皱眉，想来不仅仅是因为影评。

另一边，被挂断电话，蒙琼气得险些将手机摔到地上。沉默中，手机在掌中振动了一下，她被唤回理智。是一条转账短信进来，转账金额为2200元，蒙琼死死盯着这串数字……秦晋果然是按照当地最低标准给了她赡养费。

“可真有你的。”蒙琼面容扭曲，以为自己已经足够退让，准备要个几百万就再也不来打扰秦晋的生活，可惜对方没有丁点儿松口的意思，愤怒地在键盘上敲字，“你可别后悔。”将消息发出去后，她并未得到任何回应。

有关秦晋的行踪从来不是秘密，她只要在网上细心查，总会有收获。很快，蒙琼看到一条微博，几乎是实时发的：“啊啊啊，出来旅游好像看到秦晋了！”虽然照片拍得不是很清晰，但蒙琼可以断定那就是秦晋。

她翻看女孩之前发的微博，现在对方正在沧阳旅游。为了确保来得及，蒙琼先是乘坐飞机到就近的地方，之后转乘火车，前后折腾了大半天。绝大部分父母对子女的爱是无私的，但总有例外，蒙琼就是最好的例子。她不喜欢秦晋，一方面是对秦晋父亲无能的迁怒，另一方面则是生下秦晋后她的容貌有了瑕疵。早年酗酒的习惯，让蒙琼骨子里就是很冲的脾气。一路上她不停搜索消息，最终确定了对方半小时前的位置。

这条街叫清水街，并不长，中间是一条蜿蜒的河道，河畔则是当地居民自己开的小吃馆。两道身影映入她的眼帘。即便戴着口罩，秦晋和李相浮在密集的游客中依旧很显眼。坐在路边的摊位上，李相浮捧着椰汁看河上的风景，嘴里断断续续地哼着小曲："春色……玉手……"

秦晋听了会儿觉得不对劲儿，这怎么听都是淫词艳曲。

李相浮说道："我一直有一个梦想，能在大庭广众之下唱这些曲子。"从前他在河畔看风景，经常偷偷轻哼，也算一种另类的反抗。

蒙琼单凭着一股冲动跑到这里，打算私下去找秦晋。对这个儿子她还是有几分了解的，为了不破坏这次旅行，对方用一些钱暂时打发人的可能性很大。游客中多出一位不速之客，无人察觉。

李相浮的注意力还集中在船上，有穿华丽衣袍的人正在船头招手。

"我还以为会跳舞呢。"邻桌有人说。

跳舞是不可能的，毕竟跳的人会有落水的危险。

李相浮曾经倒是卖弄过类似的技艺，此时手托着下巴喃喃道："不知道秦伽玉现在有没有学会跳舞。"

秦晋自诩联想能力强，却着实想象不出这一幕画面。

李相浮看得有些困了，掩面打了个哈欠。

注意到这一幕，秦晋站起身来："早点儿回去休息？"

李相浮点了点头，两个人走了回去。

白天跑了太多地方，李相浮几乎是一沾枕头就睡着了。

秦晋没太早睡觉的习惯，靠在床头查看有没有重要邮件。

敲门声响起，同一时间李相浮朝里翻了个身。

从猫眼看到来人，秦晋冷着一张脸打开门。为了避免吵到李相浮，他把门虚掩上，站到了走廊上。

"你可以让前台的人把我赶出去，"蒙琼先发制人，"但只要我想，绝对有办法让你的这次旅游糟糕无比。"

秦晋比她还要直接："想要多少？"

蒙琼："二百万。"

在秦晋的目光沉下去前，她改口："二十万。"

多的钱她以后再谋划，现在狮子大开口很可能什么都捞不到。

"两万。"秦晋说道，"拿了就走。"

蒙琼动了动嘴唇，还未扯开嗓子嘶吼，秦晋瞥了眼门内，冷漠地道："两万只是买他睡一个好觉。"他的言下之意是，一旦蒙琼把人吵醒了，什么都得不到。

权衡一番后，蒙琼选择拿钱走人。

两个人订的是中午的火车票。保镖早早就等在出站口，眼尖地在人群中瞅到他们，跑过来帮忙提行李。

天色暗沉，这个点儿李家人都已经用过晚餐，楼下没人。长途跋涉后李相浮习惯先去洗澡放松一下，没特意和家人打招呼，直接进了浴室。

翌日，久违的一桌人吃早餐，张阿姨端上菜时，望着李相浮说："多吃点儿，感觉你瘦了。"

旅游期间睡眠不足，又坐了几天火车，他难免憔悴了些。

秦晋的年假还剩下最后两天，饭后他上楼找李相浮："出去转转？"

李相浮正要应下，看到楼梯上无声无息地飘上来一个小人，使了个眼色。

秦晋平静地补充了一句："难得周末，可以带着沙沙走动一下。"

李相浮颔首，随后歪了下头，目光掠过秦晋看向后面的李沙沙："你去不？"

李沙沙状似勉强地应了一声。

去哪里三个人各有想法。

李相浮准备走温情路线，提议游乐园，李沙沙更想去博物馆看干尸展览，一票决定权在秦晋手上，他很利落地道："游乐园。"

"偏心。"李沙沙指责。

"博物馆有人估计接受不了，"秦晋说道，"木乃伊可以看，干尸太暴露了。"

清楚知道"有人"指的是谁，李相浮轻吸了口气："你可能对我的接受能力有误解。"

秦晋只陈述事实："一个夏天，没见你穿过短袖。"

李相浮想反驳，一张口又不知道能说什么。

身侧的李沙沙认真思索后选择同意："以后有木乃伊的时候，一定要补上。"

"好。"

李相浮心想，他真的不介意看干尸。

周末游乐园人山人海，倒霉的是，今天赶上了秋老虎，天气一反常态地热。

李沙沙在外面排队时，已经感觉到窒息。

"尊老爱幼，"他边用路边发的小扇子扇风，边说，"如果有人愿意让我插队……”话音刚落，他发现前面全是人类的幼崽。

拼年龄拼不过，眼见一条长队看不到尽头，李沙沙小声道：“我想去卫生间。”

李相浮看了他一眼：“你还有这种欲望？”

“……”李沙沙扯了下嘴角，“当然。”

让小孩子一个人去找卫生间不合适，李相浮留下来排队，秦晋领李沙沙去厕所。

前面不远处就有公厕，秦晋先去小卖部买了瓶冰水，让李相浮拿着降温，然后才领着李沙沙离开。

瓶子挨着额头，李相浮感觉确实舒服不少。

不知道是不是排队消耗耐心，李相浮感觉秦晋他们已经走了很长一段时间，直到队伍向前缩短三分之一，他才意识到这不是错觉。

他拨号过去：“沙沙吃坏肚子了？”上个厕所他们不该去这么久。

秦晋并未立刻回他，似乎很忙。隔着电话，李相浮隐隐听到一句“别作妖”。这句话必然不是对着他说的，显然李沙沙有了些不可思议的操作。

“马上就来。”声音变得清晰，秦晋说完挂断电话。

不出五分钟，远处一大一小两个身影走来，秦晋牵着李沙沙，乍一看画面很温馨。然而走近了李相浮看到两个人一个冷着脸，一个抿着嘴。

李沙沙三两步跑到李相浮身边，表情有些不乐意。

李相浮看了看他，又望向秦晋：“怎么了？”

秦晋走近，压低声音道：“这熊孩子想变成……”

“……”

李相浮默默喝了口冰水，试图冷静。

两个男人带一个小孩出来玩，中途去了趟厕所，回来小孩没了，手上却多出个“婴儿”，指不定会被记忆力强的游客当作人贩子。

经历了半个小时的排队，他们终于进入游乐园的大门。

穿玩偶套装的工作人员陪着游客合照，充满童趣的小火车走走停停。

李沙沙直抒胸臆：“真是一片欢乐的海洋。”

“……”李相浮，“先玩什么？”

被他一问，三个人同时陷入沉默。他们都是没什么童趣的人，走了一圈，排最长队伍的是旋转木马。

李相浮：“要玩吗？”

李沙沙摇头。

又走了一圈，李相浮沉吟道："要不找个地方先吃饭？"

李沙沙："同意。"

秦晋同样微微点头。

游乐园内部有主题餐厅，价格高昂，李相浮有些后悔自己的提议，还不如在外面找家餐厅好好吃一顿。

这家餐厅很有特色，餐盘漂亮，连筷子都很独特，唯独饭不好吃。哪怕秉持着不浪费的原则，他们也没能吃完。

门票费不能浪费，饭后李沙沙思前想后说道："来个鬼屋比赛？看谁通过的速度最快。"

李相浮想了想说："总要有赌注才有意思。"

李沙沙"一掷千金"："赌上我的五个机器人。"

看到另外两个人不感兴趣的目光，李沙沙说道："我只有爹和机器人。"

李相浮没计较："我输了，可以给你们做一道佛跳墙。"

秦晋的画风格格不入："我押 ×× 万。"

李相浮眯着眼看他，秦晋轻嘲道："抱歉，我只有钱。"

作为这家游乐园的特色项目，鬼屋的新奇之处在于里面是个小迷宫，闭眼一路往外跑根本行不通。

李沙沙第一个进去，遗憾都是些常规的吓人体验。可惜他是个路痴，只能又一次走到死路上，摸着下巴面对墙面发愁。

不远处一位工作人员见只有一个孩子，忍不住冷笑一声。

他干这活儿经常被小孩拳打脚踢，哪怕站着不动都被扯坏过衣服，早就憋了一股怨气。怀着微妙的报复心理，工作人员悄悄站到李沙沙身后，一只惨白的手搭上他的肩膀："小朋友……"

预想中号啕大哭的画面没有出现，李沙沙平静地回过头来。

工作人员愣了一下，紧接着发出一声惨叫朝外跑去。

李沙沙摸了下眼角，周围是暗红色的光芒，后知后觉他因为能见度太低，下意识地用了电子眼，工作人员凑近肯定能看出不同，譬如里面泛绿光。

工作人员了解迷宫的构造，李沙沙跟在他后面跑，顺利地冲出了迷宫。

外面，李相浮正和秦晋谈论李沙沙的路痴，突然冲出来一道身影，李相浮愣了一下，只间隔半分钟，李沙沙也出现了。

重新见到光和游客，工作人员回过神，猛地回头望向已经走到李相浮旁边的小孩，还没开口，李沙沙先一步指着他道："这个叔叔，一直在怪叫。"

理智回笼，工作人员首先反思自己是不是看错了，也许是迷宫里的灯光效果。

不停小声念着诸邪退散，他深呼吸几次，转身回到岗位上。

李相浮瞪了李沙沙一眼："看你闹的。"

李沙沙也挺愧疚。

"三分二十秒。"念出他的成绩，李相浮绕到入口处，进去前说，"我会顺便替你给人家道个歉。"

李沙沙点头。

一分钟过去了，两分钟过去了……十分钟过去了，李相浮没有出来。

"奇怪。"

被秦晋这么一提醒，李沙沙伸长脖子，试图穿过黑暗瞧见里面的情况："迷宫中还有其他游客，总该有一个出来。"

"……"

两个人正议论着，鬼屋出口处终于出现一道身影。

李相浮还没完全走出来，半个身子笼罩在阳光中，背后全是阴影。

看到完美的恐怖片男主角，李沙沙才熄灭不久的导演梦再次复苏。他主动走过去，声音压得很轻："爸爸，他说你了。"他打小报告打得一流。

"啥？"李相浮好笑地说道，"好端端的，我为什么要念那玩意儿？"

李沙沙试探地问："那你是……？"

"迷路了，"李相浮拍了拍不小心蹭到的灰，"为了打发时间，我哼着歌往前走，一回头，发现身后跟了一串人。"

李沙沙迟疑地问："您，百灵鸟转世？"

"……"

随着李相浮走出，里面的游客也陆续走出，来挑战鬼屋的人不多，不是每个人都有耐心走迷宫。

其中一名游客突然朝李相浮走来，掏出一张名片："你好，我是一位音乐制作人。"

说着他突然停住，打量了秦晋几眼，试探着叫了一声："秦先生？"

即便秦晋戴着口罩，他还是能辨认出轮廓。

简单说了两句客套话后，制作人继续和李相浮谈事："你的嗓音条件很好，我们合作，可以打造一个全新的流派。"

李相浮："什么流派？"

"就是刚刚你唱的那种，"制作人笃定地道，"只要做好宣传，唱片一经发售，保证能席卷全球。"

李相浮面色古怪。

"你想给他出唱片？"秦晋冷不丁地问了一句。

制作人点头："那种空灵感，太完美了！"看秦晋似乎和李相浮认识的样子，他问："秦先生听过他的歌声吗？是能感动世界人民的类型。"

看对方仿佛已经预见唱片大获成功的前景，秦晋沉声道："你没有心。"

"……"

李相浮不想成为未来的全民公敌，不顾制作人的再三劝说，领着李沙沙往前走去。

"有意向的话可以随时联系我。"身后的人还没有放弃希望，扬声道。

被牵着的李沙沙深刻怀疑如果不是秦晋在，制作人绝对会继续纠缠。

"唱片……"没走两步，李相浮突然顿住脚步。

只见他仰头望天，喃喃重复一遍制作人的话，显然不是全无所动，有一种转身详谈的冲动。

"别回头。"身旁的秦晋淡淡地提醒，"放下执念，方能得到大自在。"

李相浮听着感觉到一股凉意。

李沙沙也是听得起了鸡皮疙瘩："好好说话。"

三个人回到别墅，天色早就漆黑如墨，推开门的瞬间，李相浮敏锐地察觉到哪里有些不对。

门口有一双高跟鞋，他走过玄关的通道，就见客厅内坐着一个熟悉的身影。

"妈？"李相浮怔了怔。

陶怀袖放下茶杯，冲他点了点头。

李相浮看了下周围："怎么就你一个人坐在这里？"

"你爸吵不过我，"陶怀袖说道，"摔门进书房去了。"说话的时候她扫了秦晋一眼。

秦晋微微颔首，打了声招呼。

不知道说什么，李相浮随便找了一个话题："听说你的交往对象很不错，爸有些介怀。"

李老爷子原本可能还存有复合的侥幸心理。

对谈起新一段恋情，陶怀袖倒是很从容。交流中李相浮才知道并非像外界所说，是男朋友帮忙投资成功。

“钱是我自己投资的，”陶怀袖说明情况，“他只是以我的名义去做些慈善，结果两件事被编成一件。”

他们说话的时候，秦晋给两个人分别倒了杯水，没有加入讨论。

陶怀袖主动解释为何会出现：“我回国办点儿事，顺便看看你们过得怎么样。”

就在这时，秦晋的手机不停振动，他只看了一眼，又放回口袋。

“接吧，”陶怀袖淡淡地道，“不需要讲究太多礼节。”

秦晋走到一边，电话那头的人一直在说话，他总共没开口几次。陶怀袖从只言片语中已经得到一部分信息，在他挂断电话后黛眉一扬：“家事？”

“算是。”

陶怀袖笑了笑，没说话，表露出想要听听看的态度。

李相浮代替秦晋回答：“有人想修复一下亲情。”

当然这是好听的说法，实际对方就是要钱。

陶怀袖十分精明，顿时明白话里的意思：“有矛盾就提前处理，别以后闹得不好看。”寻思片刻，她屈指在桌上敲了敲，“约个时间见上一面。”

李相浮蹙起眉头，秦晋倒是没有介怀：“可以。”

陶怀袖提着包站起身：“约好了时间随时联系我。”

李相浮准备送她回去，陶怀袖摆手：“司机就在路口等着。”

陶怀袖执意要见蒙琼，她在国内不知道会待多久，秦晋只能提早安排。

蒙琼对这次见面相当主动，当作是修复关系的契机，直接要求定在当天。见面的地方是一家高级茶餐厅，坐下没多久，蒙琼便暗示陶怀袖自己生活窘迫。

“经过十月怀胎生下的孩子，哪能不疼爱呢？”蒙琼笑容苍白地说道，“你应该能理解我。”

“理解不了，我们不是一路人。”陶怀袖坦言，“我是利己主义者。”

“……”

“不过我很讲究，喜欢等价交换，”陶怀袖继续道，“显然你没有这种觉悟。”

面对蒙琼，她并没有站在道德制高点指责。有一点陶怀袖并不否认，那就是对待子女问题上，双方都不负责任。陶怀袖并不喜欢孩子，直到现在也是一样。当初她生下李相浮，也只是对豪门婚姻的一种妥协。是以在李相浮的成长过程中，她并没有投入多少爱。

明白那些弯弯绕绕对眼前的女人没用，蒙琼改变策略，直言道：“我只是想问我儿子要一笔养老的钱。”

陶怀袖笑了笑，从包里掏出一个牛皮袋推了过去。

蒙琼不明所以地打开，看到后面无意识地抿紧嘴唇，再次抬头看向对方时，呼吸变得有些急促。

“我崇尚以和为贵，不想闹得太难看，所以还劝了劝你。”

蒙琼死死攥住纸张一角：“我怎么能确保上面写的是真的？”

“新闻、私家侦探……”陶怀袖说道，“佐证的方法有很多。”她无意在此多留，站起身留下一个意味深长的微笑，结账离开。

自陶怀袖和蒙琼见面往后推三天，秦晋再未接到任何来自蒙琼的电话。

李相浮听闻后感到惊讶：“你说我妈究竟使了什么手段？”

用个不恰当的比喻，蒙琼要钱时就像是狗皮膏药，根本甩不掉。

“也许是曾经有什么把柄被抓到。”

秦晋的语气并不在意，这位带自己来到世界上的人，他远谈不上恨，只是尽可能地远离罢了。

有关蒙琼的话题，双方默契地不再谈论。

李相浮上楼来到李沙沙的房间，就见李沙沙正在操作电脑刻光盘，问他在弄什么。

“刻光盘，复原从前的数据，”李沙沙目不转睛地盯着屏幕，“等爸爸做好心理准备，可以二倍速观看我们第一次绑定时的过往。”

“你真贴心。”话说到一半，陶怀袖打电话过来，说是要请李沙沙吃饭。

她回国一趟，请孙子吃饭是不可能略过的一个流程。

李沙沙听了还挺高兴，上一次陶怀袖请吃饭时，可是送了一盒小金条。

虽说有李相浮管着，他暂时不能兑现大手大脚地花，但没有人能拒绝收金条的快乐。

陶怀袖亲自来接的李沙沙。

临出门前，李相浮交代道：“打听一下我妈是怎么劝说住蒙琼不再找事的。”

结果晚上九点，李沙沙才被陶怀袖开车送回来，怀里抱着个小盒子。他先去找李相浮，让对方帮忙保管盒子里的东西，上大学后再交还给自己。

李相浮把金条倒在桌上，父子俩百无聊赖地数着金条玩，其间李相浮心不在焉地问："打听出原因没？"

显然他依旧好奇陶怀袖是如何说服蒙琼的。

李沙沙回道："她说对亲人无理撒泼的，往往都色厉内荏。"

"没了？"

李沙沙想了想，又说道："她只说给蒙琼看了一份名单。"

李相浮放下金条，慢慢琢磨："什么名单能有这种效果？"

死亡通知单？他再一想这种威胁是犯法的，陶怀袖不至于傻到这么做。

"以蒙琼的性子她估计得罪过不少人，"李沙沙不以为然地说道，"也许是受害者名单。"

李相浮感慨道："看来人还是得多做善事。"

李沙沙重重点头，在这方面他就很欣赏李相浮："爸爸，我以你为荣。"

李相浮欣慰地摸了摸他的小脑袋。

/ 尾声 /

有关份子钱的话题并没有因此终结。

第二天是周日，李老爷子劝说李怀尘相亲无果，其他几个子女是能避则避，唯独李相浮在庭院弹琴时被抓了个正着。

“仪式的事情……”

李相浮淡淡道：“明年开春再说。”

说完对着屋内喊了声“沙沙”，李沙沙抱着机器人走出来：“爸爸，你找我？”

李相浮：“早上你不是说要学画素描？”

有这回事？

李沙沙确定他是在胡说，配合点头：“请爸爸教我。”

李相浮微微一笑，拿来画板：“爷爷来当模特好不好？”

李沙沙顶着张小面瘫脸，故作开心：“好。”

他的开心方式仅仅是将尾调上扬一些。

李老爷子嘴角一抽，正要斥责李相浮，被后者抢占先机：“您孙子第一幅人物画，专门画给您的。”

李老爷子嘴巴动了动，没能拒绝。

李相浮抱着古琴进屋，煮了一壶茶，一手拿书，一手轻轻给红尘顺毛。

红尘喵呜了一声，慵懒地趴在他腿上准备小睡片刻。

庭院内，李沙沙给李老爷子设计了一个姿势，让他抱着自己心爱的机器人。

李老爷子不明白这孩子为什么痴迷玩这个："乐趣在哪里？"

李沙沙的眼睛不停闪烁，开始了强行安利。

时光飞逝，转眼间分针转了一圈。

"我喜欢把芯片称之为中枢。"李沙沙一边拆机器人一边介绍。

李老爷子打哈哈："不错不错。"

李沙沙："给你看我最心爱的战将，它能做倒空翻的高难度动作。"

李老爷子有些坐不住了，仅仅是因为无意间的一句问话，他已有一小时都在听孙子的强行安利。

屋内的李相浮手机突然振动一下，打开一看，是李老爷子发来的短信，上面只有两个字：救我。

李相浮挑了挑眉，走过去眼睛都不带眨看着李老爷子说："楼上有电话找你。"

目睹对方几乎是落荒而逃的身影，李相浮望着李沙沙："你做了什么？"

"介绍兴趣爱好。"

李相浮捡起画板："做事要有始有终。"

李沙沙："模特跑了。"

李相浮目光意味深长，原来你也知道人是跑了。

他坐在石凳上，主动充当了模特："画吧。"

周围的花朵迎风飘摇，娇艳的花瓣怒放，身后一片花海，却无法遮掩住李相浮的一丝好容貌，屋内的红尘都是看人不看花，似乎觉得人更有看头。

非工作日，秦晋只在公司待了半天，回来时没看到李相浮的身影，找了一圈最后在院子找到这一大一小。

此刻李沙沙才动笔没多久。

他指了指李相浮旁边，抬头问："要一起入画吗？"

秦晋挑了挑眉，这孩子上道。

他一笔一画认真勾勒着线条，天边流云散了又聚，李相浮始终没有催促。

直到太阳从云层后出来，晒得人有些头晕，他才问："怎么这么久？"

李沙沙："快好了。"

低头又画了十分钟。

一片花瓣被风吹起，飘落在画纸上，李沙沙刚好停笔，似乎很满意这幅画作。

他献宝一样地捧着画，小心翼翼走到李相浮身边。

对于系统的画和字，李相浮早有了解。字就是标准的打印体，而画和打印出来的照片差不多，本以为这次也是一样，拿到后却是微微一怔。

这幅画和过往都不同，上面不只有他和秦晋，还有李老爷子，李怀尘……一家子都在，连红尘都被安排趴在桌上，佛性的一张脸格外生动。

李沙沙也画了自己，他站在李相浮和秦晋中间，虽然日常不会笑，勉强扯起嘴角的样子也不好看，但在这幅画里，他却是笑得眉眼弯弯。

李沙沙有些拘谨地扯着衣角："应该要写实的，但我做了一点点加工。"

就一点点。

一只修长的手摸了摸他的脑袋，李沙沙抬起头，看见秦晋难得的笑容。

"画得很好。"秦晋说。

李相浮同样面带微笑："我给题字？"

李沙沙重重点头。

提袖蘸墨落笔，白昼的光打在纸面，完完整整照在一个"家"字上。

"家。"李沙沙目光一动，轻声说道："那这画上面的就是……"

他抬眼看向李相浮和秦晋，面对带着淡淡笑意的两人，下意识也跟着牵动嘴角。

"是家人。"李相浮说。

图书在版编目（CIP）数据

过浓. 终结篇/春风遥著. —北京：北京联合出版公司,2022.9

ISBN 978-7-5596-6368-9

Ⅰ.①过… Ⅱ.①春… Ⅲ.①长篇小说－中国－当代 Ⅳ.①I247.5

中国版本图书馆CIP数据核字(2022)第126935号

过浓 终结篇

作　　者：春风遥
出 品 人：赵红仕
责任编辑：高霁月
特约编辑：奔跑的小狐狸制作组
责任校对：小　光
美术编辑：白砚川

北京联合出版公司出版
（北京市西城区德外大街83号楼9层　100088）
北京润田金辉印刷有限公司印刷　　新华书店经销
字数365千字 640毫米×920毫米 1/16　17.25印张
2022年9月第1版　2022年12月第1次印刷
ISBN 978-7-5596-6368-9
定价：49.80元